LE DANSEUR ORIENTAL

DU MÊME AUTEUR

MON CHER JEAN… DE LA CIGALE À LA FRACTURE SOCIALE, essai, Zoé, 1997.

LE MYSTÈRE MACHIAVEL, essai, Zoé, 1999.

NIETZSCHE OU L'INSAISISSABLE CONSOLATION, essai, Zoé, 2000.

LA CHAMBRE DE VINCENT, récit, Zoé, 2002.

VICTORIA-HALL, roman (prix du Premier Roman de Sablet), Pauvert, 2004 ; Babel n° 726.

DERNIÈRE LETTRE À THÉO, roman, Actes Sud, 2005.

L'IMPRÉVISIBLE, roman (prix des Auditeurs de la Radio suisse romande ; prix des lecteurs FNAC Côte d'Azur), Actes Sud, 2006 ; Babel n° 910.

LA PENSION MARGUERITE, roman (prix Lipp), Actes Sud, 2006 ; Babel n° 823.

LA FILLE DES LOUGANIS, roman (prix Version Femina Virgin Megastore ; prix de l'Office central des bibliothèques), Actes Sud, 2007 ; Babel n° 967.

LOIN DES BRAS, roman, Actes Sud, 2009 ; Babel n° 1068.

LE TURQUETTO, roman (prix Jean Giono, prix Page des Libraires, prix Alberto Benveniste, prix Casanova, prix Culture et Bibliothèques pour tous, prix Richelieu de la Francophonie), Actes Sud/Leméac, 2011 ; Babel n° 1184.

PRINCE D'ORCHESTRE, roman, Actes Sud/Leméac, 2012 ; Babel n° 1253.

(Suite en fin d'ouvrage)

METIN ARDITI

LE DANSEUR ORIENTAL

La trilogie de Constantinople, 1

roman

BERNARD GRASSET
PARIS

Illustration de la jaquette : Riki Blanco

ISBN 978-2-246-83778-7

À la mémoire de mes parents,
Rachel Akgönül-Arditi, qui, comme Bella dans le roman, parlait un turc étincelant,
et Dario Akgönül-Arditi, qui, contrairement au personnage de Danilo, portait sur son pays un regard d'une grande lucidité.
Le reste du roman n'est que fiction.
Ou presque.

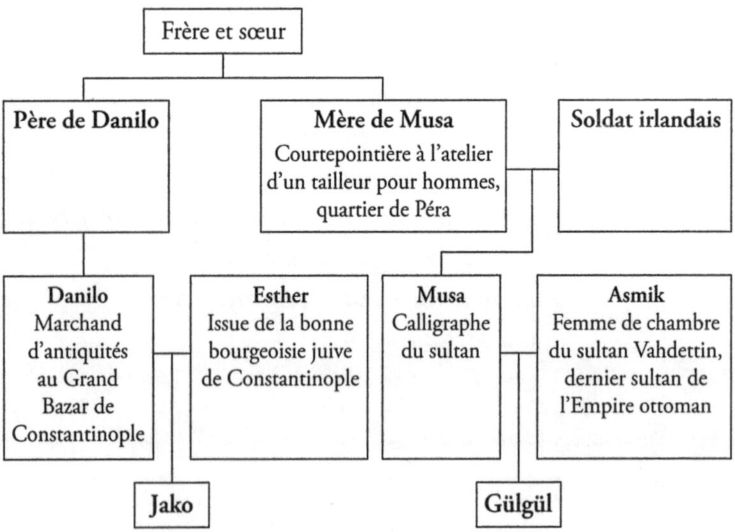
Frère et sœur
Père de Danilo
Mère de Musa
Courtepointière à l'atelier d'un tailleur pour hommes, quartier de Péra
Soldat irlandais
Danilo
Marchand d'antiquités au Grand Bazar de Constantinople
Esther
Issue de la bonne bourgeoisie juive de Constantinople
Musa
Calligraphe du sultan
Asmik
Femme de chambre du sultan Vahdettin, dernier sultan de l'Empire ottoman
Jako
Gülgül

GRAPHIES

Dans le souci de se tenir au plus près de la réalité et de l'esprit locaux, l'option retenue ici est d'utiliser les noms de rues et de lieux dans leur graphie d'origine. Seuls des accents ont été ajoutés, afin d'en faciliter la lecture.

Ces quelques règles permettent de retrouver la prononciation d'origine :

c se prononce *dj*

ç se prononce *tch*

i se prononce *i*, mais ı (le i sans point) est un son guttural propre au turc, voisin de *ou*

ş se prononce *sh*

ğ ne se prononce pas, mais prolonge le son de la voyelle qui le précède.

Ainsi, *bir varmış, bir yokmuş* (expression turque pour dire : « il était une fois ») se prononcera *bir varmoush, bir yokmoush*, *dağ* (« montagne ») se prononcera *dâ*, *Çemberlitaş* (nom donné à la colonne de Constantin) se prononcera *Tchémbérlistash*, et *cadde* (« avenue ») se prononcera *djaddé.*

AUTRES PERSONNAGES PRINCIPAUX

Vahdettin Mehmet VI, dernier sultan de l'Empire ottoman.

Kemal Atatürk (Mustafa Kemal Paşa), fondateur de la République turque et premier président.

Paolo di Mango, antiquaire vénitien.

Sarkis, encadreur d'art, Arménien de Turquie.

Aram, fils de Sarkis.

Spiro, antiquaire, Grec de Turquie.

Athina, femme de Spiro.

Calypso, fille de Spiro et d'Athina.

Ahmet Baba, père adoptif de Gülgül.

Hasan Tahsin, chef de la police de Constantinople.

Ali Osman Paşa, gouverneur de Constantinople.

Sabri Bey, entraîneur des jeunes lutteurs (les « choisis ») au palais de Dolmabahçe.

Ayşé Hanım, propriétaire de la « Maison » Gülperi Han.

Sâré et Lili, entraîneuses au Gülperi Han.

Bella Behar, amie de Gülgül.

Şeyh Osman, directeur de la bibliothèque à la mosquée de Soliman.

George Alderson, fondateur et directeur de l'Institut Alderson à Lutry (Suisse).

Eliza, amante de Bella.

PROLOGUE

5 septembre 1912

Dans les sous-sols du palais de Dolmabahçe, au réfectoire des pâtissiers

— Tu sais pourquoi je viens te voir, n'est-ce pas ?

Sabri le Colosse – Dev Sabri, comme on l'appelait – était assis face à Ahmet Baba, le chef pâtissier du sultan.

Celui-ci baissa les yeux. Il le savait, autant qu'il le craignait.

— Prends-le comme un honneur, poursuivit Sabri. Ton fils sera *seçmé*, « choisi »…

Il posa la main sur celle d'Ahmet :

— Et crois-moi, il sera très heureux.

Le travail de Sabri consistait à repérer les plus vigoureux des enfants du personnel alors qu'ils avaient huit ou neuf ans, et à en faire des champions de lutte. Chaque matin, après l'école, il les soumettait à une heure de musculation, suivie d'une heure de combats. En fin d'après-midi, il les accompagnait à l'un des salons du deuxième étage, où, torse nu, habillés d'un pantalon en peau de vache serré sous les genoux, le corps enduit d'huile d'olive, selon la tradition du *yağlı güreş*[1], les garçons se mesuraient devant les invités du sultan.

---

1. Lutte traditionnelle turque.

Ahmet savait depuis toujours que Gülgül n'échapperait pas à l'œil de Sabri. À quatre ans, l'enfant soulevait des sacs de pistaches de cinq kilos en souriant. À huit, déplacer des lots de noisettes de vingt kilos l'amusait, au point que l'un des pâtissiers lui avait lancé un jour : *Gül, gül !* « Ris, ris ! » Le sobriquet lui était resté.

— Je crois que tu commets une erreur, argumenta Ahmet. Mon fils a beau être d'une force exceptionnelle, il ne fera jamais un bon lutteur. C'est un peureux, élevé par des femmes.

Orphelin de mère à sa naissance, le nouveau-né avait été confié à Arsinée, l'une des nourrices du palais. Il grandit au harem dans l'aile des odalisques[1], heureux de baigner dans la promiscuité d'une vingtaine de femmes dénudées, souvent amoureuses entre elles, qui se disputaient le plaisir de serrer dans leurs bras, d'habiller, de laver, de caresser et d'embrasser un enfant jamais assouvi de leurs tendresses.

Sabri lui répondit que pour ne pas retenir Gülgül, il aurait fallu qu'il soit aveugle :

— En plus d'être très fort, ton fils est d'une beauté désarmante. Il sera la fierté du palais.

— Au moins, reprit Ahmet, promets-moi de ne jamais lui révéler qu'il n'est pas de mon sang.

1. Du turc *oda*, « chambre » : attachées au service des femmes du harem.

Six ans plus tard

Dans les sous-sols
du palais de Dolmabahçe,
le 16 novembre 1918

— Encore cinq ! lança Sabri.

Il avait d'abord dit « vingt », et Gülgül avait effectué chacun des mouvements à la perfection. Jambes tendues à angle droit, il s'était hissé vingt fois à la barre fixe avant de relâcher ses muscles et d'expirer longuement.

Lui demander cinq mouvements de plus alors qu'il était à bout de forces, c'était du Sabri tout craché.

Il inspira profondément, banda ses muscles, et, tremblant de tout son corps, effectua le vingtième mouvement. Les épaules, les bras, le ventre, tout lui brûlait. Mais il ne broncha pas. L'Empire s'écroulait, la ville était occupée, depuis trois jours des marins étrangers déambulaient dans les rues de Constantinople en chantant, pour sûr que bientôt, ceux du palais devraient fuir. Mais pour rien au monde il ne fallait décevoir Sabri.

Piqué dans sa fierté depuis l'arrivée des flottes alliées au Bosphore, celui-ci était d'une dureté accrue, ponctuant les séances de musculation de « Je t'ordonne d'être meilleur que toi-même ! » ou de « Je veux que notre sultan

Vahdettin soit fier de toi ! ». Comme pour se convaincre que demain serait comme hier.

Gülgül serra les dents, gonfla sa poitrine durant le mouvement de descente, la vida brusquement, réussit à placer le menton au-dessus de la barre, les jambes toujours à l'équerre, le ventre en feu, et effleura un vingt et unième mouvement aussi impeccable que les précédents.

— Encore quatre ! tonna Sabri.

Il aurait pu en exiger dix de plus que cela n'aurait rien changé. Le garçon lui était d'un dévouement absolu.

— De quoi es-tu fait aujourd'hui ? gronda Sabri. De coton ? Comment veux-tu que je t'appelle encore *Alev Gülgül* ?

« Gülgül la flamme ». C'est ainsi qu'il l'avait surnommé un jour quand, à douze ans, il avait battu un « choisi » de quatre ans son aîné. Sabri n'avait jamais connu de garçon à la fois aussi fort et aussi rusé. Ses prises étaient fulgurantes et sa souplesse telle qu'il semblait insaisissable.

Six ans plus tôt, lorsque Sabri avait annoncé à Ahmet que Gülgül ferait désormais partie des « choisis », il ne pouvait se douter à quel point il gagnerait en allure avec les années. Une chevelure rousse, des yeux verts en amande et une retenue naturelle lui donnaient des airs de prince.

La menace de Sabri porta. Gülgül effectua le vingt-troisième mouvement avec une énergie renouvelée.

— *Göster bakalım*, gronda Sabri. Montre ce que tu sais faire.

Le garçon aligna les deux mouvements restants, se laissa tomber au sol et chercha le regard de Sabri, dans l'attente d'un mot réconfortant.

— C'est bien, dit sèchement celui-ci. Attends-moi. J'ai à te parler.

Le garçon le regarda s'éloigner, inquiet. Depuis l'arrivée des flottes alliées, les bruits se multipliaient. Sabri allait-il lui annoncer qu'il devrait quitter le palais ? Entouré de Vehbi, son camarade préféré, choyé par Ahmet Baba, son père, estimé par Sabri, dont l'exigence le rassurait, il y était heureux. Accomplir ses exercices à la perfection le comblait. Il aimait la lutte, son élégance, ses ruses. Il avait pris goût aux après-combats. Il y était souvent choisi. On le complimentait. Il se sentait admiré.

Pour combien de temps encore ? Une question de jours. Peut-être même d'heures. Les troupes étrangères allaient installer leur état-major au palais, il le pressentait. « Gülgül, mon garçon, tu dois faire preuve de courage », lui dirait Sabri. À Constantinople régnait le chaos. Kemal Paşa rassemblait une armée de dissidents, pour beaucoup des anciens de la bataille des Dardanelles, des soldats aguerris qu'il avait harangués avant l'ultime assaut contre les troupes alliées : « Je ne vous demande pas de vous battre. Je vous ordonne de mourir. » Dans leur fièvre de voir Kemal chasser du pays à la fois le sultan et les Alliés, ils étaient capables de remporter une bataille munis de pelles et de pioches.

Vehbi retournerait chez sa mère, lui-même et son père finiraient Dieu sait où, et ce serait le début d'une vie de misère.

Au palais, les mines étaient sombres, les regards honteux. On parlait à voix basse. Sabri, lui, poursuivait sa tâche, imperturbable, et peu importait qu'elle lui retourne l'estomac. S'il devait envoyer ses garçons se faire violer par de hauts fonctionnaires et que cela pouvait assurer leur loyauté à l'égard du sultan, eh bien soit. « *Sizin için kurban olayım* », répétait-il chaque fois qu'il croisait le sultan. Que l'on m'immole pour vous, comme on égorge le mouton le Jour du sacrifice.

Palais de Dolmabahçe,
dans le bureau privé du sultan,
le 16 novembre 1918

Assis à son bureau face au Bosphore, menton sur la poitrine et jambes étendues, Vahdettin somnolait. À force de donner suite, nuit après nuit, aux envies de Nevvâré et d'observer, durant le jour, l'écroulement de son empire, il ne faisait plus que cela : encaisser les humiliations, s'assoupir et tressaillir aux coups de corne des flottes ennemies.

Une sinistre routine s'était installée depuis leur arrivée au Bosphore : lorsque l'un de leurs bateaux passait devant le palais, il donnait de petits coups de corne, chaque fois quatre ou cinq, impertinents. « Debout là-dedans ! semblaient-ils dire, il est temps de plier bagage ! »

Quelle sotte idée, aussi, avait eue son ancêtre, de construire ce palais ridicule en lisière du détroit. Une cocotte en crème battue exposée à la merci du premier venu.

Une série de coups de corne le fit sursauter. Prenant appui sur les bras de son fauteuil, il se hissa de quelques centimètres, scruta le Bosphore et aperçut la poupe d'un navire britannique.

Des chacals, ces Anglais. Alliés des Turcs quand ça les arrangeait, comme durant la guerre de Crimée, lorsque leurs blessés venaient se faire soigner par milliers dans les hôpitaux de Constantinople. Mais c'était cinquante ans plus tôt...

Chaque fois qu'il pensait à eux, une même idée lui venait à l'esprit. Si les chacals pouvaient parler, leur pire insulte aurait été de traiter l'un des leurs d'Anglais. Des voyous qui faisaient les intéressants, alors que leurs fesses étaient encore rouges de la raclée que leur avait infligée Kemal aux Dardanelles, trois ans plus tôt. Eux qui pensaient alors « faire une croisière en mer de Marmara... ». Des arrogants et rien d'autre.

Mais les vents avaient tourné. Aux Turcs de recevoir la bastonnade. Trois jours plus tôt, les navires ennemis avaient envahi le Bosphore sans rencontrer la moindre résistance.

« Ils sont cinquante-cinq », lui avait annoncé son aide de camp au soir du 13 novembre.

La gifle était attendue. Quinze jours plus tôt, l'Empire ravalait son honneur et signait l'armistice. L'Empire, l'immense, le glorieux Empire ottoman s'était transformé en carpette.

La honte avait frappé doublement. Le général d'Espèrey, commandant des armées alliées, s'était pavané d'un bout à l'autre de l'avenue de Péra à cheval, singeant Mehmet le Conquérant lorsqu'il avait traversé la ville, cinq siècles plus tôt, alors qu'il venait de conquérir Constantinople. Ce voyou d'Espèrey... Il voulait humilier l'Empire. Et qui l'avait ovationné, alors qu'il parcourait la Grand-Rue de Péra ? Les minoritaires ! Les Grecs, les Arméniens, les Européens. Ceux-là mêmes que l'Empire avait protégés durant des siècles ! Leurs maudits drapeaux accrochés au balcon, ils avaient fêté l'humiliation des Turcs. Ce qui s'appelle faire preuve d'ingratitude.

Il exagérait, il le savait. Les Grecs et les Arméniens avaient subi les violences des armées ottomanes. Mais ceux qui applaudissaient vivaient heureux à Constantinople. Que le général d'Espèrey veuille marquer sa victoire, soit. Eux, au moins, auraient pu faire preuve de retenue.

Lui-même s'était comporté en imbécile. Épouse-t-on, à cinquante-six ans, une fillette qui en a seize ? Il est vrai que Nevvâré était ravissante. Sans parler de son toupet durant la nuit... Elle en avait appris, des tours, en matière de plaisir, en compagnie des autres jeunes filles du harem. Et sa façon de se déshabiller devant lui... Comme si elle dansait. La première fois, il lui avait demandé, dans un mélange de gêne et d'amusement, en grande personne qui interroge une enfant : « Qui donc t'a appris à bouger avec tant de grâce ? » Elle avait laissé échapper un rire moqueur : « Il fallait bien que nous occupions notre temps dans l'attente du prince charmant, *Vahdettincim*, mon petit Vahdettin. Ça t'étonne ? » Il avait compté sur son mariage pour retrouver un brin de virilité, et Nevvâré, qui découvrait enfin les plaisirs du sexe avec un homme, ne le lâchait pas. *Canım benim, bana gelsene ?* Mon âme, tu ne veux pas te rapprocher de moi ? Elle avait bien reçu pour cadeau de noces un palais, situé un peu plus haut, dans le parc de Yıldız, mais non, elle voulait passer ses nuits à Dolmabahçe. Auprès de son sultan... À qui la faute ? Lorsqu'il l'avait aperçue au palais de Cengelköy, où elle était dame de compagnie de

Müveddet Hanım, qui n'était autre que sa propre femme, il s'était senti tout émoustillé. Serait-ce que ma vigueur pourrait revenir ? se demandait-il chaque fois qu'il pensait à elle. Müveddet s'était montrée compréhensive, et le 20 juin de l'année suivante, il épousait Nevvaré. Le 3 du mois, son frère avait eu la mauvaise idée de mourir, et le lendemain il devenait sultan d'un empire en perdition, un poste où il aurait fallu placer quelqu'un du calibre de Mustafa Kemal, héros de la bataille des Dardanelles, alors que lui-même n'était qu'un enfant du palais qui avait vieilli en étudiant la poésie, la musique et la calligraphie. Tout cela pour se retrouver à la tête d'un empire qui n'avait plus même de beaux restes.

Son regard s'arrêta sur le lutrin en bois posé sur son bureau. Fait de noyer incrusté de nacre, il s'ouvrait en un grand « V » et portait un épais volume, le *Surnâmé*[1], chef-d'œuvre suprême de l'art ottoman, objet de tous ses soins et de toutes ses pensées depuis une dizaine d'années. Haut de près d'un demi-mètre, le volume avait été réalisé quatre siècles plus tôt dans les ateliers de Topkapı, sous la direction de Nakaş Osman, comme on l'appelait, Osman l'artiste... Cinq cents miniatures d'une rare finesse y racontaient les cinquante-deux jours et cinquante-deux nuits de fêtes qui célébraient la circoncision du fils de Mourad III, en 1582, au siècle de toutes les gloires.

Il effleura le volume d'un geste tendre. Dix ans plus tôt, il avait obtenu d'Abdülhamid, son frère aîné, alors sultan, de récupérer les plus beaux recueils de miniatures qui se

---

1. Le récit de la fête.

trouvaient à la bibliothèque d'Ahmet III, à Topkapı, et qui n'intéressaient personne. Son frère avait haussé les épaules. « Si ça te fait plaisir… »

Au fil des siècles, le *Surnâmé* avait subi le sort que connaissait l'Empire. Initialement constitué de deux cent cinquante doubles-pages, l'ouvrage n'en comptait plus que deux cent trente-cinq. Vahdettin s'était fixé une mission sacrée : reconstituer le *Surnâmé*. Sa façon de restaurer l'Empire dans sa gloire passée…

Il s'était appuyé sur les deux plus habiles antiquaires du Bazar, Danilo, un Juif, et Spiro, un Grec, les envoyant à ses frais jusqu'à Bagdad, Tabriz ou Venise. En dix ans, il avait réussi à retrouver quatorze des quinze doubles-pages manquantes.

Pour la dernière, Vahdettin plaçait ses espoirs en Danilo, qui lui avait procuré les trois dernières, toutes retrouvées à Venise. « Il semble que mon correspondant vénitien ait quelque chose d'intéressant », lui avait-il dit deux mois plus tôt.

Palais de Dolmabahçe,
dans les sous-sols,
le 16 novembre 1918

— Me voilà ! tonna Sabri.

Gülgül se leva d'un bond, corps droit et tête baissée.

— Regarde-moi ! Tu sais que tu as un père formidable ?

Le visage de Gülgül s'illumina. Il le savait. Son père était le meilleur homme qui soit. Et surtout, le meilleur pâtissier de l'Empire.

— Jusqu'en Australie, fit le garçon, les yeux brillants.

Les mots préférés de son père… « Notre sultan peut envoyer sa flotte de l'autre côté de la Terre, il peut s'arrêter à tous les ports et, dans chaque port, aller dans les meilleures pâtisseries goûter à tous les *kadayif.* Il n'en trouvera pas un seul qui soit meilleur que ceux d'Ahmet Baba. »

Soudain, son visage s'assombrit :

— Mon père est malade ?

Sabri le rassura. Son père avait déposé une requête auprès du sultan pour que Gülgül soit présenté à Musa Bey, le scribe du palais, à la fois grand savant et grand artiste.

— C'est lui qui appose la *tuğra*, reprit Sabri.

Il se référait au sceau impérial qui ornait les documents officiels, un enchevêtrement de courbes mêlées de traits et de points, la signature du sultan entourée de paroles du Coran.

Gülgül se dit qu'il avait sans doute plu au scribe :

— Il m'a vu lutter ?

Sabri secoua la tête.

Gülgül trouva la démarche inhabituelle. Tous les membres de l'entourage qui le faisaient appeler l'avaient vu lutter.

— Tu as beaucoup de chance, dit Sabri. Musa Bey est sans doute la personne du palais en qui notre sultan Vahdettin place la plus grande confiance. Je viendrai te chercher en fin d'après-midi et t'emmènerai chez lui.

— Vous allez me parfumer ?

— Non, répondit Sabri d'un ton sec.

Lorsque, durant un combat, l'un des invités ressentait un désir, il faisait signe à Sabri et pointait l'index vers l'un des lutteurs. Sabri conduisait le garçon au hammam, le savonnait, l'habillait d'un shalvar et d'une chemise en soie, lui maquillait les lèvres et le parfumait à l'eau de rose, avant de l'accompagner à l'alcôve retrouver l'invité du sultan, lui rappelant d'un mot son devoir : « Tu seras *fevkalâde.* » *Parfait.*

L'enfant continua de le regarder, l'air interrogatif.

— Assez bavardé ! Va remercier ton père. Ce qu'il a obtenu pour toi est exceptionnel.

*

Les cuisines du palais se trouvaient dans les sous-sols du harem, à l'autre extrémité du bâtiment. Aussitôt qu'il aperçut Gülgül, Ahmet le serra dans ses bras :

— Mon fils adoré ! Musa Bey va faire de toi un savant !

Autour de lui, la quinzaine de pâtissiers qui travaillaient sous ses ordres se mit à applaudir.

— Tu as une grande chance de pouvoir le rencontrer, dit Ahmet, une fois son émotion contenue. Promets-moi d'être très respectueux.

L'enfant leva les yeux sur lui sans comprendre. Si Sabri Bey n'envisageait pas de le parfumer, et si les pâtissiers applaudissaient au geste de son père, que lui voudrait Musa Bey ?

— Avez-vous jamais vu un enfant aussi merveilleux ? lança Ahmet à la cantonade.

Il reprit Gülgül dans ses bras, les autres applaudirent à nouveau, et le garçon, perdu, comprenait de moins en moins ce qui l'attendait, tandis qu'Ahmet repensait au jour où, quatorze ans plus tôt, sa vie avait basculé.

Asmik, l'une des femmes de chambre du palais, s'était retrouvée enceinte des œuvres de Musa. Mais voilà, du temps où il était derviche tourneur, celui-ci avait fait vœu de célibat. « Je te règle ton problème à une condition, lui avait dit Vahdettin. Tu ne verras pas l'enfant jusqu'à son adolescence, le temps qu'il établisse des liens profonds avec son père adoptif. Et ta paternité restera secrète à jamais. » Musa avait répondu en lui embrassant le dos de la main. Vahdettin avait ensuite convoqué Ahmet : « Tu es veuf. Tu vis seul. Prends l'Arménienne pour femme. Elle se convertira à l'islam, te sera dévouée et veillera sur toi durant ton grand âge. Et puis elle te donnera un enfant, peut-être même un fils. »

Asmik était morte en couches, et Ahmet avait considéré l'arrivée d'un garçon comme la plus grande joie que pouvait lui offrir le Tout-Puissant.

Palais de Dolmabahçe,
dans le bureau privé du sultan,
le 16 novembre 1918

Au coup de corne, Vahdettin sursauta. Un navire français… Très irrité, il quitta son fauteuil et alla chercher consolation devant les quatorze doubles-pages du *Surnâmé* qu'il avait récupérées au prix de mille manœuvres. Accrochées sur les murs de l'immense pièce, elles étaient mises en valeur dans des cadres de noyer incrusté, œuvres de Sarkis, un Arménien du Bazar. C'était à lui, aussi, que Vahdettin devait le lutrin de table sur lequel reposait le *Surnâmé*.

Le bon sens aurait voulu qu'il insère les miniatures dans le *Surmâmé* à mesure qu'il les retrouvait, mais cela l'aurait privé de la joie qu'il ressentait à les voir exposées devant lui, une joie d'enfant qui le rassurait, comme s'il reconstituait, pan par pan, l'Empire délabré. « Que ferai-je le jour où je récupérerai la dernière miniature ? » se demandait-il souvent. Déjà, chacune des pages retrouvées jusque-là lui avait procuré un bonheur intense. Là, ce serait différent ! Il exploserait de joie ! Il commanderait à Sarkis un cadre exceptionnel pour accueillir la dernière miniature et attendrait longtemps avant de toutes les insérer dans le volume. Le temps de les admirer jusqu'à plus soif…

Son seul regret était qu'il n'arrivait pas à partager sa joie avec ses proches. Nevvâré ne le prenait pas au sérieux : « Comment va ta collection, *Vahdettincim* ? Es-tu content ? » À son ton, il voyait bien qu'elle se moquait. Quant à Musa, croyant et pratiquant, il ne pouvait pas se réjouir de le voir violer les règles du Coran qui interdisaient la représentation et baissait la tête d'un geste rapide lorsqu'il se trouvait devant les miniatures, le temps de demander pardon au Seigneur.

Vahdettin repensa à la fête que racontait le *Surnâmé*. Quel empire était alors la Turquie ! En 1582, son sultan, Murat III, avait organisé une suite ininterrompue de festivités à l'occasion de la circoncision de son fils. Dignitaires du palais, ordres religieux, corps de métiers, artistes de cirque et même danseuses du ventre avaient défilé à l'hippodrome durant cinquante-deux jours et cinquante-deux nuits, marquant ainsi leur soumission au sultan. Le roi d'Arabie et celui des Indes, le roi de France et l'empereur d'Autriche, les souverains de Pologne, de Transylvanie, de Moldavie, tous étaient venus. Un temps où, partout en Europe, lorsque les mots « Sublime Porte » étaient murmurés, les gens observaient un instant de silence.

Les choses avaient changé. Perdant bataille sur bataille, l'Empire se retrouvait démembré. À l'image du *Surnâmé*.

Vahdettin ne se faisait aucune illusion quant à ce qui l'attendait. Il n'était pas taillé dans le bon bois pour être sultan. Encore moins pour redresser une situation désespérée. Mince, pour ne pas dire maigre, soucieux de se montrer élégant en toutes circonstances, aimant l'étude et les arts, il avait vécu dans un monde de poésie, de calligraphie et de femmes. Sa place de sultan était une erreur du destin. Nazikeda, sa première épouse, lui avait donné trois filles. Mais il lui fallait un fils. C'était elle qui l'avait poussé à prendre femme à nouveau. La deuxième, Insihrah, ne l'aima pas, ne porta pas, et se montra d'une jalousie si féroce qu'il en divorça très vite. La troisième, Müveddet, lui donna le fils tant attendu, avant de laisser gracieusement la place à Nevvâré, qu'il avait épousée comme seuls les vieux savent le faire : avec un ridicule consommé. En définitive, la dernière chose à laquelle la vie l'avait préparé, c'était d'être à la fois sultan et vieux.

Il s'approcha des tableaux. Six miniatures étaient accrochées sur l'une des parois, en deux colonnes de trois. L'une d'elles représentait Murat III distribuant des pièces d'or au public. Une autre décrivait l'arrivée de hauts dignitaires religieux. Au bas de la page, les invités chrétiens se reconnaissaient à ce qu'ils ne portaient pas le turban. Sur une autre encore, on voyait des charmeurs de serpents, des fleuristes et des tisserands. Ailleurs, des musiciens portaient leur instrument, ici un oud, là un ney, un tambour ou un luth. Le Coran interdisait les représentations, mais lorsqu'il s'agissait de chanter la gloire du sultan, les miniaturistes savaient où se situait leur intérêt. Chacune des miniatures frappait par la vivacité de ses couleurs, la précision du trait et la majesté heureuse qui s'en dégageait.

Du même noyer sombre que le lutrin, les cadres étaient incrustés de nacre, chacun reprenant sur ses quatre panneaux un motif de la miniature qu'il portait : un instrument de musique, une fleur, un animal, une arabesque ou encore des armes : une dague, une épée, un sabre…

Plus qu'une dernière double-page, se dit Vahdettin. Son projet était à bout touchant.

Un navire français joua de sa corne. Les imbéciles ! Toute leur gloire n'arrivait pas au dixième de la splendeur dont l'Empire ottoman avait marqué l'Histoire.

Palais de Dolmabahçe,
dans le cabinet de travail de Musa Bey,
le 16 novembre 1918

Musa n'arrivait plus à attraper le sommeil. Une attente de quatorze années prenait fin, et cela lui semblait irréel. Quatorze années de rêves, d'espoirs, de regrets et de remords. Quatorze années au cours desquelles il en avait été réduit à mendier des détails à Sabri. Que devient-il ? Comment se comporte-t-il ? Es-tu content de lui ? Est-ce qu'il ne souffre pas trop, lors des après-combats ? « Rassure-toi, lui répondait Sabri, ton fils est une merveille d'enfant, le plus choisi parmi tous », des mots qui ne faisaient que rendre son éloignement plus douloureux.

À peine Musa aperçut-il Gülgül à sa porte qu'il indiqua de la main l'unique fauteuil placé face à lui :

— *Otur, evladım*, assieds-toi, mon enfant.

Il l'observa avec émerveillement. Ce port... Cette démarche... Il ne l'avait jamais rêvé si beau.

Gülgül resta figé. Pourquoi le calligraphe l'avait-il appelé « mon enfant » ? Pourquoi tant de gentillesse ? Pourquoi Sabri Bey ne l'avait-il pas parfumé ? Pourquoi son père voulait-il qu'il soit présenté à Musa Bey ? Qu'avait-il à voir, lui, enfant des sous-sols, avec ce savant bedonnant ? L'avait-on confondu avec le fils d'un vizir ?

— Assieds-toi, répéta Musa, renouvelant son geste.

Que n'aurait-il donné pour le serrer dans ses bras ! Il l'observa de près. Le garçon avait les traits délicats de sa mère, la merveilleuse Asmik, dont on disait qu'elle était la plus belle fille du palais. Mêmes yeux, même front, même bouche…

Il ferma les paupières quelques instants :

— Ahmet, ton père, a demandé au sultan que je t'enseigne la fabrication des encres et la calligraphie.

Le garçon resta muet. Lui, un *seçmé*, un « choisi », dont toute la vie était centrée sur les combats et les après-combats… Pourquoi son père voulait-il qu'il apprenne les arts islamiques les plus raffinés ?

— La calligraphie est l'une des plus belles choses qui soit, poursuivit Musa. Elle est au cœur de ma vie.

L'envie de serrer le garçon dans ses bras le saisit à nouveau.

— Mais pour écrire, il faut une encre. Veux-tu apprendre à en fabriquer ?

D'un geste à peine perceptible, l'enfant hocha la tête.

— Tu verras qu'ensuite, tu voudras connaître les mystères de la calligraphie.

Pour les encres, ils iraient au parc de Yıldız, où Musa avait gardé son atelier.

Il se leva. Toujours sur ses gardes, l'enfant fit lentement de même.

Musa lui sourit : « Nous commencerons demain. Va, maintenant. » Puis, soudain, il s'approcha de lui, le serra fort dans ses bras un court instant et le poussa vers la porte.

Dans les sous-sols du palais de Dolmabahçe, le 16 novembre 1918

Dans le dortoir des lutteurs, les lits de Gülgül et de Vehbi étaient placés côte à côte.

Gülgül lui raconta son entrevue avec le calligraphe. Pourquoi lui ? Pourquoi pas Vehbi ou l'un des autres du dortoir ? Tous les garçons de Sabri Bey étaient à sa disposition… Il n'avait pas besoin de les séduire en leur proposant de leur enseigner la calligraphie :

— Tu y comprends quelque chose ?

— Rien, répondit Vehbi.

Comme à son habitude, il était d'humeur sombre. Son père, ancien garde du palais, avait été tué à la bataille des Dardanelles et sa mère était retournée à son village se remarier avec un cousin. Il n'avait qu'elle comme famille et ne l'avait pas vue depuis plusieurs années.

— Et toi ? demanda Gülgül, tu as lutté ?

— Un officier de marine.

— C'était bien ?

— Rien. Vraiment rien du tout.

Au dortoir, certains s'aimaient « pour *şaka*[1] ». La possibilité de rencontrer une femme étant exclue, les garçons se consolaient de leur misère en se donnant des rendez-vous à la fois réels et ironiques. « Qui donc est ton *misafir*[2] ce soir ? »

Gülgül aimait Vehbi vraiment. Il admirait son courage, sa dureté, tandis que lui-même… Autant il aimait la lutte, autant il détestait la bagarre.

— Avant de partir, dit Gülgül, il m'a serré dans ses bras.

— Tu ne me dis pas tout.

Gülgül se mit à rire. En plus, Musa était roux, comme lui !

— Pas beau ?

— Grand, fort et laid !

Il étouffa un rire et se serra contre Vehbi.

1. Pour blaguer.
2. Invité.

Immeuble Panoréa, quartier de Nişantaşı, dans l'appartement de Danilo et Esther Benveniste, le 16 novembre 1918

Que quelqu'un parle, pour l'amour du ciel ! se disait Esther Benveniste pour la dixième fois. Elle n'en pouvait plus, de ces silences atroces. Quelle idée stupide avait eue son mari, d'inviter leurs voisins à dîner, la veille de leur départ ! Il ne s'agissait pas d'un simple déménagement mais d'un déclassement violent. Plombés par des achats de marchandises malheureux, Spiro et Athina Apostolidès quittaient le bel immeuble de Panoréa, situé à Nişantaşı, le quartier chic de Constantinople, pour s'installer de l'autre côté de la Corne d'Or, avenue Vodina, dans le quartier populaire de Balat. Un autre monde... On y croisait plus de portefaix en guenilles que de grands bourgeois habillés à l'européenne, les maisons étaient plus souvent en bois qu'en pierre de taille, et les ruelles recouvertes de terre battue plutôt que de pavés, tantôt poussiéreuses, tantôt boueuses.

Longtemps, Spiro et Danilo, tous deux antiquaires au Bazar, avaient été « du même rang », comme Esther aimait dire. Mais la guerre avait mis fin à cette parité : les Turcs n'achetaient plus aux Grecs. Ils attendaient leur départ, lorsque leurs biens seraient à rafler pour une bouchée de pain.

Il faut absolument que quelqu'un parle, se dit Esther.

— Danilo, tu ne veux pas resservir Spiro ?

Celui-ci recouvrit son verre de la main :

— Merci.

Elle chercha de l'aide dans le regard d'Athina, qui baissa les yeux. Pas question de venir au secours de celle qui jouait les gentilles, alors qu'elle aurait pu avoir la délicatesse de les laisser vivre l'humiliation entre eux, leur dernier soir au Panoréa.

Au fond, se dit Athina, Esther n'aime rien autant que faire l'aumône. Une médiocre qui se rêve grande bourgeoise.

Spiro capta le geste de sa femme, comprit qu'elle refusait de rendre la tâche facile aux Benveniste et en ressentit du réconfort. Durant des années, ils avaient été ses amis les plus proches. Mais à cet instant, il les haïssait.

Athina leva les yeux et son regard tomba sur une peinture qui représentait l'Arc de triomphe vu du bas des Champs-Élysées. Une croûte. Comme tout ce que les Benveniste comptaient de tableaux. Un appartement au goût vulgaire qui mendiait le compliment. Chez elle, les tableaux étaient signés des meilleurs peintres grecs. Sans parler de leur collection d'icônes, l'une plus bouleversante que l'autre.

Mais voilà. Ils avaient beau avoir du goût, c'étaient eux qui s'exilaient dans un quartier misérable. La seule qui allait trouver quelque consolation à ce déchirement était leur fille, Calypso. Balat était plus proche du Bazar que Nişantaşı. Elle aurait plus d'occasions de croiser Aram, le fils de Sarkis, l'encadreur arménien. Un voyou. Elle lui interdirait de le revoir, voilà tout. Déjà qu'ils subissaient la déchéance, il ne manquait plus que sa fille épouse un Arménien.

Spiro chercha le regard de Danilo. Il n'oubliait pas sa propre responsabilité dans la déconfiture du Grec. « Achète ces deux miniatures à di Mango, elles te permettront de réaliser deux belles ventes », avait-il dit à Spiro. Il savait pourtant que les affaires de son ami périclitaient. Spiro en était certain : Danilo avait voulu arranger les affaires de di Mango en échange de Dieu sait quelle contrepartie, poussant Spiro à s'endetter.

Les œuvres étaient signées *Matrakci Nesuh*, Nesuh le blagueur, l'un des plus fins miniaturistes ottomans du XVIe siècle. L'une représentait une scène de chasse où l'on voyait un cavalier, son arc en main, un autre prêt à tirer sa flèche, et un troisième qui venait de tuer un cerf, on le comprenait à la bête couchée devant lui, le ventre transpercé d'une flèche. La seconde miniature montrait un funambule entouré d'une foule admirative. Deux chefs-d'œuvre. Les tentatives de Spiro pour les vendre s'étaient toutes soldées par un refus. Plusieurs vizirs auraient été heureux de les acheter avant l'arrivée des Alliés à Constantinople. Mais depuis, traiter avec un Grec…

Danilo n'avait pas agi avec malice. Il aurait voulu aider Spiro à récupérer sa mise. Mais les dignitaires auxquels il pouvait proposer les miniatures auraient pensé que, suite à l'échec du Grec, les deux hommes étaient de mèche. Il aurait passé pour combinard et son geste se serait retourné contre lui.

— Quelles nouvelles de Musa ? lança Spiro.

La question n'avait rien d'aimable. Musa, le scribe du sultan, et Danilo étaient cousins. Demander de ses nouvelles, c'était rappeler l'avantage dont bénéficiait Danilo dans sa relation au palais, d'où Spiro était désormais banni.

Esther comprit que Spiro cherchait à culpabiliser son mari. Savait-il que Danilo avait des vues sur une villa située dans l'île de Büyükada ? Et quelle villa ! La villa Salamina, celle des Konialidès ! De riches Grecs cultivateurs de tabac, qui avaient décidé de quitter Constantinople. Au moment où Spiro dégringolait sur l'échelle sociale, Danilo prévoyait d'en grimper trois marches d'un coup, profitant de l'exil d'un autre Grec. Deux mois déjà qu'il était en contact avec l'agent, pas encore en pourparlers, mais aux yeux d'Esther c'était pareil. Elle se faisait violence pour ne pas laisser tomber, au coin d'une conversation : « À propos, Athina, tu savais que les Konialidès vendent la villa Salamina ? Je crois que Danilo s'y intéresse de près, même si ce n'est pas encore officiel. Ça reste entre nous, bien sûr. »

Danilo proposa à Spiro de prendre un café le lendemain matin. Celui-ci lui rappela d'un ton cassant qu'il déménageait.

— Tout sera en place à midi, intervint Athina. Vous pourriez vous voir en fin de journée.

Elle avait beau en vouloir immensément à Danilo, il fallait que son mari maintienne de bons rapports avec celui qui, au Bazar, tenait désormais le haut du pavé en matière d'antiquités.

Danilo grimaça. Il avait une obligation à ce moment-là, qu'il tenait à garder secrète.

J'aurais au moins essayé, se dit Athina.

Elle reprit son examen critique de l'appartement des Benveniste. Ces tapis… De grossiers lainages qu'Esther négociait chez Osman, à l'entrée du Bazar, baragouinant un mauvais turc tout en faisant ses simagrées : « Nous, tu sais, nous aimons beaucoup les tapis turcs. Nous les trouvons, comment te dire… plus authentiques que les persans. » Une petite-bourgeoise qui rampait et vivait pour le qu'en-dira-t-on, voilà ce qu'était Esther.

En contrebas des jardins
de la Mosquée Bleue, versant Marmara,
le 17 novembre 1918

Aram faisait les cent pas. Si Calypso ne venait pas dans les cinq minutes, il devrait partir et ne pourrait pas la voir avant le mercredi suivant.

Ils avaient mis au point un stratagème pour se retrouver en toute discrétion. Le mercredi, seul jour de la semaine où Calypso allait aider ses parents au Bazar, Aram passait en vitesse devant leur boutique, autant de fois qu'il fallait jusqu'à ce que Calypso remarque sa présence et lui fasse signe. Il se rendait alors au petit jardin situé en contrebas de la Mosquée Bleue, un lieu que ne fréquentaient ni les Grecs ni les Arméniens. Calypso inventait une course urgente, un mal de tête, le besoin de respirer loin du brouhaha du Bazar, et le rejoignait.

Leur première rencontre remontait à dix-huit mois, alors que le père de Calypso tardait à passer chez Sarkis retirer une commande. Spiro avait vendu une montre à gousset incrustée de diamants à l'un des vizirs du gouvernement. Celui-ci voulait l'offrir au sultan d'alors, Mehmet V, et tenait à ce que le cadeau fût présenté dans un écrin de noyer marqueté d'ivoire et de nacre. Au Bazar, seul Sarkis était à même de fabriquer un tel objet. Spiro lui avait présenté la montre, le temps que Sarkis prenne les mesures qui lui permettraient de confectionner l'écrin ainsi que le coussinet de velours qui recevrait la montre. « Passe dans quinze jours », lui avait dit Sarkis.

Un mois plus tard, constatant que Spiro tardait à se manifester, Sarkis avait envoyé son fils lui apporter l'écrin et se faire payer.

Arrivé au magasin de l'antiquaire, Aram se trouva nez à nez avec une jeune fille d'une quinzaine d'années aux traits forts et aux yeux d'un vert profond, qui adoucissaient une expression méfiante, presque farouche. À la vue d'Aram, elle garda le regard sur lui durant de longues secondes avant de le baisser brusquement. « La plus merveilleuse fille de Constantinople », s'était-il dit.

Ils se croisèrent quelques semaines plus tard à la porte Nuruosmaniye, devant le vendeur de *simits*[1]. « Ah, c'est toi ? » avait dit Aram, embarrassé, avant d'ajouter : « Je suis content de te voir », dans un grec plombé d'accent arménien. Elle avait ri. C'était lui, encore, qui avait poursuivi : « Quand passes-tu par ici ? » Elle lui avait lancé : « Les mercredis » avant de lui tourner le dos et de partir en courant.

Ils s'étaient retrouvés à trois reprises, et chacun, chaque fois, s'était lancé dans de longues considérations sur

1. Petites pièces de boulangerie en forme d'anneau, recouvertes de graines de sésame.

Constantinople, le Bazar, le sultan, l'occupation et leur devenir de minoritaires. « On ne peut pas bavarder ailleurs ? » Aram avait proposé le stratagème qui les menait au jardin situé en contrebas de la Mosquée Bleue, où, deux fois, ils avaient échangé un baiser rapide.

Convaincre les parents de Calypso de l'accepter comme gendre semblait un combat perdu d'avance, Aram en était conscient. Qui voudrait voir sa fille épouser un Arménien et l'exposer aux massacres infligés à son peuple ? Ceux de 1915 n'étaient pas les premiers et sans doute pas les derniers. Jusque-là, les Arméniens de Constantinople avaient été épargnés. Mais demain ? Comme tous les siens, Aram vivait aux aguets.

Dans l'atelier de Musa Bey,
parc de Yıldız,
le 17 novembre 1918

Musa griffa du bout des doigts la peau de mouton qu'il tenait en main et ses traits se durcirent. Pour la troisième fois de suite, on lui avait livré la peau d'un animal qui n'avait pas été tondu depuis deux ans au plus. Il fut un temps où Saban, son fournisseur, lui réservait des peaux ayant quatre ou cinq années de laine, faites de boucles énormes, grasses, noires de sueur. De quoi fabriquer la meilleure encre. Mais c'était avant. Bientôt, il me proposera des moutons rasés de frais, se dit Musa. Encore un fournisseur du palais qui servait le sultan avec dédain ! Un citoyen de plus écœuré par la faiblesse de Vahdettin, un sultan qui laissait des étrangers occuper la capitale du plus grand empire de tous les temps sans tirer un coup de feu.

Avec ce Kemal qui savait parler au peuple, il y aurait bientôt des milliers de Saban prêts à tourner le dos à Vahdettin. L'ingratitude et l'injustice des hommes, se dit Musa. Que pouvait un pauvre Vahdettin, nommé alors que tout était perdu ? Cultivé, courtois, généreux, il était la meilleure personne au monde. Mais ce n'était pas lui qui allait galvaniser son peuple et chasser les Alliés.

Ce qui préoccupait Musa, à cet instant, n'était pas l'avenir du pays mais la pauvreté de cette peau de mouton. Pour la première leçon de Gülgül, il aurait voulu lui montrer ce qu'une peau de mouton bien grasse pouvait donner comme encre. Et, surtout, obtenir son admiration. À la première visite du garçon, il avait hésité à lui dire : « Appelle-moi *Musa Amca*, oncle Musa ». Et puis non. Cela aurait empiété sur les liens unissant le garçon et Ahmet. Une fois l'enfant parti, il avait regretté de n'avoir pas osé, avant de se faire une raison. Tout ce qu'il avait appris au monastère – la fabrication des encres, la calligraphie, la danse des derviches – n'était qu'un chemin pour accéder à la grande humilité. Il devait s'incliner devant ce qui liait Ahmet et l'enfant.

Il passa à nouveau les doigts à travers les boucles de la peau. Vraiment pas bien grasses.

Et s'il lui racontait sa propre vie de petit garçon juif du quartier de Balat, né hors mariage d'une mère juive et d'un soldat irlandais, avant de se soumettre aux enseignements du Prophète et de se retrouver calligraphe du sultan ? Non. Une telle tentative de séduction aurait été indigne de lui.

Cette hantise de rester humble en toutes choses s'imposait dans la fabrication des encres, comme dans la calligraphie. Les actes les plus anodins – rincer un flacon, nettoyer son calame, tracer un trait – méritaient d'être exécutés avec autant de soin et de grâce que possible. Il ne les entreprenait jamais sans avoir fait ses ablutions. Ils relevaient du sacré, et les exécuter autrement n'était pas concevable.

*

— Nous voici, Musa Bey, dit Sabri. Je vous amène un garçon impatient de voir comment se fabrique une encre.

Il donna une tape sur le dos de Gülgül et le poussa délicatement en direction de Musa. L'enfant s'approcha de lui, baisa le dos de sa main et le porta à son front.

— Que les jours te soient propices, *Gülgülcüm*[1], fit Musa.

Il réussit à s'abstenir de serrer le garçon dans ses bras, caressa ses cheveux et, de l'index, lui fit lever la tête jusqu'à ce que leurs yeux se rencontrent :

— Je suis très heureux de ta visite.

Le garçon le regarda, inquiet. Il ne comprenait toujours pas pourquoi Musa Bey était si gentil avec lui. Est-ce qu'il avait été choisi par Sabri pour amuser Musa Bey, roux comme lui ?

— Que le jour vous soit propice également, dit Gülgül, les yeux baissés.

— Touche, fit Musa, tendant la peau de mouton au garçon.

Celui-ci regarda le calligraphe, inquiet.

— N'aie pas peur, touche !

Il prit la main de Gülgül et la passa sur les boucles de l'animal :

— Cette peau est celle d'un mouton qui n'a pas été tondu depuis deux ans. Devines-tu ce que je vais en faire ?

L'enfant secoua la tête.

— De l'encre, *Gülgülcüm*. La plus belle encre qui soit.

1. Mon petit Gülgül.

Il se couvrit les yeux de la main, dit « *Allaha bin şükür*[1] » et se mit à découper les boucles du mouton qu'il plaça en vrac dans une marmite d'argile. Lorsqu'il eut terminé, il posa sur la marmite une grande assiette qu'il recouvrit d'une pierre :

— Lorsque nous mettrons la marmite à chauffer, la laine va s'enfumer, fondre et se transformer en goudron. Nous y ajouterons de l'eau. (Il lui montra un bol dans lequel était déposé un morceau de cristal.) Ce que tu vois est une pierre d'alun. Elle rendra l'encre plus terne mais la protégera. Dans cent ans, dans mille ans, aussi longtemps que Dieu laissera des hommes sur terre, on pourra lire ce qui aura été écrit avec cette encre. Et sais-tu pourquoi ? Parce que la pierre d'alun chasse les termites. En plus, grâce à elle, l'encre sera douce sous le calame…

Le garçon comprenait de moins en moins ce qui lui arrivait.

— Sais-tu par quel mot débute le Coran ? *Igra*, lis. C'est grâce à l'encre que le Coran existe. C'est la raison pour laquelle nous autres, croyants, considérons l'encre comme sacrée. C'est par elle que nous parle le Prophète. Et pour que les mots du Texte sacré nous arrivent chargés de toute leur beauté, cette encre doit être aussi belle que possible.

Il posa la main sur la pierre noire :

— *Rabbanh taqqabal minna*, que le Seigneur accepte mon offrande

Il chercha le regard de l'enfant :

1. Mille grâces à Dieu.

— Sais-tu ce qui m'a amené à l'encre, et de l'encre à la calligraphie ? (Il rit.) Bien sûr, tu ne le sais pas. Et tu ne peux pas l'imaginer : c'est la danse !

Il voulait que son fils sache qui il était, d'où il venait, ce qu'il avait vécu.

Et puis non. Raconter son enfance, c'était rechercher l'affection du garçon. C'était trahir son pacte avec le sultan.

Alors il lui dit qu'ils en parleraient une autre fois.

Hôtel Péra Palas,
au salon Kubbeli,
le 17 novembre 1918

À peine arrivé au Péra Palas, le prince di Mango s'était installé au salon Kubbeli et, comme toujours, avait commandé un café en turc en usant des rares mots qu'il connaissait : *Çok şekerli, lütfen*, très sucré, je vous prie, *ve iki baklava*, ainsi que deux baklavas. Jamais plus, jamais moins.

Constantinople fascinait Paolo di Mango. Il y retrouvait ce qui faisait le charme de la Venise des doges, des condottieres et des raffinements interdits, avant qu'elle ne se transforme en ville de province

À près de soixante-dix ans, fortune faite, il faisait le voyage une ou deux fois l'an, au début de l'hiver, lorsque Venise était submergée par l'*acqua alta*, ou en plein été, quand les clients étrangers s'y faisaient rares.

Il se rendait à Constantinople par le train, bien sûr. L'Orient-Express semblait avoir été conçu pour lui : trois jours de voyage enchanteurs, entouré de beau monde, et, à l'arrivée, le Péra Palas, mélange de charme ottoman et de raffinement parisien.

Sa carrière dans la marine avait été interrompue par une jambe brisée. Il en avait gardé une légère claudication qui l'obligeait à marcher aidé d'une canne. La sienne était ornée d'un pommeau d'argent sculpté, et son léger handicap, assumé en majesté, ajoutait à son allure. Très grand, blond, un visage osseux aux traits réguliers, sa présence au salon Kubbeli faisait contraste, au milieu d'hommes pour la plupart trapus et moustachus.

Fasciné par l'attirance mutuelle qu'avaient exercée Venise et Constantinople durant des siècles, il avait meublé les temps morts de sa carrière d'officier en étudiant l'histoire des deux capitales. Et quand, jeune retraité, il s'était retrouvé dans l'obligation de gagner sa vie, il avait ouvert un commerce d'antiquités, commençant par écouler quelques-uns des objets d'art byzantins accumulés par ses ancêtres. Cinq siècles plus tôt, la prise de Constantinople par les Turcs avait fait venir à Venise de nombreux Grecs, obligés, pour survivre, de se défaire des trésors qu'ils avaient réussi à emporter.

Dès qu'on le servit, il entama son protocole de dégustation, qui mêlait son goût de la discipline à celui du raffinement. Il se saisit de la petite tasse de porcelaine ourlée d'or, la porta à ses lèvres, aspira la couche d'écume qui recouvrait l'épais café et resta quelques instants paupières closes, l'écume en bouche, jusqu'à ce qu'elle imprègne de son goût âpre et doux chaque partie de son palais.

La première gorgée bue, il reposa sa tasse et observa les tablées qui l'entouraient. Il capta des mots de grec, de *ladino* (le castillan médiéval mêlé de turc), d'anglais, de français, de *lingua franca*, mélange de français et d'italien, d'allemand, d'arménien, de turc, aussi, bien sûr, d'italien et de russe. De ce mélange se dégageait une harmonie inattendue. Celui qui parlait une langue en connaissait souvent deux ou trois autres, et les échanges passaient avec fluidité de l'une à l'autre, sans que l'on puisse affirmer qu'ils étaient amicaux. Comme leurs parents et leurs grands-parents, ces gens faisaient sans doute affaire ensemble. Mais à voir leurs mines, ils restaient sur leurs gardes.

Voilà dix années qu'il connaissait l'obsession de Vahdettin de reconstituer le *Surnâmé* et qu'il le fournissait en miniatures, passant tantôt par Danilo, tantôt par Spiro, ou encore par des marchands de Smyrne ou de Damas. Dix années au cours desquelles Vahdettin s'était occupé de futilités, plutôt que de se préparer à la charge de sultan, dont il devait bien se douter qu'elle pouvait lui incomber à tout instant. Un homme pathétique, servi par des marchands serviles et voraces. Oui, Constantinople ravissait Paolo par son mélange de gloire passée et de tragi-comédie. En réalité, s'il se rendait souvent à Constantinople, ce n'était ni pour y faire des affaires, ni même pour y retrouver Fortunée, la femme la plus sensuelle qu'il ait connue et qui rendait ses nuits si tendres. C'était pour la ville.

*

Il quitta l'hôtel et emprunta le *Tünel,* un petit funiculaire souterrain qui le mena des hauteurs de la ville à Galata, à la lisière du Bosphore. Contempler l'Asie depuis la rive européenne du détroit, entouré des plus majestueuses mosquées qui soient, était l'un des nombreux plaisirs que lui offrait Constantinople. Quelques pas à peine séparaient la Nouvelle Mosquée, Sainte-Sophie, la Mosquée Bleue et Süleymanié. Les cris des marchands ambulants l'enivraient : *sucu, eskici, zaravatçi, camcı*, vendeurs d'eau, de vieilleries, de légumes, de vitres... Sans compter les interjections des *hammals*, les portefaix, qui disparaissaient sous leur fardeau en hurlant pour se frayer un chemin, et dont on se demandait où ils allaient puiser tant de résistance. Constantinople était une ville de bruits et d'odeurs. Aux effluves de bœuf grillé et d'ail se mêlaient ceux laissés par les chevaux dans leur sillage, des poissons grillés sur les *mangals*, des épices, des saucissons...

Depuis son occupation par les Alliés, la ville était honteuse, bafouée par des soldats qui n'avaient pas même eu à lutter pour la conquérir. Mais elle portait beau, et sans doute était-ce ce mélange de fierté et d'humiliation qui la rendait si attachante. Elle était encore la Byzance conquérante sur la rive droite de la Corne d'Or, un Paris déjà décadent sur sa rive gauche et l'Asie de tous les espoirs sur l'autre rive du Bosphore. Partout, ses beautés et ses blessures racontaient le panache d'un empire qui se défaisait au quotidien. Ses sultans s'étaient longtemps montrés avides de conquêtes et peu intéressés à s'assurer de la loyauté de leurs nouveaux sujets, plus tolérants que ne le pensait l'Occident, en définitive meilleurs guerriers que gouvernants.

À l'heure de l'hallali, l'économie de l'Empire se trouvait entre les mains ottomanes mais pas musulmanes. Le Bazar, où se jouait l'avenir financier du pays, était le camp des minoritaires. Grecs, Juifs et Arméniens contrôlaient les flux de marchandises. Une fois au pouvoir – une question de peu de temps –, quelle option aurait Kemal, s'il voulait donner au pays un semblant d'unité ? Qu'allait-il advenir, alors, des amis de Paolo, Danilo le Juif, Spiro le Grec, Sarkis l'Arménien ? Avaient-ils conscience de ce qu'ils risquaient en restant au pays ?

Dans l'atelier de Musa Bey,
parc de Yıldız,
le 18 novembre 1918

— Veux-tu que je te raconte ce qui m'a amené de la danse à la calligraphie ? demanda Musa.

Il était né d'un père qu'il n'avait pas connu. Sa mère, qui lui avait donné le nom de Moïse, travaillait comme courtepointière chez un tailleur pour hommes de la Grand-Rue de Péra, sur la rive gauche de la Corne d'Or. À dix ans, Musa avait été embauché par le même atelier comme garçon de courses. Un jour de juin, alors qu'il faisait très chaud, il devait livrer un costume au *Fransız Sarayı*, le Palais de France, où résidait l'ambassadeur. L'entrée des livraisons se situait au bas d'une ruelle pentue :

— Après avoir remis le complet, je remontai jusqu'à Péra. À l'angle de l'avenue Galip Dede, j'entendis un chant d'une grande mélancolie. Il venait d'une très belle maison dont les fenêtres étaient ouvertes. Je m'approchai et vis des hommes vêtus d'une longue robe blanche, la tête couverte d'une coiffe noire, qui tournoyaient sur eux-mêmes au son d'une musique envoûtante. Je les observai avec attention. Prenant appui sur le pied gauche, ils pivotaient en s'aidant du pied droit. Je m'étonnai qu'ils arrivent à garder les yeux ouverts, tant ils tournaient vite, à la fois sur eux-mêmes et autour de la salle, la tête inclinée, comme s'ils demandaient pardon, leur main droite orientée vers le haut, la gauche vers le sol. J'étais émerveillé par l'élégance de leur danse. On aurait dit qu'ils flottaient. Je les regardais et il me semblait qu'en tournoyant ainsi, ils connaissaient le bonheur suprême.

— Tu en es sûr ? demanda Gülgül.

L'enfant l'avait tutoyé. Musa attendit que passe son émotion :

— Tu ne peux pas savoir ce qui se produit dans le cœur des hommes quand ils dansent. Ils vivent des joies inattendues. Lorsque je danse, je suis inondé de bonheur.

L'enfant le regarda, désemparé. Pourquoi cet homme lui témoignait-il une si grande attention ?

— Pendant que j'admirais les derviches tournoyer, un homme s'approcha de moi et me fit signe de le suivre. C'était le *Aşcı Dede*, le maître des cuisines du monastère. « Ça t'a plu ? » me demanda-t-il dès que nous sortîmes de la grande salle. « Si tu veux, tu peux venir assister une fois encore à la cérémonie. Bien sûr, tu es croyant ? » Je n'avais pas encore ouvert la bouche. Comme je parlais le turc avec un fort accent ladino, il aurait vite compris que j'étais juif.

— Et tu as menti ?

Musa sourit :

— Le mensonge aurait éclaté à mes premiers mots. J'y retournai une fois encore et, quelques jours plus tard, je dis à ma mère que je voulais devenir derviche. Elle pleura en silence, puis posa sa main sur ma tête, l'usage des Juifs lorsqu'ils s'adressent à Dieu, et récita :

Shéma Israel
Adonaï Eloheinou
Adonaï Ehad.

Écoute Israël
Le Seigneur est notre Dieu
Le Seigneur est un.

Puis elle me dit : « Poursuis ta destinée. »

De retour au monastère de *Galip Dede*, je demandai à voir le maître des cuisines et lui dis que je voulais apprendre à danser. Il se mit à rire : « *Dervişlik zordur.* La vie du derviche est dure. » Puis il me demanda mon âge. J'avais quatorze ans. « As-tu le consentement de ton père ? » Je lui dis que je n'avais que ma mère et qu'elle m'avait donné sa bénédiction. « Tu dois savoir combien il est ardu d'être un *talib*[1], un prétendant. » Voulant me décourager, il m'indiqua le *saka postu,* un petit socle en maçonnerie situé dans un coin des cuisines, à peine assez grand pour que l'on puisse s'y tenir accroupi. J'y restai trois jours et trois nuits. On m'apportait de quoi boire et manger, et encore, à peine. Personne n'avait le droit de m'adresser la parole et je ne pouvais quitter le socle que pour faire mes besoins. Au bout de trois jours, le *Dede* des cuisines me demanda si j'étais toujours prêt à embrasser la vie de derviche. Je lui répondis que oui et embrassai l'islam. J'ai gardé mon nom : Moïse, qui en turc se dit Musa, est reconnu comme prophète par les musulmans.

1. Racine du mot *talébé*, élève.

— Tu n'avais pas peur de souffrir ?

— Je me disais qu'il ne pouvait y avoir de vie plus belle que celle passée à danser. Il m'amena auprès du maître religieux, le *Şeyh effendi* ; celui-ci me prit dans ses bras et organisa le soir même une cérémonie d'accueil. Devant tous les membres du monastère, il me remit le *sikké,* un bonnet de feutre noir. J'étais accepté en tant que *Nev-niyâz,* apprenti. Je devais y rester mille et un jours au moins, avant d'être accepté *Dede.*

— Tu as réussi ?

— Ma vie de derviche commença dans la dureté. Je nettoyais la vaisselle, faisais les lits, servais à table, nettoyais les latrines... Aux yeux des derviches, l'essentiel est d'avoir l'âme imprégnée d'humilité. Au fil des mois et des années, j'appris à lire et à écrire assez d'arabe pour lire le Coran, et assez de persan pour lire le *Mesnevi,* le poème de Djalâl-ad-Dîn-Rumi, le grand maître des derviches. J'appris le chant, la poésie, la fabrication des encres et, enfin, la calligraphie. Je te l'ai dit, tu ne peux pas devenir un bon calligraphe sans comprendre la nature profonde de l'encre, ni sans être proche du Seigneur. C'est à cela que t'amène la danse. La calligraphie, c'est l'écriture de la danse. Je suis resté au monastère plus longtemps que nécessaire, où je m'occupais des plus belles choses qui soient. J'avais le sentiment que mon cœur n'était empli que de charité et d'amour. Cela m'aidait à oublier le chagrin qui me poursuivait depuis ma conversion, et avec lequel je vis toujours : j'avais abandonné les miens.

— Pourquoi as-tu quitté le monastère, puisque tu y étais si heureux ?

— Le palais cherchait un calligraphe. C'était du temps d'Abdülhamid, le sultan poète. Sur le conseil du şeyh, on me choisit. Quelques années plus tard, Vahdettin me prit à son service, alors qu'il n'était pas encore sultan. Il s'intéressait à la fabrication des encres, à la calligraphie, aux miniatures, tout ce que j'avais appris au monastère. Il m'installa un atelier ici, au parc de Yıldız, dans ce *şâlé*, comme on l'appelle, là où nous nous trouvons. Voilà comment je passai de la danse aux encres.

L'enfant était d'une attention extrême.

— Je continue d'aller danser deux ou trois fois chaque semaine. Et tous les jours, j'adresse des prières au Tout-Puissant, dans l'espoir qu'il m'aide à chasser la vanité tapie dans mon cœur. Il faut se méfier de la vanité. Elle est toujours là, comme un vilain petit animal qui n'attend qu'une occasion pour nous empoisonner l'âme.

— Toi non plus, tu n'es pas protégé contre la vanité ?

Musa sourit :

— Le combat contre la vanité est celui de toute une vie.

Le garçon lui saisit la main, l'embrassa et la porta à son front. Il ne savait toujours pas pourquoi cet homme s'occupait tant de lui, mais il le trouvait merveilleux. « On dirait qu'il m'aime », se dit-il.

Hôtel Péra Palas,
dans la chambre de Paolo di Mango,
le 18 novembre 1918

Comme à chacune de ses arrivées, Paolo avait fait porter un pli à Danilo, au Bazar, lui fixant un rendez-vous à l'hôtel. Pas question qu'ils soient vus ensemble, ni que Paolo se déplace avec ce qu'il appelait son « coffre-fort », une malle dotée de quatre serrures et entourée d'une chaîne qu'il reliait d'un cadenas au pied de son lit.

— *Finalmente, ci ritroviamo*[1].
— *Con mucho gusto, querido Paolo*[2], dit Danilo.

Les deux hommes s'étreignirent. Leur complicité n'était pas étrangère à leurs origines. Après avoir été chassée d'Espagne à l'époque de l'Inquisition, la famille de Danilo s'était établie à Venise, avant de poursuivre son exil jusqu'à Constantinople. Paolo se sentait en complicité avec ceux dont les ancêtres avaient habité le ghetto de sa ville. Danilo

1. Enfin, on se retrouve (en italien).
2. Avec grand plaisir, cher Paul (en espagnol).

parlait ladino, et les deux hommes communiquaient en *lingua franca*[1].

Danilo regarda Paolo libérer la malle de sa chaîne et faire claquer une à une ses quatre serrures par gestes lents, en bon commerçant qui sait créer l'impatience. Sa réputation était celle d'un marchand habile, compétent et peu gourmand. Des revendeurs venaient de toute l'Europe lui proposer des pièces de valeur. Un autre, à sa place, aurait tenté de les vendre directement au sultan ou à ses vizirs, évitant ainsi la ponction d'un intermédiaire. Mais di Mango avait aux affaires le rapport distant de celui qui a réussi, la retenue d'un aristocrate et la sagesse d'accepter que les antiquaires locaux savaient mieux s'y prendre que lui, lorsqu'ils traitaient avec le palais. Cela lui permettait de proposer des objets de natures très diverses à des commerçants qui avaient, chacun, une clientèle ciblée : les miniatures, les corans précieux et les manuscrits pour les Turcs musulmans, les icônes pour les Grecs, les mezouzah et les sefer-torah pour les Juifs, et l'argenterie précieuse pour les Arméniens.

— Tu joues avec mes nerfs, fit Danilo, s'efforçant de sourire.

— La plupart des pièces ne t'intéresseront pas. Une ou deux risquent peut-être, je dis bien : peut-être, de te donner le vertige.

---

1. Mosaïque de langues latines qui permettait aux Levantins de se comprendre, quelle que soit leur langue d'origine.

Il déposa sur le lit les pièces dont il venait de vider la malle :

— Des corans miniatures. Ils pourraient intéresser tes vizirs.

Il en sortit une dizaine.

— Quelques icônes, époque Paléologue.

Il montra à Danilo un Christ Sauveur et une Sainte Trinité.

— Propose-les à Spiro, dit Danilo.

Paolo continua de vider sa malle :

— Quelques manuscrits, je passe en vitesse, ils ne sont pas de ton rang.

Il les disposa sur le lit puis se tourna vers Danilo, l'air grave :

— Et enfin, deux objets exceptionnels. Je ne t'ai jamais rien proposé d'une telle rareté. J'espère que nous arriverons à nous mettre d'accord.

— Pour autant qu'ils m'intéressent, dit Danilo en souriant.

— Ils te rendront fou. C'est concernant mes conditions que j'ai quelques craintes.

Paolo retira de la malle un épais volume dont la reliure de cuir brun, très usée, était à peine ornée :

— Un codex du XVIe siècle. Il n'y a que du texte en turc ottoman, écrit de la main même d'Intizami, l'auteur des textes du *Surnâmé.*

Il posa le volume sur la petite table ronde. Danilo se garda d'avoir un geste.

Paolo reconnut le commerçant roué :

— C'est un répertoire. Chacune des cinq cents miniatures du *Surnâme* y est décrite dans l'ordre où elle a été placée dans le volume d'origine, celui que possède ton sultan. L'une des entrées correspond à la double-page qui n'est pas en sa possession.

Il l'ouvrit là où avait été glissé un marque-page :

— Tu lis le turc…

Danilo se saisit du codex :

Pages 312 et 313 :

La page de gauche est séparée en deux parties qui représentent le soubassement du palais et le mur d'enceinte de la mosquée.

La scène inférieure montre une maquette de la mosquée de Soliman.

Quatre minarets surmontés du croissant sont érigés sur le côté droit de la maquette, la seule liberté que le maquettiste ait prise avec la réalité, car les minarets sont dressés symétriquement, deux à gauche et deux à droite du bâtiment central. Pour le reste, la similitude avec la mosquée de Sinan est respectée.

Un obélisque est représenté sur la gauche, son fût posé sur une base constituée d'une corniche haute, sans ornement. Un piédestal porte une petite statue, la colonne de Constantin VII Porphyrogénète.

Huit personnages figurent à gauche et à droite de ces deux bâtiments.

Six d'entre eux sont vêtus de robes rouges et de turbans blancs. Un seul porte une ceinture noire sur sa tunique rouge.

La longueur des tuniques n'est pas la même chez tous, tantôt jusqu'à terre et tantôt sous le genou.

Tous portent une hache, symbole des constructeurs. Les lames sont représentées en noir, sauf celle du quatrième personnage depuis la gauche, qui est argentée.

Danilo leva les yeux sur Paolo. Celui-ci n'avait pas cessé de l'observer :

— Es-tu bien assis ?

Il posa le codex sur le lit et extirpa de sa malle une pièce plate d'environ un demi-mètre sur quarante centimètres, faite de deux plaques de bois enserrées l'une sur l'autre par un cordon posé en croix et enroulé trois fois. Il dénoua le cordon, posa la pièce sur la table et fit le geste de soulever la planche du haut, avant de se tourner vers Danilo :

— Prêt pour la suite ?

— J'ai une idée, répondit Danilo, toujours imperturbable.

Paolo ôta lentement la pièce de bois et la déposa sur le lit, révélant un emballage de papier de soie fait de plusieurs couches repliées sur elles-mêmes, en enveloppe. Il fit mine de les déplier avant d'arrêter son geste :

— Je dévoile ?

Danilo ne répondit pas, le regard sur l'objet emballé.

Paolo sépara les couches de papier de soie. Une double-page apparut, sur laquelle étaient peintes trois éblouissantes miniatures ottomanes, l'une des plus belles pièces que Danilo ait jamais vues.

— Pas étonnant qu'elle ait été volée…

— Reprends le texte que tu as lu tout à l'heure et tu verras qu'il n'y a aucun doute. Tu as sous les yeux la planche 312-313 du *Surnâmé*. Celle qui manque à ton sultan.

Il alla chercher le codex et le présenta à Danilo, ouvert à la bonne page. Celui-ci relut quelques lignes du premier passage, puis concentra son regard sur la partie basse de la miniature. Chaque détail correspondait exactement à la description du codex.

— Poursuis la lecture, reprit Paolo.

Le premier étage du bâtiment présente une grande ouverture par laquelle on voit ce qui se passe à l'intérieur du palais. Deux personnages sont assis sur un bahut. La partie de la bâtisse où ils se tiennent est le « piano nobile », trois fois plus haut que l'étage inférieur et deux fois plus haut que l'étage supérieur.

La miniature était en tous points conforme au texte. Au-dessous de la page de gauche, il déchiffra :

Une grande et belle maquette de la mosquée de Soliman, faite de bois et d'ivoire… une construction virtuellement identique à l'original. Un homme se trouve à l'intérieur, un architecte sage et talentueux qui surpassait tous ses pairs. C'est à lui qu'est due la maquette.

— Et maintenant, dit Paolo, lis la description de la page 313.

Ce palais fait suite à la précédente miniature. On retrouve le même jardin de cyprès, cinq coupoles munies de deux cheminées chacune, comme sur la miniature précédente.

La scène représente une partie du palais avec sa cour intérieure.

À l'angle droit de la cour se trouve la colonne de Dioclétien, comme dans la scène précédente. C'est l'obélisque de Théodose.

Danilo lut deux autres extraits. Il s'agissait bel et bien de la double-page du *Surnâmé,* seule absente de la collection de Vahdettin :

— D'où tiens-tu cette merveille ?

— As-tu oublié qu'un bon commerçant ne dévoile jamais ses sources ? Cela fait partie du jeu, m'as-tu expliqué un jour.

L'échange avait eu lieu des années plus tôt. « Lorsque vous racontez un conte en italien, avait dit Danilo à Paolo, vous commencez par "*C'era una volta*". En espagnol on dit : "*Erase una vez.*" Mais en turc, tout change. Nous disons : "*Bir varmış, bir yokmuş*", une fois il était et une fois il n'était pas. En Orient, la réalité se définit grâce à l'irréalité. Ce que nous percevons est marqué par ce qui nous échappe. »

— À chacun son mystère, donc, reprit Paolo. Le destin a voulu que ces deux pièces arrivent jusqu'à moi. Je ne saurai jamais pourquoi, et tu ne sauras jamais par qui.

À la confiserie Markiz,
Grand-Rue de Péra,
le 19 novembre 1918

Décorée de faïences Art nouveau, la confiserie Markiz était le lieu de rencontre d'Européens, de diplomates et de quelques riches touristes.

Paolo et Danilo commandèrent des cafés. Autour d'eux, pas un seul Turc. Cette partie de Constantinople était un pieu planté en plein cœur de l'Empire.

— Ça ne te fait pas peur, demanda Paolo, tous ces marins français ou anglais en goguette dans ta ville ?

Danilo haussa les épaules :

— Vahdettin n'a eu d'autre choix que d'accepter l'humiliation.

— Méfie-toi, reprit Paolo. À Venise, nous connaissons de nombreux Turcs de souche. Ils sont très attachés à leur pays. Tu sais ce que l'on dit : pour tuer la mite, le Turc brûlera la couverture. Le retour de bâton à l'égard des minorités risque d'être féroce.

Danilo proposa de retourner à leurs affaires. Que voulait Paolo pour les deux pièces ?

— Pour la miniature, quatre mille livres d'or. Je suis certain que tu sauras bien la vendre.

Danilo fit la grimace. Ils avaient négocié les deux dernières à mille cinq cents chacune. Elles étaient tout aussi belles.

Paolo sourit. Les dernières n'étaient pas « la dernière » ! Aux yeux du sultan, la valeur de celle-ci serait immense.

— Nous sommes de vieux amis. Soyons associés dans cette affaire.

Il proposa de lui vendre la miniature et le codex pour un prix global de trois mille cinq cents livres :

— Je gagne ma vie, c'est vrai. Gagne la tienne largement et partageons le surplus.

Il avança la formule suivante. Tout ce que Danilo pourrait obtenir jusqu'à quatre mille cinq cents livres lui serait acquis. S'il y avait un surplus, ils le partageraient à parts égales :

— On travaillera à livre ouvert. Tu me donneras ma part à mon prochain voyage.

Danilo réfléchit quelques instants. Et s'il n'arrivait pas même à obtenir du sultan sa propre mise ?

Paolo éclata de rire :

— Il videra la moitié de son palais pour obtenir cette miniature.

Hôtel Péra Palas,
dans la chambre de Paolo di Mango,
le 20 novembre 1918

Entièrement nue, Fortunée quitta le lit d'un bond et se mit debout devant la porte-fenêtre.

— Saleté de ville ! s'exclama-t-elle en ladino.

Paolo éclata de rire :

— Je croyais que c'était la plus belle au monde.

— Je déteste sa crasse. Je déteste ses rues mal fichues. Je déteste son sultan ridicule, ses Juifs qui ne pensent qu'à singer Paris et vont suivre les cours de français à l'Alliance israélite au lieu d'apprendre le turc, ces imbéciles. Je déteste ses Grecs qui ne sont jamais contents, ne parlent que de la mère-patrie, mais qui pour rien au monde ne quitteraient Constantinople. Et ses Arméniens, qui jouent à être plus finauds que les Juifs ! Et bien sûr je déteste les Turcs, les *moussloumanes* comme ils disent... Des sauvages. Et pourtant, je ne vois pas où je pourrais vivre ailleurs. J'aurais le sentiment d'entrer dans un monastère. Même à Paris.

Elle se tourna vers lui :

— Même à Venise !

— Nous en avons de très beaux, répliqua Paolo en riant. Je t'organise une prise de voile quand tu veux.

Il la regarda et ressentit une bouffée d'admiration. Quel âge avait-elle ? Depuis quatre ans qu'ils se fréquentaient, il ne lui avait jamais posé la question. Autour des cinquante, sans doute. Forte de poitrine, de ventre, de cuisses, de derrière, de partout. Un Rubens… La féminité magnifiée par une impudeur déroutante et une sensualité qu'il n'avait connue chez aucune femme. Son goût de la liberté ne la poussait pas seulement à montrer son corps. Fortunée disait ce qu'elle pensait, dans une ville où les habitants étaient tiraillés entre la peur d'être dénoncés et celle de ne pas faire belle figure au sein de leur communauté. Chez Fortunée, ces craintes étaient inexistantes. Son intelligence la préservait d'en dire trop au mauvais moment.

Elle avait hérité de son père un magasin de pantoufles pour femmes. L'accessoire occupait une place importante dans les garde-robes, et la boutique de Fortunée était courue. Ses clientes parlaient beaucoup, et Fortunée, qui était de leur rang, se permettait l'ironie. « Ça reste entre nous, ma chérie, n'est-ce pas, mais enfin, si (telle ou telle) avait voulu passer pour sotte, elle ne s'y serait pas mieux prise. » Elle décryptait le pays avec ce même mélange de lucidité et de sans-gêne : « Nous sommes méprisées, ma chérie. Tôt ou tard, ils vont nous chasser, ne nous faisons pas d'illusions. »

— Ça a commencé avec les Arméniens. Ils les ont massacrés. Ça va se poursuivre avec les Grecs, et même très vite. Puis viendra le tour des Juifs. Autant prendre les devants.

Elle le regarda et lança, cinglante :

— Et si tu me demandes où nous irons, je te répondrai : là où on voudra bien de nous, mais sûrement pas en Palestine. Je préfère mourir dans un lit douillet.

Très vite son attachement à sa ville la submergeait à nouveau :

— J'aime tout de cette ville maudite. Les coupoles de Sainte-Sophie, celles de la Mosquée Bleue, de Nuruosmaniyé, les minarets de Süleymanié… et même, me croiras-tu, les appels à la prière. Ils m'irritent et me sont devenus indispensables. Ils rythment mes journées. Va comprendre.

Du Fortunée tout craché, se dit Paolo.

Il la rejoignit et ils restèrent une longue minute enlacés devant le spectacle de la Corne d'Or au soleil du matin.

Elle se détacha de lui, se saisit de ses habits et lança, au moment d'entrer dans la salle de bains :

— Tu n'étais pas très tendre cette nuit. Monsieur prend de l'âge ?

Palais de Dolmabahçe,
dans le salon privé du sultan Vahdettin,
le 23 novembre 1918

Le destin ne se contentait pas d'infliger un naufrage à l'Empire. Il le saupoudrait de petites humiliations. La veille, le président de la Banque ottomane était venu en délégation à Dolmabahçe annoncer que son institution n'était pas en mesure d'accorder à l'État le crédit demandé. Le fournisseur de peaux de mouton de Musa faisait désormais partie du mouvement des Jeunes-Turcs. Kemal n'en finissait pas de faire parler de lui. Au palais, deux odalisques de sa femme venaient de s'enfuir.

Mais ce matin, au milieu de ces agacements, la réalisation d'un rêve initié dix ans plus tôt se concrétisait. Vahdettin allait reconstituer le *Surnâmé.*

Les yeux sur la miniature que venait de lui présenter Danilo, il murmura : « *Allaha bin şükür,* mille grâces à Dieu. »

Où poser son regard ? Sur le sultan, représenté en majesté sur son trône, entouré de trois dignitaires ? Sur les religieux ? Les courtisans ? Les membres des guildes ? Il compta le nombre de personnages représentés. Quatre sur la partie haute de la page 312. Onze sur la partie basse. Et cinquante-sept, oui, cinquante-sept, sur la page 313. Soixante-douze au total. Il compta ensuite le nombre de coupoles, puis le nombre de toits…

Il se tourna vers Danilo :

— Montre-moi la page qui décrit la miniature.

Il en lut les premières lignes. Elles étaient convaincantes. Trop beau pour être vrai, se dit Vahdettin. Et pourtant, très crédible. Danilo était un marchand de toute confiance. De plus, il était juif. Et les Juifs craignaient les Ottomans. Pas comme les Grecs ou les Arméniens, qui avaient des armées et ne s'étaient jamais privés de faire la guerre à un empire vieillissant, alors que pas un seul Juif n'aurait eu l'idée d'applaudir au passage de d'Espèrey. Du reste, ils n'avaient pas même de drapeau à mettre à leur fenêtre.

— Combien en veux-tu ?

Danilo se racla la gorge :

— Neuf mille pour la miniature et deux mille pour le codex. Vous admettrez que l'un ne va pas sans l'autre.

Voilà que l'humiliation sonne à nouveau à ma porte, se dit Vahdettin. Les marchands nous proposent à grand prix des œuvres qui nous ont été volées, et en plus ils nous font la leçon.

Le bonheur qui l'habitait un instant plus tôt disparut. Du temps où l'Empire était puissant, un marchand qui présentait une œuvre volée finissait en prison, tous biens confisqués. Mais l'Empire était devenu un animal famélique qui n'avait d'autre choix que d'encaisser les coups que lui assénaient ces voyous d'étrangers, en attendant de rendre son dernier souffle…

Même négocié à la baisse, le montant dépassait les moyens d'un État qui n'arrivait plus à honorer la solde de ses soldats :

— Es-tu sûr, au moins, que la pièce est authentique ?

Le marchand connaissait l'antiquaire vénitien depuis vingt ans au moins. Dans la profession, chacun le respectait pour son œil aiguisé et son sérieux.

Vahdettin ouvrit une porte latérale :

— Je voudrais que tu me donnes ton avis sur une miniature.

Il retourna s'asseoir, suivi de Musa.

Danilo et le calligraphe se saluèrent discrètement. Ils étaient cousins, Vahdettin le savait.

Musa examina la double-page durant une longue minute :

— C'est la miniature manquante ?

— Lis ce que dit ce codex, répondit Vahdettin. Il est de la main d'Intizami, le calligraphe du *Surnâmé*.

Musa se saisit du volume et prit le temps de lire l'intégralité de la page, s'assurant chaque quelques mots que la miniature correspondait à la description qu'en donnait le codex :

— Il s'agit bien de la pièce manquante.

— Je n'ai pas encore négocié le prix et tu fais le travail de ton cousin, dit Vahdettin, faussement fâché.

Froissé, Musa se retira.

— Ne t'en fais pas pour lui, dit Vahdettin à Danilo, il m'est précieux autant qu'il m'est cher. Tout à l'heure je l'inviterai à dîner.

Il s'approcha des doubles-pages encadrées et prit le temps d'examiner chacune d'elles, histoire de rendre Danilo impatient. Maintenant qu'il avait réuni l'ensemble des miniatures manquantes, la sagesse aurait voulu qu'il les insère toutes à leur juste place dans le *Surnâmé*. Il aurait ainsi parachevé son œuvre… Mais cela l'aurait privé du plaisir de contempler au quotidien sa dernière acquisition…

— Je t'en propose sept mille livres d'or. Ce prix couvrira trois choses. Ou plutôt quatre. La miniature, le codex et un encadrement par Sarkis. Il sera du plus grand raffinement, conforme à ce qu'il a réalisé pour les précédentes miniatures, mais plus grandiose encore. Il faut que ce cadre ressorte parmi tous les autres. Enfin, le prix de notre transaction devra rester secret. Tu n'en parleras à personne, ni même à ta femme. Est-ce que j'ai ta parole ?

Danilo lui embrassa la main et la porta à son front.

Palais de Dolmabahçe,
dans l'appartement privé du sultan,
le 23 novembre 1918

Vahdettin s'arrêta à mi-chemin du couloir qui menait à la salle à manger, irrité. Il en avait plus qu'assez de tout ce tralala occidental, des lustres de Baccarat ou de Murano, des porcelaines de Meissen, et de ces tableaux français ou italiens qui représentaient des scènes galantes ridicules ou des paysages pâlichons, si on les comparait aux rives du Bosphore, à l'embouchure de la mer Noire ou à un coucher de soleil sur la Corne d'Or. Un étalage européen… La Turquie n'avait pas à se déguiser.

Enturbannés, en shalvar et babouches, deux valets, dos au mur, guettaient son arrivée. Chacun d'eux ouvrit l'un des battants de l'immense porte. Musa l'attendait, debout dans un coin. Vahdettin lui fit signe de prendre place face à lui et fit venir son premier cuisinier :

— Que nous as-tu préparé ?

— *Padişam*, mon Sultan, à votre choix, *ali nazik*[1] ou *külbastı*[2].

1. Agneau émincé, très épicé.
2. Tranches de bœuf marinées et saisies au feu de bois.

— Nous dînerons en vrais Turcs. Qu'en dis-tu, Musacım[1] ?

Le calligraphe se contenta d'incliner la tête.

— Apporte les deux, dit Vahdettin. Et dis à Ahmet de nous amener ses gâteaux quand nous aurons terminé.

À peine le cuisinier avait-il quitté la pièce que Vahdettin lui lança :

— Que dis-tu de cette miniature ?

Musa s'assombrit. Le sultan pensait-il qu'il avait voulu faciliter la tâche de l'antiquaire ?

— Oublie l'incident ! lança Vahdettin. Je te demandais ce que tu pensais et tu m'as répondu. Cette miniature a été volée, Dieu sait quand et par qui. Et voilà que nous devons payer un bien qui nous appartient. Que dois-je faire ?

— *Padişam*, je m'en remets à votre sagesse.

Vahdettin ne réagit pas. Que pouvait-il faire, sinon subir ? On l'avait nommé sultan juste avant que le rideau ne tombe et ce qui l'attendait n'était pas une ovation. Plutôt une salle dont les derniers spectateurs quittent des rangs dégarnis.

— Ton cousin fait honnêtement son travail. Je lui paierai ce que je lui dois. Autre chose à propos de cette miniature. Je suis d'avis de la montrer à mes ministres. Qu'en penses-tu ?

— *Padişam*, je crains qu'ils soient plus réticents à la dépense que sensibles à la beauté. Tous se plaignent de restrictions.

Vahdettin resta silencieux. Musa faisait toujours preuve d'un bon jugement. Inviter ses vizirs lui aurait valu des

1. Mon petit Musa (dans le sens : mon cher Musa).

compliments, mais pourquoi courir un risque inutile ? Il se contenterait de montrer la miniature à son cousin Ali Osman, le gouverneur de la ville.

Quatre valets pénétrèrent dans la pièce.

— Servez-nous de chaque mets.

Vahdettin goûta au *ali nazik*, puis au *külbastı*, et mit de côté le premier mets :

— Parle-moi de ton garçon. Comment se passe son apprentissage ?

Le visage de Musa rougit. Le sultan considérait toujours Gülgül comme son fils…

— Mon Sultan, si l'eau de toutes les mers du monde était transformée en encre, elle ne suffirait pas à vous écrire ma gratitude. C'est un enfant merveilleux, qui m'écoute avec attention et se montre désireux d'apprendre.

— Cela veut-il dire qu'il deviendra bon calligraphe ?

— Je m'en porte garant.

— Dans ce cas, tu diras de ma part à Sabri qu'il cesse la lutte.

— *Padişam,* si j'ose, je voudrais qu'on lui garde celle du matin, ainsi que ses exercices de force. Si vous acceptiez qu'on lui évite les luttes de l'après-midi devant vos invités, ce serait merveilleux.

— Entendu, coupa Vahdettin. Tu as bien fait de me le demander.

Ahmet entra dans la salle à manger, accompagné de deux pâtissiers chargés de gâteaux. Il n'eut pas le temps de s'incliner devant le sultan que celui-ci lança :

— Musa me dit que Gülgül est un garçon intelligent et travailleur. De la fabrication des encres, il connaît désormais les mystères.

Ahmet le regarda, les yeux brillants.

— À compter de demain, Musa va le former à la calligraphie. Il ne participera plus aux luttes devant mes invités.

Ahmet inclina la tête et resta ainsi penché de longues secondes, heureux que l'enfant n'ait plus à subir les après-combats. Mais la perspective de voir s'installer une complicité entre Musa et le garçon lui pinça le cœur. Tôt ou tard, Gülgül apprendrait la vérité. Qui était-il, lui, pâtissier illettré, face à Musa ? Dix fois, il s'était imaginé la scène : le garçon lui reprochait de lui avoir caché qu'il était fils du grand Musa Bey, plutôt que d'un pâtissier inculte qui trimait dans les sous-sols du palais.

— Tu es content, j'imagine ? demanda Vahdettin.

Ahmet ferma les yeux, hocha la tête.

— Je vous laisse, reprit Vahdettin. Vous avez des choses à vous dire.

Aussitôt que le sultan eut quitté la pièce, Ahmet s'approcha de Musa :

— Je vous dois le plus grand bonheur de ma vie. *Ben sizin için kurban olayım*, que l'on me sacrifie pour vous comme au Jour du sacrifice.

Puis il s'agenouilla, lui embrassa le dos de la main et quitta la pièce, heureux et chagriné à la fois.

Palais de Dolmabahçe,
au cabinet de calligraphie de Musa Bey,
le 2 décembre 1918

Gülgül était penché sur l'arabesque que Musa venait de poser sur sa table, un entrelacs de volutes, de boucles et de spirales.

— Ce que tu vois est un *maşallah*[1]. Et voici un *tuğra,* le sceau du sultan.

Trois longs traits surgissaient vers le haut du sceau et deux autres ondulaient, venant de la droite. Dans la partie centrale, le nom du Prophète était calligraphié dans une écriture serrée d'une grande finesse. En dépit d'une disposition foisonnante, il émanait de l'ensemble un sentiment d'ordre et de majesté.

— Pour copier ce *tuğra,* ton calame partira du cœur et suivra un mouvement continu. Ce sera lui qui donnera au sceau son élégance. Tu traceras ensuite les deux boucles, puis les *çezgi*[2], et tu achèveras le tout par les verticales.

Il observa le garçon :

1. Par la grâce de Dieu.
2. Traits.

— On me dit que tu es un formidable lutteur. Pourtant, j'observe que ta respiration est saccadée.

L'enfant répondit qu'il avait peur de ne pas réussir. Musa lui caressa les cheveux :

— Lorsque tu calligraphies, ton corps tout entier y participe, de la tête jusqu'aux doigts de pied. Tu suivras les règles de la danse. Regarde comment se prépare le derviche avant de tourner sur lui-même pendant des heures.

Il se leva et procéda à une série d'inspirations et d'expirations, d'abord courtes, bouche ouverte, puis graduellement plus profondes et plus longues :

— Ces exercices permettront à ton corps d'user de toute sa force avec grâce. Vas-y, je te regarde.

Grand Bazar, au Kalcılar Han[1]*,*
dans la boutique de Danilo,
le 4 décembre 1918

— Il faut que tu prennes ton courage à deux mains, dit Esther.

Lorsqu'elle voulait faire pression sur son mari, son fils Jako était son arme ultime. Le regard de l'enfant passait de l'un à l'autre de ses parents, à l'affût d'un mot qui lui en dirait plus. « Il est d'une intelligence…, lançait Esther à qui voulait l'entendre, et je ne dis pas ça parce que c'est mon fils ! »

Plus tôt dans l'après-midi, elle s'était assurée de son appui : « Il faut que tu m'aides à convaincre ton père, c'est très important qu'il aille voir Spiro, je ne te dis pas pourquoi, ce sont des histoires de grandes personnes. »

Danilo haussa les épaules. Bien sûr qu'il irait voir Spiro, ne serait-ce que pour être sûr que « le Vénitien », comme Esther l'appelait avec un mépris non déguisé, n'avait pas dévoilé au Grec les termes de leur transaction. Paolo était de la race des grands commerçants. Garder un accord secret faisait partie de son quotidien. Mais au terme d'un long

1. La Maison des polisseurs.

dîner ou d'une journée harassante, sa langue pouvait fourcher. Quant à Spiro, en commerçant rusé, il savait rendre son interlocuteur bavard. Un silence, une inflexion de voix, une expression de surprise, tout était bon pour le prendre à contre-pied et l'amener à se dévoiler.

— Tu devrais aller le trouver maintenant, reprit sa femme. Le Bazar se vide, il se sentira moins humilié s'il n'y a pas de client au moment où tu entres dans son magasin.

Danilo eut un mouvement de tête en direction de Jako, comme pour dire à Esther : « Ce n'était pas la peine de mêler l'enfant à nos histoires. »

Le garçon le regardait, l'œil froid. Son père était-il un lâche, comme le laissaient entendre les mots de sa mère ?

— Maman a raison, dit Jako. Si tu y vas maintenant, c'est mieux.

Danilo secoua la tête, accablé. Tout cela était de sa faute. Il n'aurait pas dû mettre sa femme au courant du montant de la vente à Vahdettin, et encore moins du dilemme qui lui ôtait le sommeil depuis qu'il avait conclu la transaction. Et voilà que sa femme mêlait leur fils à ses problèmes. Son souci ne se limitait pas à dissimuler à Spiro l'existence de la transaction. Autre chose le tentait, une ruse à laquelle il ne cessait de penser. Il avait moyen de cacher à Paolo les détails du marché. Ce serait la première fois qu'il le trahirait. Mais la tentation était forte… Il refaisait son calcul dix fois par jour. Si, au lieu de dire la vérité à Paolo, il annonçait un prix de vente de 5 200 livres d'or, la part due à Paolo serait de 350 livres d'or. Et la sienne d'un total de 3 150. Un montant qui le rapprocherait de la maison de Büyükada… Les Konialidès en voulaient 9 000 livres, mais cela faisait dix mois que la villa était à la vente… Son prix était sans doute négociable à 8 000, peut-être même 7 500.

Depuis qu'il avait informé Esther de sa transaction avec le sultan, elle aussi ne cessait de rêver à la villa Salamina. Quartier de Nizam, en surplomb du port, vue sur la côte, salon et salle à manger dignes de recevoir un Grand Vizir, huit chambres, deux salles de bains avec baignoire, un jardin en pente douce vers la mer…

Posséder une telle maison à Büyükada, c'était faire partie de la grande bourgeoisie juive de Constantinople. Pour ne pas dire de son aristocratie. La marque d'une réussite éclatante. Ils inviteraient les Asseo, les Saltiel, les Niego, les Soryano, les Burla… Dorénavant, tous passeraient au magasin en amis, s'arrêteraient le temps d'un café, en repartiraient flattés, pour revenir et faire une acquisition conséquente. Et pour Jako, quel avenir ! Plusieurs familles avaient des filles de quelques années plus jeunes que lui. Il fallait qu'elle soit jolie. Non. L'important était qu'elle soit gentille. Honnête. Fidèle. Et surtout qu'elle vienne d'une des grandes familles. Mais aussi qu'elle ait de l'allure ! Bien que de nos jours, se disait-elle, donner de l'allure à une jeune fille n'est pas difficile. Il faut s'en occuper, voilà tout. Et avoir les moyens. On l'inscrit à des cours de danse, on surveille son régime, on appelle la couturière. On lui apprend les langues étrangères, on lui organise des cours privés de piano… Le métier de parents consiste à donner confiance aux enfants. Ce qu'elle-même essayait de faire avec Jako. Et il fallait bien admettre que le résultat était là ! À onze ans, Jako était déjà un petit homme, sûr de son fait, prêt à tenir tête à tout un chacun. Quelquefois à l'excès, elle devait l'admettre... Malgré tout, sa façon d'argumenter forçait l'admiration.

Oui, posséder cette maison serait la clé du paradis. Encore fallait-il que son mari prenne le risque de tromper Paolo et s'assure que Spiro ne soit pas informé de la transaction.

— Alors ? fit Esther. Tarde et il va fermer !

Si elle avait mis autant de fébrilité dans ses paroles, c'est qu'elle non plus n'était pas en paix. L'avant-veille, elle avait pris un café avec Athina. Incapable de taire sa vanité, elle avait laissé entendre qu'ils allaient peut-être acquérir une villa à Büyükada, avant d'ajouter : « Enfin, une petite chose, pour que l'enfant puisse un peu respirer, avec son asthme... »

— C'est vrai, lança Jako.
— J'y vais, murmura Danilo, tête basse.

La visite l'ennuyait profondément. Après de longues années de compagnonnage fraternel, Spiro et les siens se retrouvaient *escaïdos*, comme on disait en ladino, déchus, alors qu'au même moment, Esther et lui se voyaient déjà propulsés au sommet de leur communauté.

Il y avait là quelque chose d'injuste. Les Grecs de Constantinople habitaient la ville depuis plus longtemps que les Turcs, et voilà qu'ils payaient pour les guerres entre les deux pays. Comme chaque fois qu'il pensait à leur sort, il tentait de justifier l'Empire. Les Grecs avaient un État... Une armée... Ils pouvaient être considérés comme dangereux...

Une véritable cinquième colonne. Que les Turcs se méfient d'eux, quoi de plus normal ? Alors que les Juifs… Ni pays, ni armée, ni drapeau, ni rien. Un peuple docile et soumis. *Korkak yahudi !* disaient les Turcs. Peureux de Juifs ! Avec eux, les Turcs ne craignaient rien.

*

Les rues du Bazar s'étaient vidées et la plupart des boutiques avaient fermé. Celle de Spiro était ouverte. Signe qu'il ne veut pas rater une seule vente, se dit Danilo. Il avait à peine franchi le seuil du magasin qu'il s'arrêta brusquement. Spiro et sa fille étaient en pleine dispute. Assise dans un coin, Athina les regardait, apeurée.

Danilo savait que chaque mercredi, Calypso venait au magasin prendre les poussières. Mais pas question qu'elle fasse les trajets seule. Sa mère l'accompagnait à l'aller comme au retour.

Athina fit signe à Danilo de venir s'asseoir auprès d'elle et lui chuchota :

— Comme par hasard, chaque mercredi, Aram, le fils de Sarkis, vient rôder autour du magasin.

Elle ne l'aimait pas, cet Aram. Haut de taille, pas vraiment beau avec son grand nez. Mais athlétique ! C'est vrai qu'il avait le regard fort. Vingt-deux, vingt-trois ans, une allure virile. De quoi plaire à Calypso. Et il lui plaisait, le voyou. Il suffisait d'observer sa fille lorsqu'elle l'apercevait. Mais donner Calypso à un Arménien pour qu'elle aille se faire massacrer avec eux, jamais !

— On n'a pas le droit de se promener au Bazar ? lança la jeune fille.

— Laissons ton père bavarder avec son ami. Déjà qu'ils ne se voient plus si souvent...

— Le garçon veut l'épouser, dit Spiro à Danilo dès qu'ils furent seuls. Sarkis m'a demandé deux fois la main de ma fille. Les enfants se plaisent.

— Où est le problème ?

— Notre fille est notre seul trésor. Elle a tout : des manières, de l'éducation, de la grâce... Sarkis est un brave homme, et son fils sans doute un bon garçon. Mais voilà... Il est arménien. Tu sais comme moi ce que les Turcs font aux Arméniens.

— Je te comprends, fit Danilo, gêné.

Il laissa passer un silence :

— Pour changer de sujet, as-tu vu notre ami Paolo avant son départ ?

— Bien sûr, répondit Spiro, il m'a proposé deux belles icônes. J'ai dû décliner, tu en connais la raison. Pourquoi cette question ? Il m'a dit qu'il ne t'avait rien vendu, à toi non plus.

Soulagé, Danilo sourit.

— Tu as autre chose en tête ? demanda Spiro, soudain méfiant.

— Bien sûr que non, répondit Danilo.

Il lui avait posé la question « comme ça, pour te changer les idées, après ta dispute avec ta fille ».

*

— Comment c'était, avec Danilo ? demanda Athina.

Spiro l'avait trouvé bizarre. Comme s'il était sur ses gardes.

Sa femme se souvint de ce que lui avait dit Esther, l'avant-veille, à propos d'un achat qu'ils envisageaient à Büyükada. Une « petite chose », avait-elle ajouté. Elle s'était abstenue d'en parler à son mari, cela l'aurait blessé de savoir que son ancien voisin grimpait les échelons, alors que lui-même dégringolait.

— Il y a autre chose, dit Spiro, je le sens.

Elle le mit au courant, à propos de la villa.

Sachant que leurs jours à Constantinople étaient comptés, de nombreux Grecs se défaisaient de leurs biens à prix cassés, au grand bonheur des Juifs et des Turcs, il le savait. Mais que Danilo participe à la curée, voilà qui le révoltait :

— Un salaud comme les autres !

— Tu t'attendais à autre chose ?

Palais de Dolmabahçe,
dans l'atelier de calligraphie de Musa Bey,
le 9 décembre 1918

— Essaie cette encre, dit Musa.

Il poussa devant lui un petit bol dont le fond était recouvert d'un liquide noir. Gülgül y trempa son calame et, d'un geste maîtrisé, traça un majestueux *Maşallah :*

— L'encre est fluide sous le calame. Je ne vois pas de différence.

— Rapproche la feuille de ton nez.

— Elle dégage un parfum de rose.

Il approcha à nouveau la feuille de son visage :

— Et même un fort parfum. Il embaume. Comment as-tu fait ?

Musa n'utilisait pas de gomme, mais partait d'un mélange de myrrhe et de noir de fumée. C'était son secret. Comme par miracle, il émanait alors de l'encre un arôme de rose qui ajoutait au plaisir du lecteur. Même si celui-ci ne s'en rendait pas compte.

— Un de ces jours, reprit Musa, je te ferai essayer une encre encore plus particulière. On trouve en Arabie un arbre qui donne une résine dont les cristaux sont blancs. On l'appelle « l'arbre à encens ». Au Bazar, tu ne verras personne qui connaisse cette façon de faire. Je te livre mon secret : si tu ajoutes ces cristaux à ton encre, ils lui donnent une senteur très puissante, celle que respirent les chrétiens dans leurs églises.

Il regarda l'enfant et ne vit pas dans son expression l'éclat de joie qu'il attendait :

— Sache ceci, encore. Les plus belles calligraphies sont enluminées. L'usage des encres de couleur est un art en soi que je voudrais t'enseigner.

Il s'arrêta, les yeux dans ceux du garçon :

— Est-ce que tout cela t'intéresse ? demanda-t-il d'une voix douce.

— Bien sûr, répondit Gülgül.

Calligraphier lui procurait un grand plaisir. Les séances avec Musa Bey étaient l'occasion de découvertes merveilleuses. Et l'attention que lui portait le calligraphe, empreinte de gentillesse, et même d'affection, le touchait infiniment. Mais les séances des après-midi devant les invités du sultan lui manquaient. Il aimait être regardé, admiré, applaudi. Et surtout, être choisi. Lors de ces séances, ce n'était pas l'encre qui était parfumée, mais lui. Ce n'étaient pas ses volutes qui étaient sensuelles, mais ses propres mouvements. Ce n'était pas la trace du calame qui était applaudie, mais son corps, sa manière de bouger, d'être, lui-même, une harmonie.

Immeuble Panoréa,
chez Danilo,
Istanbul, le 12 décembre 1918

De : Danilo Benveniste, antikario en el Gran Bazar de Kosta

À : Paolo di Mango, antikario en Campo San Moisè de Venezia

Quèrido Paolo,

Yo estó empeçando esta letra con tres esperanças. La primera es que mis biervos vos topen a ti y a los vuestros, en días corriendo orozos y en salud perfekta.
La segunda es mi español que te seiga entèndible.

Je commence cette lettre par trois espérances. La première est que mes mots te trouveront en parfaite santé.

La deuxième est que mon ladino te sera compréhensible. Lorsque nous nous trouvons face à face, la lingua franca *arrive à nous unir. Deux mots de ladino, trois de vénitien, et le tour est joué. Pour une fois je t'écris. Je sais qu'il y a encore à Venise des Juifs d'Espagne qui parlent le ladino, mais je ne suis pas sûr que tu voudras leur montrer cette lettre, tu comprendras pourquoi en la lisant.*

Ma troisième espérance est que cette lettre t'arrive. J'en fais une copie que j'expédierai dans quelques jours, souhaitant que l'une des deux au moins trouve le chemin de ta maison.

J'ai réussi à obtenir du sultan un total de 5 200 pièces d'or pour la double-page et le codex. Il m'a demandé d'inclure l'encadrement dans le prix, ce qui représente un petit montant par comparaison. Je le prends à ma charge.

Selon notre accord, la somme qui te revient est de 5 200 moins 4 500, divisé par deux, soit trois cent cinquante pièces d'or. Elles sont à ta disposition dans mon coffre.

J'espère que les termes de cette transaction te feront plaisir.

Comme toujours, traiter avec toi a été un bonheur.

Je te serre dans mes bras,

Danilo

Palais d'Ali Osman Pacha,
gouverneur de Constantinople,
le 16 décembre 1918

— Que veux-tu, nous sommes en Turquie ! lança Ali Osman Pacha à Spiro.

Le gouverneur de Constantinople était désolé d'apprendre la déchéance qui le frappait. Lorsqu'il lui avait demandé à être reçu, Ali Osman s'était empressé de donner suite à sa requête, l'invitant même à son domicile, pour qu'il prenne acte de sa bonne disposition et comprenne la difficulté à laquelle lui, gouverneur de Constantinople, devait faire face. La guerre avec la Grèce était imminente. Afficher une faiblesse pour l'art grec lui était désormais impossible. Pire encore s'il s'agissait de représentations religieuses.

La gêne de Spiro était d'autant plus grande que le faste du palais l'intimidait.

Le plafond de bois sculpté, doré et peint de couleurs vives, avec une dominante bleu ciel, était coiffé d'une coupole à lanterneau vitré. À mi-hauteur entre le sol et la coupole, un bandeau orné d'inscriptions coraniques faisait le tour de la pièce. Des carreaux d'Iznik tapissaient l'une des parois du salon. Ils représentaient un jardin paradisiaque planté de tulipes, l'emblème ottoman. Sous la coupole, au milieu d'un immense tapis, un grand canapé rond, à bras, recouvert de coussins de soie, encerclait un arbre planté dans un immense pot en bronze martelé, ciselé et incrusté de pierreries multicolores. Un autre sofa, en demi-lune, épousait le pan vitré de la pièce, lui aussi parsemé de coussins aux tons orange, pourpres, indigo et aubergine, tous parés de broderies et de pompons au fil d'or.

Des tapis de soie d'une grande finesse de nœuds, tous persans, étaient suspendus aux deux parois restantes. Spiro se souvint : c'était lui-même qui les avait vendus au gouverneur. Un paravent marqueté de bois précieux et incrusté de nacre et d'ivoire, de petites tables basses et quelques poufs constituaient le reste de l'ameublement.

— Ça te change de ce que l'on voit à Dolmabahçe, j'imagine, ajouta le gouverneur, goguenard.

— Où que l'on pose le regard…

— Ici, rien qui vienne de France ou d'Italie ! ajouta Ali Osman. Tout est ottoman. Et voici ce dont je suis le plus fier.

Sur une table basse était posé un coran à la reliure ornée de pierres précieuses.

— Un cadeau d'Abdülmecid Ier à l'ancêtre dont je porte le nom, Ali Osman, gouverneur d'Alger. C'est lui qui a construit la maison. Le précieux coran n'était pas la seule marque de gratitude de la part du sultan. Pour remercier mon aïeul de sa loyauté, Abdülmecid lui a offert le terrain où nous nous trouvons, à proximité du palais de Topkapı et de la mosquée Sultanahmet[1].

1. La Mosquée Bleue.

D'un geste ample, il invita Spiro à prendre place sur le sofa en demi-lune. Au même instant, un serviteur déposa devant eux deux verres de thé et un bol en argent martelé rempli de lokoums.

— L'honnêteté m'oblige à te dire qu'il ne faut pas t'attendre à des jours meilleurs. La Grèce prépare un assaut sur Smyrne et sa région, je tiens l'information de Vahdettin lui-même. Nous sommes cousins, tu le sais.

Dans ces temps troublés, le sultan n'avait pas beaucoup d'amis. Membres du pouvoir ou affiliés aux Jeunes-Turcs de Kemal, ils étaient nombreux à compter sur sa chute. Chacun complotait dans son coin, préparant ses offres de service à Kemal :

— Parlons d'autre chose. Je partage sous le sceau du secret une information qui peut t'inspirer. Notre sultan a enfin trouvé la miniature du *Surnâmé* qui lui manquait. La dernière ! Tu imagines sa joie. Je crois être le seul auquel il s'est ouvert de cet achat, tant il craint que, dans les circonstances actuelles, on le lui reproche.

— On ? demanda Spiro.

— Tout le monde, je te l'ai dit. Il est vrai qu'il a cher payé l'objet. Trop cher, si tu veux mon avis. Mais enfin, il le voulait tant…

— Il vous en a révélé le prix ?

— Tu le gardes pour toi. Sept mille. C'est un brave homme, Vahdettin, chacun en convient. Il avait besoin de décharger sa conscience. Mais là n'est pas la question. Tu devrais toi aussi aller chercher à t'achalander en art ottoman. Tu gagnerais mieux ta vie.

Les bons antiquaires étaient à Venise, où se trouvaient encore des trésors de l'art turc réalisés dans les ateliers de Topkapı, à la grande époque de l'Empire.

— Fais comme ce Danilo. C'est lui qui a vendu la miniature à Vahdettin. Trouve-toi un bon fournisseur vénitien.

Spiro se leva, le visage blanc.

— Ce que je t'ai laissé entendre sur l'attaque des Grecs te trouble, je le comprends. Des jours difficiles attendent ta communauté.

Spiro secoua la tête. Le repas de midi ne passait pas. Avec tous ces événements, il avait sans cesse des brûlures d'estomac.

— L'histoire de la miniature, tu l'oublies, n'est-ce pas ?

— Elle est déjà oubliée, répondit Spiro.

Palais de Dolmabahçe,
dans le cabinet de calligraphie de Musa Bey,
le 6 janvier 1919

Musa jeta un coup d'œil au travail de Gülgül qui venait de recopier des *hadiths* et lui annonça que leur sultan bien-aimé lui avait accordé l'autorisation d'amener le garçon voir son bureau durant son absence.

L'enfant le regarda, curieux. Pourquoi une telle demande ?

— Tu y verras de magnifiques miniatures accompagnées de textes calligraphiés. L'une d'elles, surtout, que vient de recevoir le sultan, est la plus belle que j'aie vue, de toute ma vie.

Ils traversèrent le hall de réception et pénétrèrent dans une salle aux murs cramoisis, celle où le sultan réunissait ses vizirs. Une porte, située à son extrémité, menait au cabinet privé de Vahdettin.

— Tu as devant toi quatorze parmi les plus belles miniatures du *Surnâmé*. Sais-tu de quoi je te parle ?

L'enfant l'ignorait.

Musa lui raconta l'histoire, et commenta les quatorze cadres. Là les charmeurs de serpents, ici les fabricants de miroirs, sur une autre des bergers et leurs moutons. Là, les marionnettistes et leurs oiseaux articulés, là encore les fabricants de selles, et là des sculpteurs qui travaillent le sucre, « regarde comme leurs oiseaux sont magnifiques. Et leurs poissons ! Et leurs petits éléphants ! Et les musiciens ! ». Ici une harpe, là un luth, là une flute de Pan, là un tambourin orné de cymbales...

Le garçon était émerveillé par la gaieté qui émanait des miniatures. C'était bel et bien une fête qu'elles racontaient.

— As-tu remarqué combien les cadres sont beaux ?

L'enfant se tourna vers lui et, les yeux écarquillés, hocha la tête. Il les avait remarqués, bien sûr :

— Surtout leurs incrustations.

— Il n'y a qu'un seul encadreur à Constantinople capable de faire de telles merveilles, un Arménien du nom de Sarkis. Un immense artiste.

Il posa les mains sur les épaules de Gülgül :

— Et maintenant, voici la quinzième miniature. Retourne-toi.

Il fit pivoter l'enfant et, par une pression douce, le poussa devant la miniature que venait d'acquérir Vahdettin.

Le garçon la parcourut du regard :

— Son cadre est différent.

— En quoi ? demanda Musa.

Le bord du cadre était deux fois plus large que les autres. Une autre différence le distinguait. Tous les cadres reprenaient un même motif sur leurs quatre baguettes, alors que sur celui-ci les incrustations étaient de toutes sortes. On voyait ici un cheval, là un instrument de musique, là une fleur ou encore un charmeur de serpents. Le cadre attirait l'œil autant que la miniature elle-même.

Grand Bazar, dans la boutique de Spiro, le 14 janvier 1919

Spiro et sa femme étaient assis sur les deux fauteuils de cuir disposés à l'entrée de leur magasin. Il fut un temps où ils avaient pour propos de retenir les bons clients... Même s'ils n'achetaient rien... Surtout s'ils n'achetaient rien ! À leur prochaine visite, ils se sentiraient plus à l'aise, repéreraient une pièce et se lanceraient dans un marchandage complice...

Mais c'était avant. Des clients, ils n'en voyaient plus beaucoup. Athina venait tenir compagnie à Spiro qui dépérissait, et c'étaient eux qui occupaient les deux fauteuils.

— Dieu sait ce que le sort nous réserve encore ! reprit Spiro.

Au traumatisme de leur déménagement à Balat, au chagrin de voir leur affaire dépérir, s'ajoutait désormais un souci majeur. Calypso était folle d'Aram.

Sa femme le reprit. N'étaient-ils pas en bonne santé ? Ils avaient une fille magnifique, l'une des plus jolies Grecques de Constantinople. *Na sas zissi,* qu'elle vous vive, répétait le patriarche de l'église Saint-Georges. Tôt ou tard, un fils de famille viendrait demander sa main, elle en était certaine :

— Un producteur de tabac de Trébizonde, en visite à Constantinople. Il la croisera dans la rue et lui demandera de le présenter à ses parents.

— On en est loin, murmura Spiro.

Il avait raison, et Athina le savait. Calypso était amoureuse, et qu'Aram soit arménien lui était bien égal.

Quelqu'un poussa la porte du magasin.

— Tu vois ? fit Athina.

Elle n'eut pas le temps d'ajouter un mot que sa joie se transforma en dépit lorsqu'elle reconnut le visiteur. C'était Sarkis, le père d'Aram, à qui Calypso avait sans doute rapporté l'altercation de la veille.

— *Hoş geldin*[1], Sarkis, fit Athina, sans conviction.

Elle quitta son fauteuil :

— Prends ma place, je dois rentrer à la maison.

— Allons plutôt chez Osman prendre un *rakı*[2], dit Sarkis, mal à l'aise, ça nous permettra de bavarder.

Athina le regarda durement. Ce *rakı* ne lui disait rien de bon. Son mari était dans un tel état d'abattement qu'il allait céder à la moindre entourloupe : Regarde comme ils s'aiment… Comme ils sont beaux… Imagine quels merveilleux petits-enfants ils nous feront ! Elle voyait déjà Spiro

1. Sois le bienvenu (littéralement : que tu arrives gai), en turc.
2. Anisette turque.

rentrer à la maison : « Que veux-tu, il m'a convaincu, nous devons respecter la volonté du destin, ces enfants s'aiment » et autres fadaises.

— N'exagère pas avec le *rakı*, dit Athina. Déjà que tu es fatigué…

*

— Sais-tu pourquoi je t'ai proposé de venir ici ? dit Sarkis.

En surplomb de la place Eminönü, la terrasse du Osman Lokantası offrait la plus belle vue qui fût sur la ville. D'un seul coup d'œil, on embrassait la rive asiatique du Bosphore, le quartier de Karaköy, le pont de Galata, la Nouvelle Mosquée et la Corne d'Or. La nuit était tombée très vite, presque d'un instant à l'autre, et l'on apercevait déjà, sur le détroit, des dizaines de petits bateaux de pêche, lampions allumés, qui attiraient le poisson.

— C'est le plus bel endroit du monde, reprit Sarkis. Durant cinq siècles, la ville est restée ottomane. Voilà qu'un beau jour, les Alliés entrent à Constantinople sans avoir à tirer un coup de fusil, l'Empire subit l'humiliation suprême et tout est en place pour que, le moment venu, les Turcs soient impitoyables avec leurs étrangers.

Si eux étaient trop vieux pour refaire leur vie ailleurs, ils pouvaient offrir à leurs enfants la possibilité d'échapper à ce qui les attendait.

— Nous autres Grecs étions ici avant les Turcs, protesta Spiro. C'est notre terre.

— Tu n'as pas vécu dans ta chair la cruauté dont sont capables les Turcs.

Les Arméniens porteraient leur blessure jusqu'à la fin des temps. Et pour cause. Dix ans plus tôt, dans un élan d'une naïveté insondable, ils acclamaient le coup d'État des Jeunes-Turcs et l'arrivée du CUP, le Comité Union et Progrès, animé par Taalat Pacha. Le même qui allait faire couler plus de sang arménien qu'il n'y avait d'eau dans le Bosphore.

Sarkis s'interrompit, craignant de s'être laissé emporter à peindre une image si terrifiante qu'elle pousserait Spiro à rejeter d'autant plus l'alliance de sa fille à une famille arménienne.

Sans réaction de Spiro, il décida de se jeter à l'eau :

— Depuis la mort de ma femme, je n'ai pour famille que mon fils. Aram est le meilleur garçon de la terre, tu le sais. En son nom, j'ai l'honneur de te demander la main de ta fille Calypso. Il l'aimera et la protégera jusqu'à son dernier souffle, de toutes ses forces et de tout son cœur.

— Ta demande m'honore, dit Spiro après un long silence. Mais dans les temps que nous vivons, donner ma fille à un Arménien serait irresponsable.

Il laissa passer quelques secondes :

— Rentrons, maintenant.

Venise,
le 15 janvier 1919

De : Paolo di Mango, antiquaire à Venise

À : Danilo Benveniste, antiquaire à Constantinople au Grand Bazar

Très cher Danilo,

J'espère que toute ta famille se porte bien.

J'ai reçu, me croiras-tu, tes deux lettres le même jour, et ton ladino m'a été parfaitement compréhensible.

Je te félicite pour ta transaction avec le sultan. On rêve toujours d'affaires exceptionnelles, en voici une, beaucoup grâce à ton talent, un peu grâce aux circonstances. Un sultan qui rêve de reconstituer son empire dépecé sous la forme d'un volume de miniatures, quelle aubaine pour des antiquaires, n'est-il pas vrai ?
Je prévois un voyage à l'automne, à l'occasion duquel tu me remettras ma part de la transaction.

J'ai trouvé un coran tout à fait particulier. Est-ce qu'un tel objet est susceptible de t'intéresser ?

Porte-toi le mieux du monde, mon cher Danilo.

Mes respects aux tiens.

Je te serre dans mes bras,

Paolo

Quelques mois plus tard

Dans les sous-sols du palais de Dolmabahçe,
au dortoir des lutteurs,
le 5 juin 1919

Tête basse, Vehbi passa la porte du dortoir et alla s'étendre.

Gülgül comprit que l'après-combat s'était mal passé. Il posa la main sur celle de Vehbi et attendit quelques minutes avant de lui proposer de sortir. L'avant-veille, Musa Bey lui avait fait cadeau d'une livre d'or. De quoi s'offrir au moins vingt *balık-ekmek*[1]... Ils pourraient aller en manger quelques-uns, du côté de Galata.

Vehbi se redressa lentement :

— Allons-y *yavaş-yavaş*[2]. Ce salaud m'a fait mal.

*

Les avant-bras appuyés contre la rambarde, le regard en direction de la côte asiatique, ils avalaient en silence leur *balık-ekmek*.

1. Du maquereau fraîchement pêché sous le pont de Galata, grillé sur un brasero à même la barque du pêcheur et vendu entre deux tranches de pain.
2. Très doucement.

— Je m'enrôlerai dans les troupes de Kemal, fit Vehbi d'un ton déterminé. Et tu deviendras calligraphe.

— Tu veux dire que nous allons nous séparer ?

Vehbi haussa les épaules. Qu'avait Gülgül à se plaindre ? Il était dans les bonnes grâces du grand Musa Bey… Il serait protégé de tous côtés. En plus, il était le préféré de Sabri.

Gülgül lui posa la main sur l'épaule, mais d'un mouvement brusque Vehbi s'écarta et prit le chemin du palais.

Grand Bazar,
dans la boutique de Danilo,
le 19 juin 1919

Esther n'avait jamais été aussi heureuse. Jako devenait plus vigoureux chaque jour, grâce à Dieu. (Elle commençait toujours par parler de son fils. N'était-ce pas le devoir d'une mère de le faire passer avant tout le reste ?) Beau ! Intelligent ! Il comprenait tout. Il fallait le voir tenir la dragée haute à son père... Danilo était en pleine santé, ses affaires marchaient bien, grâce à Dieu (elle baissait toujours la voix d'un cran quand elle parlait des affaires de son mari, question de mauvais œil, et pourquoi soulever des interrogations ?), elle-même avait toujours les mêmes problèmes avec ses kilos, mais elle se maintenait, grâce à Dieu, et tant qu'elle plaisait à son mari...

Surtout, ce qui la rendait heureuse était la maison de Büyükada. Une mer-veille ! Danilo s'était découvert une passion pour les travaux de réfection. Ils avançaient merveilleusement. Il fallait un homme d'autorité pour parler aux ouvriers turcs. Elle avait un mari formidable.

Il avait mis la maison à son nom à elle ! « Tu en feras notre paradis et nous y recevrons les rois ! » Ce n'étaient pas vraiment les rois qu'ils espéraient y recevoir, mais ils n'en étaient pas loin ! Les Saltiel, les Niego, les Soryano… Les rois de Büyükada.

Une réaction de son mari l'avait étonnée. Venant d'apprendre que son ami vénitien voulait le voir pour régler une affaire, voilà qu'il avait décidé de prendre le premier *vapur*[1] du lendemain matin. Un problème de canalisations à régler, lui avait-il dit. « Bien sûr, si tu veux avoir des inondations dans ta maison, je reste. » Elle n'avait pas compris cette hâte. Comme s'il voulait fuir le pauvre Paolo. Le premier devoir d'un commerçant n'était-il pas de soigner ses fournisseurs ? C'était grâce à Paolo qu'ils avaient pu compléter le financement de la villa… Y avait-il anguille sous roche ? Une liaison cachée ?

Elle décida de ne plus y penser. Elle était trop heureuse pour gâcher son plaisir.

En milieu d'après-midi, Paolo se présenta à la boutique. Elle lui remit le sac de peau qui se trouvait dans le coffre, ne résistant pas, au passage, à placer un mot sur la belle maison qu'ils étaient en train de transformer en petit palais, une maison que son mari lui avait offerte, « grâce à vous, enfin, en partie », raison pour laquelle Danilo avait dû s'absenter.

L'homme sembla étonné. « Quand rentre-t-il ? » Elle répondit en riant qu'elle aimerait bien le savoir, mais voilà, ils entreprenaient de très gros travaux, vraiment très gros, et c'était indispensable qu'il reste au chantier pour en suivre l'exécution.

---

1. Le bateau à vapeur qui reliait Constantinople aux Îles des Princes.

Un bosquet, entre la mosquée du sultan
Ahmet et son mausolée,
le 10 juin 1919

— Où cours-tu ?

C'était la voix de Calypso. Aram s'arrêta brusquement.

— Je suis là !

Il la vit, cachée derrière un pin, courut à elle et la prit dans ses bras :

— Tu es au courant ?

Elle hocha lentement la tête.

— Nous ne nous marierons jamais.

Ils s'assirent sur un banc de pierre placé à l'ombre d'un pin.

— Un Grec, riche producteur de tabac, laissa tomber Aram. Voilà ce que tes parents te souhaitent.

Grand Bazar,
dans la boutique de Spiro,
le 10 juin 1919

— Un autre café ? demanda Spiro.

La proposition venait au secours d'une conversation qui traînassait. Paolo n'avait aucune envie de prolonger la visite. Il était venu saluer Spiro avant de repartir et, mis à part le livreur de café, personne n'avait franchi le seuil du magasin.

— Je te dirais bien de venir dîner chez nous ce soir, reprit Spiro, mais tu connais Athina… Si elle ne met pas les petits plats dans les grands… Et là, vraiment…

Un silence s'installa.

— Je ne vois pas comment nous pourrons continuer à vivre dans ce pays, dit soudain Spiro.

Paolo ne réagit pas. Il comprenait son amertume. Sa famille était de Constantinople depuis toujours. Quitter sa ville, c'était biffer vingt-cinq siècles de présence sur une terre aussi grecque qu'elle pouvait l'être. À sa place, pourtant, il aurait déjà fait ses malles :

— Ce que tu me dis m'attriste infiniment. Veux-tu me faire plaisir ? Viens déjeuner demain à l'hôtel. C'est mon dernier jour, tu me tiendras compagnie.

Hôtel Péra Palas,
le 11 juin 1919

Installé au salon Kubbeli, Paolo guettait l'arrivée de Spiro :

— Avant de déjeuner, je souhaite te montrer quelque chose.

Ils se rendirent dans sa chambre, où Paolo ouvrit sa malle et en sortit deux planches de bois reliées par un système de cordes qu'il défit, dégageant de multiples couches de papier de soie une miniature d'environ cinquante centimètres sur trente.

— Une pièce du *Surnâmé* ?

— Presque.

Spiro le regarda sans comprendre.

— À Venise, je travaille souvent avec un maître faussaire. Un immense artiste.

Le sultan venait d'acheter la dernière miniature manquante. Celle-ci en était une copie, Paolo l'avait commanditée pour lui-même, à peu de frais, en souvenir d'une découverte exceptionnelle. Pas question de la vendre, cela aurait pu créer un quiproquo, d'autant que la copie était parfaite. Il avait pensé l'offrir à Danilo, comme une sorte de trophée, en souvenir d'une bonne affaire réalisée en commun. Ne l'ayant finalement pas vu, il s'était décidé à repartir avec l'objet.

— J'ai eu vent de l'affaire par mon ami Ali Osman, le gouverneur de la ville, dit Spiro. Je ne t'en ai pas parlé hier, je ne voulais pas te mettre mal à l'aise. Danilo était le choix parfait pour vendre cette pièce au sultan.

— Je te remercie pour ta compréhension.

Pour éviter toute ambiguïté, il avait demandé à ce qu'il y ait deux différences avec l'original, une façon de se protéger de toute accusation de faux. Le copiste n'avait pas représenté la petite construction qui reliait les deux bâtiments du palais et avait remplacé le reflet d'argent dont brillait la lame d'une des haches par un blanc de zinc, un produit qui n'existait pas à l'époque.

— Allons déjeuner, dit Paolo. Chacun dira à l'autre ce qu'il sait de cette affaire. Étonnant, quand même, que tu aies eu connaissance de la transaction par le gouverneur.

Le visage de Spiro s'assombrit :

— Heureusement, il me reste quelques amis.

*

— Je suis passé voir Danilo la semaine dernière, dit Paolo à peine avaient-ils pris place sur la terrasse de l'hôtel. Nous devions faire nos comptes. J'étais surpris de ne pas le trouver.

Sa femme lui avait dit qu'il passait beaucoup de temps à Büyükada, à surveiller les travaux de la villa qu'ils venaient d'acquérir. Quelque chose de somptueux, semblait-il.

— Somptueux, dis-tu ?

Spiro l'informa qu'avec Danilo, ils ne se voyaient plus. Être en affaires avec un Grec pouvait lui porter préjudice. Il le fuyait.

Ainsi, Danilo et sa femme jouaient les aristocrates, grâce au produit de la vente dont lui avait parlé le gouverneur...

— C'est grâce à toi, la maison, dit Spiro.

— Tu crois ?

Paolo lui dévoila les termes sur lesquels ils s'étaient mis d'accord avec Danilo : vente de la miniature et du codex à Danilo pour 3 500 pièces d'or. Bénéfice entièrement acquis à Danilo s'il vendait à un prix inférieur ou égal à 4 500 pièces d'or et partage moitié-moitié sur ce qu'il obtenait de mieux :

— Il a conclu à 5 200. Sa femme m'a remis ce qui me revenait, j'en suis satisfait.

Ainsi, se dit Spiro, Danilo ne s'était pas contenté de l'égarer, lui, son voisin, son ami. Il avait également escroqué Paolo :

— Son avidité a eu raison de son discernement. Il a oublié qu'ici, les secrets finissent par éclater comme des ballons. Je te dois la vérité.

La vente s'est faite à 7 000. Spiro le savait de la bouche d'Ali Osman Pacha, gouverneur de Constantinople et cousin du sultan. La transaction avait donc rapporté 3 150 livres d'or à Danilo. Entre son vrai prix de vente, 7 000, et celui qu'il avait annoncé à Paolo, 5 200, la différence était de 1 800. Il l'avait escroqué de la moitié, soit 900 livres.

— Je travaille avec Danilo depuis plus de vingt ans. À ton avis, pourquoi m'aurait-il trompé ?

— Sans doute que son honneur lui était moins précieux que 900 pièces d'or, répondit Spiro.

Palais de Dolmabahçe,
cabinet de calligraphie de Musa Bey,
le 12 juin 1919

La *tuğra* de Soliman le Magnifique était faite de deux boucles concentriques sur la gauche, deux lignes verticales autour desquelles s'enroulaient des enluminures, et deux traits minces, horizontaux, qui partaient vers la droite. Au-dessous de la grande boucle, en lettres très fines, figuraient le nom du sultan et celui de son père. L'intérieur des deux boucles et les espaces compris entre les traits verticaux et horizontaux étaient ornés de motifs délicats or et bleu ciel.

Gülgül était subjugué.

— Il y a quelques semaines, je t'ai demandé de copier une *tuğra,* dit Musa. Je souhaite aujourd'hui t'enseigner sa signification.

Le garçon hocha la tête, aux aguets.

— La *tuğra* est faite de quatre parties principales. Chacune peut être représentée avec une grande liberté dans le respect du propos central, qui est d'annoncer la gloire du sultan et sa fidélité au Coran.

Dans la partie basse, à gauche, appelée *séré,* étaient écrits les noms du sultan et de son père. Au-dessus, les deux boucles, dites *beyzé,* incarnaient les deux mers sur lesquelles régnait le sultan, la Méditerranée pour la grande et la mer Noire pour la petite. Les lignes qui s'élançaient à la verticale, les *tuğ*, symbolisaient les hampes du drapeau et signifiaient l'indépendance. Les traits en « s » qui les entouraient rappelaient que pour les Ottomans, c'est de l'est que soufflent les vents. Enfin, les deux lignes sur la droite qui partaient à l'horizontale étaient les *hançer,* qui représentaient l'épée :

— Si tu respectes ces règles et si tu te montres imaginatif...

Il arrêta sa phrase, ému à la perspective de voir son fils créer une *tuğra* pour le sultan, posa les mains sur les épaules du garçon et le conduisit vers la porte.

À Balat,
chez Spiro et Athina,
le 12 juin 1919

Athina se retournait dans son lit, poussant soupir après soupir. Pourquoi ne quittaient-ils pas ce pays, pour l'amour du ciel ? Lorsqu'ils vivaient dans le grand confort, prendre le risque d'être chassés d'un jour à l'autre pouvait encore se justifier. Mais vivre en miséreux à Balat, à quoi bon ? Il aurait fallu que Spiro fasse preuve d'un peu de courage… Jusque-là, tout lui avait été facile. Les Grecs avaient leurs écoles, leurs églises, leurs hôpitaux, leurs commerces… Ils vivaient entre eux, parlaient grec et regardaient de haut les Turcs qu'ils méprisaient et craignaient à la fois.

Spiro n'arrivait pas davantage à trouver le sommeil. Cette crapule de Danilo les avait grugés, Paolo et lui. Paolo en avait pris son parti avec une nonchalance étonnante. On aurait dit que l'affaire ne le touchait pas. Son bateau partait le lendemain, et par les temps qui couraient, remettre son voyage, c'était prendre le risque que d'un jour à l'autre les mers soient fermées au transport de civils. Qu'aurait-il pu faire ? Danilo se cachait à Büyükada, il aurait fallu qu'il le trouve, l'interroge, le secoue… Pour lui dire quoi ? J'ai appris que tu m'as volé ? L'autre aurait eu beau jeu d'inverser les rôles ! Comment oses-tu m'accuser de tels crimes ? Paolo avait raison de retourner à Venise. « Malgré tout, j'ai fait deux fois une bonne affaire, lui avait-il dit, la première en vendant la miniature à Danilo, la seconde en récupérant ce qu'il m'a laissé, 350 livres d'or. Je serais ingrat de me plaindre. » Il trouvait des excuses à celui qui l'avait trompé. Une marque d'admiration entre commerçants : s'il a réussi un coup aussi extraordinaire, il a plus de mérite que moi.

Et lui-même, que pouvait-il reprocher à Danilo ? De l'avoir poussé à acheter deux miniatures qui l'avaient plombé ? De l'histoire ancienne. Plus que la séparation soudaine de leurs destins, c'était l'indifférence de Danilo qui le blessait. Il l'avait exclu de son monde. Il imagina Esther croisant Athina à la porte de Nuruosmaniye. Elle ferait semblant de ne pas la voir, il en était sûr. Ou même de ne pas la reconnaître. Esther, habillée de manière ostentatoire, face à Athina, vêtue de vieilleries. « Je ne t'ai pas vue, ma chérie ! Dis-moi vite : comment vas-tu ? Avec ce qui vous arrive… Danilo et moi pensons souvent à vous, tu sais. Comme vous êtes courageux, tous les deux… »

Cet homme méritait de payer le prix fort. Et même très fort.

À l'aube lui vint une idée monstrueuse. Spectaculaire. Très cruelle. Mais si juste.

Hôtel Péra Palas, chambre 411, le 13 juin 1919

Essoufflé, anxieux, Spiro se tenait devant Paolo, une grande sacoche en bandoulière.

— Tu as de la chance de me trouver. Le départ de mon bateau a été retardé de vingt-quatre heures.

Combien Paolo voulait-il pour sa copie ? Spiro n'avait pas de quoi le payer en numéraire, mais il lui restait les deux miniatures qu'il lui avait achetées. Elles étaient là, dans son sac. Il était prêt à les échanger contre la copie.

Paolo s'étonna de la proposition. Les miniatures étaient des originaux dont la valeur dépassait de beaucoup celle de la copie :

— Garde tes miniatures et prends la copie du *Surnâmé*, je te la donne de bon cœur.

— Ton offre m'embarrasse, dit Spiro, mais je l'accepte.

Hôtel Péra Palas,
dans la chambre de Paolo,
le 15 juin 1919

— Quand te reverrai-je ? demanda Fortunée.

Elle était étendue à côté de Paolo, entièrement nue.

Il n'en avait aucune idée et, pour tout dire, aucune envie. Soudain, cette ville l'irritait. Était-ce parce que son « insaisissabilité » lui semblait charmante, lorsqu'elle ne le concernait pas directement ? Pourquoi Danilo l'avait-il trompé de façon si stupide ? Et ce Spiro, qu'avait-il à se lancer dans une vengeance qui ne pourrait que se retourner contre lui ? Si, par malheur, ce qu'il lui avait présenté comme une farce réveillait la susceptibilité du sultan, cela lui coûterait cher. Et ce pauvre sultan… Lui aussi allait tout perdre.

À cet instant, Paolo n'avait qu'une idée, retourner à Venise. Et pas le moindre désir de dialogue romantique.

— Tu vas me manquer, ajouta Fortunée.

Il lui caressa la joue et dit qu'il mourait de faim.

Grand Bazar, au Çuhacihan[1],
dans la boutique de l'encadreur Sarkis,
le 16 juin 1919

— Veux-tu que je termine ma vie en prison ? s'écria Sarkis.

Spiro leva la main en signe d'apaisement. Il ne lui demandait rien d'extraordinaire :

— Tu as accès au cabinet de Vahdettin. Remplacer un cadre par un autre est l'affaire de quelques secondes.

Il lui suffisait de fabriquer un cadre pareil en tous points à celui qui portait l'original de la miniature, d'y insérer la copie et d'opérer la substitution à l'occasion d'une de ses visites au palais.

— Pourquoi prendrais-je un tel risque ?

— Ah ! Enfin tu me poses la bonne question, répondit Spiro.

Si Sarkis participait à son projet, il était prêt à accepter que leurs enfants se marient :

— Sache que je n'ai aucune intention de voler l'original. Je ne peux pas t'en dire plus. Je le répète, tu seras largement dédommagé pour la fabrication du cadre. J'ai deux miniatures de valeur, choisis celle que tu préfères.

1. Maison des drapiers.

Non, non et non. Fallait-il que Spiro soit possédé par le démon pour proposer sa fille en échange de cette manipulation ! Cette histoire sentait le malheur.

En contrebas des jardins de la Mosquée Bleue, versant Marmara, le 16 juin 1919

— Viens avec moi, lança Aram à son père de but en blanc.

Sarkis le regarda, surpris :

— Où donc ?

Aram lui répondit d'un geste de la tête qui voulait dire : suis-moi.

Ils quittèrent le Bazar par la porte de Nuruosmaniyé, prirent par la rue des Vendeurs de fourrures[1], puis par l'avenue des Janissaires[2], jusqu'à la petite rue de l'Hippodrome qui longeait la Mosquée Bleue sur son flanc ouest. Peu avant qu'elle ne débouche sur la rue de la Maison des poules[3], Aram bifurqua sur sa gauche, et Sarkis se retrouva en contrebas des jardins de la Mosquée Bleue[4].

— Nous y sommes, lança Aram.

Au même instant, Sarkis vit Calypso surgir d'un bosquet et courir vers lui.

1. Kürkçüller pazarı sokağı.
2. Yeniçeriler caddesi.
3. Tavukhane sokağı.
4. Sultan Ahmet Camii.

Elle s'agenouilla, lui baisa le dos de la main et le porta à son front :

— Pour l'amour d'Aram et celui qu'il a pour moi, acceptez la proposition de mon père.

— Cela fait dix-huit mois que nous nous aimons, intervint Aram. Et voilà où nous sommes réduits à nous voir.

À nouveau, Calypso embrassa le dos de la main de Sarkis :

— Nous sommes sûrs de nos sentiments.

— Te rends-tu compte de ce que ton père me demande ?

Elle savait qu'il s'agissait d'une sorte de jeu entre son père et le sultan, et que très vite tout rentrerait dans l'ordre.

À Balat, avenue Vodina,
chez Spiro et Athina,
le 16 juin 1919

Au moment où Calypso lui glissa à l'oreille : « Sarkis est d'accord », Spiro comprit qu'il était pris à son propre piège. En donnant sa fille en mariage à un Arménien, il la mettait en danger, dans le seul propos d'assouvir une vengeance médiocre.

Le soir même, après qu'ils eurent terminé le plat principal de leur repas, un *güveç*[1] d'agneau lourd à souhait, histoire de caler les estomacs et d'amortir les réactions intempestives, Calypso lança un coup d'œil à son père. Celui-ci baissa les paupières. Elle se leva, débarrassa la table en deux allers-retours à la cuisine, revint avec une compote de pommes, s'assit et ferma les yeux.

— Dans la situation tragique qui est la nôtre, dit Spiro, forçant la voix, j'estime injuste d'entraver le bonheur de notre fille.

Athina leva les yeux sur lui, les sourcils froncés. Qu'avait donc son mari à lui parler de façon aussi bizarre ?

1. Ragoût en casserole.

— J'ai donc été voir Sarkis cet après-midi et lui ai donné mon accord pour que nos enfants se marient.

— Papa ! s'écria Calypso, jouant la surprise.

Elle se précipita dans les bras de son père.

Athina resta interloquée sur sa chaise, jusqu'à ce que Spiro l'oblige à se lever et à l'embrasser.

*

Les fiançailles furent célébrées le dimanche suivant au restaurant du Tokatliyan, un hôtel en lisière du Bosphore, tenu par une famille arménienne. Malgré des mézés à n'en plus finir, un énorme loup grillé et quatre sortes de baklava, malgré l'importance de l'événement et le bonheur des fiancés, il flotta durant tout le repas comme le présage d'un malheur.

Grand Bazar,
dans la boutique de Sarkis,
le 8 août 1919

Sarkis effectua deux visites au palais. À la première, il recensa les encadrements qui méritaient d'être restaurés, en repéra dans le bureau du sultan, les transporta à son atelier et les remit à neuf, avant de les retourner au palais, aidé d'Aram. Sa seconde visite lui permit d'ajouter au lot celui qui portait la copie de la miniature, et la substitution s'opéra dans un brouhaha commode.

— La voici, ta miniature, dit Sarkis à Spiro, alors qu'il la libérait de son cadre.

Cette aventure lui déplaisait depuis le début, il était content qu'elle se termine :

— Ne me parle plus de cette histoire.

Resté seul, il examina longuement le cadre vide. La prudence aurait dicté qu'il le détruise. Mais la perspective de gâcher un travail aussi exceptionnel l'en empêcha et il le remisa en atelier.

Palais de Dolmabahçe,
dans le cabinet de travail de Vahdettin,
le 25 août 1919

Assis à son bureau, Vahdettin observait la *tuğra* que Musa venait de lui présenter. Son regard passait d'un point à un autre, s'y arrêtait, repartait sur un autre détail, puis encore un autre, revenait au précédent… Ce sceau était une merveille.

Il recula sur son siège et se tourna vers Gülgül :

— C'est de ta main ?

Le garçon hocha la tête.

Le sultan rapprocha son fauteuil de son bureau et reprit son examen de la calligraphie. À la gauche du sceau, Gülgül avait écrit :

Mehmet Khan fils de Abdülhamid II,
éternellement victorieux

La *tuğra* était écrite à l'encre dorée, sur un fond de différentes couleurs. Entre les deux boucles de gauche, l'espace était bleu lapis-lazuli, orné d'un décor floral or et rose. Ce même motif était repris en continuité des deux boucles par les deux lignes horizontales qui partaient sur la droite. L'épée du monarque… Le texte, sur fond rosé, avait une tonalité qui se retrouvait entre les trois *tuğ* verticaux. Au-dessous, Gülgül avait représenté des fleurs en forme d'étoiles à six pointes, roses sur fond blanc, avec, plus bas, un espace sur fond rosé, sans décor. À l'extérieur des boucles, un espace blanc, orné de fleurs entrelacées dorées et roses, portait cette inscription : *Dâ imâ. Éternellement.*

Vahdettin ouvrit le tiroir central de son bureau et en retira trois pièces d'or :

— Pour toi, mon garçon.

Il se tourna vers Musa, ajouta :

— Tu peux être fier de lui.

Puis, s'adressant à nouveau au garçon :

— Quoi d'autre te ferait plaisir ?

Gülgül chercha le regard de Musa, ne le trouva pas, et osa s'adresser au sultan. Il aurait voulu admirer à nouveau la miniature, celle avec le cadre plus large.

Si ce n'était que cela ! Elle se trouvait derrière lui, il n'avait qu'à s'en approcher et la regarder à satiété.

Gülgül se plaça devant la miniature, jeta un coup d'œil aux trois parties qui la composaient, puis s'arrêta sur son cadre. Comment l'encadreur était-il arrivé à incruster des haches aussi fines que celles brandies par les architectes qui figuraient au bas de la partie droite ?

Un détail le frappa. À sa première visite, le personnage représenté sur l'angle, là où la barre verticale droite tombait sur celle du bas, était incrusté sur les deux panneaux, le corps de l'architecte sur la base du cadre, la hache empiétant sur le montant vertical, comme si l'encadreur jouait avec ses personnages. Cette façon de tirer profit de la forme du cadre avait suscité son émerveillement. Or, le cadre qu'il avait devant lui ne présentait pas cette fantaisie. L'architecte et sa hache figuraient tous deux sur la barre du bas.

Quelque chose avait changé, il en était certain. Le cadre avait-il subi une modification ? La chose lui sembla impossible. D'abord parce que ce qu'il avait vu la fois précédente était d'une telle perfection qu'il n'y avait pas de raison d'en modifier le moindre détail, d'autant que la correction aurait laissé une trace. Ce n'était donc pas le même cadre.

Il se tourna et vit le sultan qui, debout derrière lui, le regardait en souriant.

— Alors, mon garçon, qu'en dis-tu ?

— C'est très beau, répondit Gülgül, gêné d'en dire davantage.

Palais d'Ali Osman Paşa,
gouverneur de Constantinople,
le 26 août 1919

— Que me veux-tu aujourd'hui, mon cher Spiro ? lança Ali Osman, débonnaire. Et que te voilà chargé !

— Je vous dois une confidence.

Le gouverneur l'invita à s'asseoir :

— Je t'écoute.

La miniature accrochée dans le bureau privé de Sultan Mehmet était une copie, annonça Spiro. Plusieurs différences avec la description détaillée qu'en donnait le codex en attestaient. Danilo, l'antiquaire qui avait vendu la pièce au sultan, ne pouvait pas ne pas le savoir :

— L'original se trouve enserré entre les deux planches que je tiens dans mes mains.

L'expression débonnaire disparut du visage d'Ali Osman. Si ce que lui racontait le Grec se révélait exact et si la supercherie était découverte, Vahdettin ferait les frais de cette tromperie. S'être laissé abuser sur le seul terrain où il jouissait d'une réputation d'expert aurait démontré qu'un sultan aussi manipulable méritait d'être destitué. Si, pour le surplus, le prix d'achat était dévoilé, c'en serait fait de lui et du régime.

— Qu'est-ce qui me prouve que tu dis la vérité ?

Danilo lisait l'ottoman, et les différences entre la miniature copiée et la description minutieuse du codex n'avaient pas pu lui échapper.

— Il a néanmoins conclu la transaction, certain que tout se passerait comme s'il s'agissait de l'original.

Ali Osman balaya l'argument d'un geste. L'origine de la tromperie importait peu. La miniature accrochée dans le cabinet privé du sultan était un faux, il fallait que l'original remplace la copie dans l'urgence.

— Quel est ton prix ?

— Je ne veux rien.

— Serais-tu en train de me jouer un tour ?

— Plutôt mourir.

Le gouverneur observa un silence, les yeux sur ceux de Spiro :

— Tu exposes Danilo à un châtiment exemplaire, en es-tu conscient ? Il sera dépouillé de tous ses biens et pendu.

Spiro eut soudain très peur. Enivré par son désir de vengeance, il ne s'était pas interrogé sur ce que pouvait subir Danilo.

Palais de Dolmabahçe,
dans le cabinet privé du sultan,
le 27 août 1919

Jusqu'où iraient les humiliations ? se demandait Vahdettin, blanc de colère. Ne suffisait-il pas qu'à Moudros, l'Empire ait signé sa reddition ? Que ces chacals de soldats alliés paradent partout dans la ville ? Voilà qu'en plus il s'était fait gruger comme un *acemi*[1] par un homme auquel il avait accordé sa confiance...

— Tu vois ce petit bâtiment qui lie les deux parties du palais ? dit Ali Osman. Il n'est pas repris sur la copie. Et là, cette lame de hache argentée ? Elle n'est ici que blanche.

Vahdettin ne daigna pas quitter son fauteuil pour relever les différences.

Quelle suite donner à cette affaire ? Envoyer Danilo en prison, c'était révéler à toute la ville qu'il s'était fait abuser. Mais accepter l'insulte sans broncher était impossible. Et ce Danilo... Un descendant de ceux que Bajazet était allé arracher des griffes de l'Inquisition, jusqu'à envoyer

1. Débutant.

des navires pour les amener à Constantinople… Et voilà comment ils traitaient ceux qui les avaient accueillis !

Il se tourna vers Ali Osman :

— Demande à Musa de venir.

À peine dans la pièce, celui-ci comprit qu'il se passait quelque chose de grave.

Ali Osman le mit au courant.

— Appelle Hasan Tahsin[1]. Qu'on arrête ce chien de Danilo, qu'on lui confisque tous ses biens et que chacun sache qu'on ne se moque pas du sultan.

1. Le chef de la police de Constantinople, surnommé Tahsin l'Albanais, connu pour sa cruauté.

Immeuble Panoréa,
chez Danilo, au salon,
le 28 août 1919

Esther, son mari et Jako étaient en train de prendre leur petit déjeuner lorsqu'une dizaine de policiers pénétrèrent avec fracas dans la salle à manger.

— Benveniste ! On t'emmène en prison !

Celui qui avait pris la parole ne portait pas d'uniforme.

— Tu as trompé notre sultan et tu en paieras le prix.

Danilo devint blanc. Hasan Tahsin en personne venait l'arrêter.

Deux policiers le menottèrent. Esther et Jako se mirent à hurler.

On l'amenait à Sulthanahmet. Tous ses biens seraient confisqués.

Esther et son fils avaient deux jours pour quitter les lieux. Ils pourraient emporter quelques habits.

Les policiers placèrent l'argenterie en vrac dans deux grands sacs de toile. Couverts, vases, boîtes à cigarettes, plats et plateaux, services à thé et à café, tout y passa dans un bruit fracassant.

— Hasan Bey, s'écria Danilo, j'aime mon sultan comme si c'était mon père, comment aurais-je pu le trahir ?

Interroge Musa Bey. C'est le calligraphe de notre sultan et c'est mon cousin. Il te dira combien je suis honnête.

Le chef de la police eut un mouvement d'épaules :

— Tu sais mieux que moi ce que tu as fait.

Esther et Jako continuaient de hurler.

— Toi, tu es libre, lança Hasan Tahsin à Esther. Sors si tu veux, mais n'emporte rien. Je laisse deux policiers à ta porte.

Le tout n'avait pas duré quinze minutes.

Esther resta longtemps assise à côté de Jako, à sangloter, hébétée. Elle savait que son cauchemar ne faisait que commencer. À compter de cet instant, elle et les siens seraient des pestiférés. À la pauvreté s'ajouterait l'ostracisme.

Tout l'immeuble devait déjà se dire : « Qui sait à quel fric-frac Danilo a été mêlé… » Peu importait que son mari fût l'homme le plus honnête de la terre : après les simagrées de circonstance, les gens se réjouiraient de voir leurs voisins sombrer. « Il n'y a pas de fumée sans feu », diraient-ils, voulant faire passer leur mauvaise joie pour un souci de justice. Pas de fumée sans feu… Une expression qu'elle-même ne manquait pas d'utiliser.

Ses amies la salueraient de loin. Elle se vit soudain, croisant l'une ou l'autre à Péra ou au Bazar, à devoir leur mendier un petit bonjour pour les voir tourner la tête. Répondre à sa sollicitation, c'était risquer d'entrer en conversation avec la femme d'un repris de justice. Elle ne les connaissait que trop. Elle aurait fait comme elles.

Et ces projets merveilleux… Büyükada, la villa Salamina, les soirées avec les Niego, les Soryano, les Saltiel… C'était les *arabacı*[1] qu'elle allait fréquenter dorénavant. Et même pas eux, vu qu'elle n'irait plus à Büyükada. Elle entendait déjà ses amies raconter ses vicissitudes avec gourmandise : « Elle voulait jouer les grandes dames à Büyükada, avec sa villa de luxe. Tu te rends compte de la chute ? Moi je dis toujours à mon mari : restons là où nous sommes et nous vivrons heureux. »

Elle qui cherchait déjà pour son fils une épouse issue d'une des riches familles, belle, intelligente, ayant des manières, français, anglais, piano… Quelle famille, désormais, voudrait donner sa fille à un garçon dont le père était en prison ? C'est un bon garçon, diraient les épouses. Mais on n'épouse pas un garçon. On épouse une famille. « Tu t'imagines, être vus à leur côté à une réception de mariage, devant tout le monde ? »

— Sortons, lança-t-elle à son fils au bout d'une heure.

Ils descendirent d'un pas pressé jusqu'à Beşiktaş, où ils prirent le tram qui les amena au pont de Galata.

— Allons voir les vendeurs de *balık-ekmek*.

Agglutinés sous le pont, des dizaines de pêcheurs faisaient griller leurs poissons sur des braseros à même leur barque.

Elle remarqua que l'un des modules de la rambarde avait été remplacé par deux minces planches. Elle s'en approcha, serra Jako dans ses bras, s'appuya du dos contre les planches et bascula dans les eaux du Bosphore.

1. Conducteurs de calèches.

Palais de Dolmabahçe,
Porte de l'horloge du Sultan,
le 28 août 1919

— Que veux-tu ?

Tenant Jako par la main, le pêcheur s'approcha des gardes postés à l'entrée :

— Ce garçon dit qu'il connaît Musa Bey. Qu'ils sont cousins… Il vient de voir sa mère se noyer sous ses yeux. Son père a été emmené en prison.

L'un des gardes regarda l'enfant, comprit le drame et emmena Jako dans la pièce des sous-sols qui leur servait de vestiaire.

*

— Raconte, mon garçon, dit Musa.

Vêtu d'un *şalvar*[1] et d'une chemise de soldat, l'enfant se tenait droit, les yeux dans ceux de Musa :

— Ils ont pris mon père.

— Je suis au courant.

1. Pantalon traditionnel en coton, très large et resserré aux chevilles.

Au même moment, la porte s'ouvrit sur Gülgül qui venait suivre son cours de calligraphie. Jako le regarda avec curiosité, surpris par sa chevelure rousse.

Musa n'y prêta pas attention et s'adressa à Jako. Que s'était-il passé ? Le garçon ne savait pas. Sa mère l'avait serré contre elle. Un instant plus tard, ils basculaient dans le vide et sa mère disparaissait.

— Pourquoi ont-ils emmené mon père à Sultanahmet[1] ?

— Il a trompé notre sultan, répondit Musa.

Il avait utilisé la tournure *aldatmış*, « il semblerait que », une formulation qui instillait un élément de doute. On n'en était donc pas sûr ?

— Un procès établira la vérité, répondit Musa. En attendant, il faut que tu te montres courageux.

Jako insista. Son père vénérait le sultan. Comment aurait-il pu chercher à le tromper ?

— Une histoire de miniature à laquelle notre sultan tenait beaucoup.

Il dévisagea l'enfant. Il avait face à lui le fils de son cousin Danilo. Et Gülgül était le sien. Ces deux garçons étaient donc cousins…

Il se tourna vers Gülgül et lui demanda de venir serrer la main de Jako :

— Quel âge as-tu, Jako ?

— Onze ans.

— Et toi, Gülgül, tu en as quinze. Tu es l'*âbi*[2]. Si vous vous recroisez un jour, ne l'oublie pas. Le garde

1. La grande prison de Constantinople, située dans la Vieille Ville.
2. Grand frère, en turc. S'utilise aussi hors des liens familiaux.

va t'accompagner à mon appartement. Il restera avec toi jusqu'à mon retour.

Lorsque le garçon eut quitté la pièce, Gülgül s'approcha de Musa :

— Je n'ai pas osé vous faire part d'un détail que j'ai observé, le jour où vous m'avez emmené auprès du sultan lui présenter sa *tuğra.*

Grand Bazar, au Kalcılarhan[1], *dans la boutique de Spiro, le 28 août 1919*

En quelques minutes, tout le Bazar fut au courant : Danilo était à la prison de Sultanahmet et sa femme s'était donné la mort sous le pont de Galata.

En apprenant la nouvelle, Spiro s'était écroulé.

Une heure plus tard, étendu sur le canapé du magasin, il regardait un inconnu penché sur lui.

— Vous resterez allongé jusqu'au soir, lui dit l'homme en turc.

Aram, Sarkis, Athina et Calypso se tenaient aux côtés du médecin, décomposés. Leur tromperie s'était transformée en crime. La seule à ne pas se sentir coupable était Athina, ignorante de la supercherie. Elle n'avait pas manqué de se dire combien son mari était nerveux, ces dernières semaines. Était-ce en lien avec ce qui arrivait à Danilo ? Et pourquoi Esther avait-elle décidé de se tuer ? Elle qui s'était mise à jouer les grandes dames… N'y avait-il pas là le signe d'une justice immanente ? Gênée malgré tout de tant de rancœur, elle se tourna vers sa fille :

1. Maison des polisseurs.

— Que comprends-tu de tout cela ?

Calypso fit comme si elle n'avait pas entendu et lui tourna le dos.

Palais de Dolmabahçe,
dans le cabinet privé de Vahdettin,
le 30 août 1919

— Es-tu sûr de ce que tu racontes ?

— Ce que j'ai dit à Musa Bey est la vérité, Padişam, répondit Gülgül au sultan.

Vahdettin se tourna vers Musa. Ce garçon était-il fiable ?

— Je n'en doute pas une seule seconde. On peut même se risquer à plusieurs conclusions.

La première était qu'à un moment donné, l'un des cadres avait remplacé l'autre. Ensuite, que le premier cadre portait l'original et l'autre la copie. La troisième conclusion amenait à croire que Danilo était innocent de la tromperie :

— S'il y a eu deux cadres, la personne à interroger est l'encadreur. Personne d'autre que Sarkis n'aurait eu le talent de faire un deuxième cadre de la qualité du premier, ni sa connaissance détaillée, au point d'en réaliser un quasiment identique. Surtout, personne d'autre que lui n'aurait eu accès au palais.

Vahdettin était en rage. Ceux qui l'avaient trompé avaient fait pire encore. Ils l'avaient rendu coupable d'une erreur judiciaire.

— Je veux que Hasan Tahsin écoute cet enfant, dit-il enfin. Qu'on aille le chercher.

À Balat, avenue Vodina,
chez Spiro et Athina,
le 31 août 1919

Depuis qu'elle avait appris la supercherie, Athina guettait les signes annonciateurs du châtiment divin. Le malheur allait les frapper d'un instant à l'autre, elle en était certaine. En attendant qu'il se manifeste, elle cherchait à calmer son angoisse en multipliant les allers-retours entre le salon minuscule où était installée leur iconostase de fortune – il leur restait à peine une demi-douzaine d'icônes – et la chambre à coucher, où son mari restait étendu.

Elle en voulait infiniment à cet homme sans cervelle qui avait fait passer son petit orgueil de commerçant avant le bonheur de sa fille et celui de sa femme. Un vrai imbécile. « Le Bon Dieu va nous punir », lançait-elle lorsqu'elle passait près de lui, quittait la pièce d'un pas nerveux, se rendait au salon, s'agenouillait devant l'iconostase et demandait grâce au Seigneur pour elle et les siens. Les yeux sur une icône qu'elle tenait de sa grand-mère, une *Mère de Dieu à l'enfant*, elle récitait un *Je vous salue Marie*, prononçant ses dernières paroles avec désespoir :

Mère de Dieu
Priez pour nous,
Pauvres pécheurs,
Maintenant et à l'heure de notre mort.

Ces courts épisodes lui procuraient un répit. Mais à peine s'éloignait-elle de l'iconostase que ses angoisses revenaient. Le Seigneur allait les punir de leurs péchés.

Grand Bazar, au Çuhacıhan,
dans la boutique de Sarkis,
le 1er septembre 1919

À la vue du premier policier à franchir le seuil de sa boutique, Sarkis comprit que la foudre s'abattait sur lui. Ils étaient une douzaine, conduits par Hasan Tahsin.

— Cherchez, lança le chef de la police à ses hommes.

Il se tourna vers Sarkis :

— C'est toi le propriétaire ?

Sarkis n'eut pas le temps de répondre qu'une voix cria :

— On l'a trouvé, Hasan Bey !

Un policier s'avança vers Hasan, tenant à la main un cadre aux bords finement marquetés.

— C'est toi qui as fait ce cadre ?

Sarkis baissa la tête.

— Où est le jeune homme ? lança Hasan.

Un policier alla chercher Gülgül, qui attendait devant le magasin. Hasan lui tendit le cadre. Était-ce bien celui qu'il avait vu dans le cabinet privé du sultan ? Et si oui, comment pouvait-il en être certain ?

Le garçon posa l'index sur le coin inférieur droit :

— Ici, la hache de l'architecte déborde sur le montant vertical. Sur le cadre qui est chez notre sultan, la hampe et la hache sont tout entières incrustées sur la baguette horizontale.

— Il y a donc eu deux cadres presque identiques et la substitution d'une miniature originale par sa copie. Qui a procédé à l'échange ?

Sarkis se cacha le visage dans les mains.

— Je résume, reprit Hasan. Danilo te commande un cadre et livre au sultan l'original d'une miniature. Il t'en commande ensuite un second, identique au premier, et te demande de procéder à l'échange, le second portant la copie. Il voulait tout simplement récupérer l'original et le revendre. C'est bien ça ?

— Le deuxième cadre n'a pas été commandé par Danilo mais par un antiquaire grec nommé Spiro. Il s'agissait d'un jeu, m'a-t-il dit, dont le sultan était partie prenante.

— Et tu n'as pas eu l'idée d'interroger Danilo pour comprendre ce que tout cela signifiait ?

Sarkis ne réagit pas. Spiro lui avait parlé d'une tromperie innocente dont il fallait garder le secret.

Grand Bazar,
dans la boutique de Danilo,
le 3 septembre 1919

« Sache que, pas un seul instant, je n'ai douté de ta probité. » Danilo recueillait sans illusion les mots de ses voisins, même si aucun d'eux n'avait accepté de s'arrêter pour un café ou un verre de thé.

De toute la journée, seuls deux clients s'étaient présentés. L'un avait acheté un étui à cigarettes en argent ciselé, l'autre rien.

Danilo se tourna vers son fils :

— On rentre bientôt, mon Jako.

Il l'observa. Sa mère l'avait toujours traité en petit prince… *Paşa de kasa.* Pacha de la maison. L'élever seul lui serait difficile.

Il vendrait la maison de Büyükada. À perte, forcément. Et Dieu sait quand. À quoi bon la garder ? Personne ne voudrait y venir. Personne, en tout cas, des grandes familles. On ne se lance pas dans des échanges de visites avec quelqu'un qui a connu les geôles de Sultanahmet. En plus, les gens étaient superstitieux. Ce couple avait misé sur cette villa pour faire partie de la colonie huppée des Juifs de Büyükada, et voilà qu'elle leur avait porté malheur.

— Papa, on y va ?

Il avait un fils intelligent mais difficile. Très difficile. Pourri. Cassant à onze ans déjà…

Un brouhaha se fit entendre du côté de Nuruosmaniye. Très vite, il se transforma en tintamarre.

Soudain, devant sa vitrine, se tenaient des hommes en uniforme. Terrifié, Jako se précipita dans les bras de son père.

Au même instant, quatre soldats pénétrèrent dans le magasin et, sans s'adresser à lui, se mirent à inspecter les lieux.

— Personne, lança l'un.

Ils sortirent aussi brusquement qu'ils étaient entrés et se postèrent par deux devant la porte du magasin. Dehors, le bruit laissait penser à une émeute.

À nouveau, la porte s'ouvrit. Danilo, médusé, vit deux gardes du palais se placer de part et d'autre de l'entrée. Un instant plus tard entrait Vahdettin, suivi d'un jeune garçon roux.

Danilo se précipita pour embrasser la main du sultan.

— C'est Gülgül, dit Jako.

— C'est notre sultan, voyons ! lui lança Danilo. Salue-le.

Hésitant, l'enfant lui embrassa le dos de la main avant de le porter à son front.

— Je m'assieds quelques minutes avec toi, dit Vahdettin.

Qui donc est ce magnifique enfant ? s'interrogea Danilo, médusé par la beauté de Gülgül.

Il jeta un coup d'œil en direction de la porte. Les deux gardes l'avaient fermée et se tenaient maintenant dos contre elle. Devant la vitrine de la boutique, une foule s'était agglutinée, cherchant à voir ce qui se passait à l'intérieur.

Vahdettin invita Danilo à s'asseoir près de lui :

— Tu sais qui était le plus grand sultan de notre histoire ?

Danilo n'osa pas répondre.

— Süleyman[1], bien sûr, Et sais-tu quel surnom lui a donné l'histoire ?

Où Vahdettin voulait-il en venir ? Et que faisait là ce jeune rouquin ? Cela ne pouvait en aucun cas être l'un de ses fils, il aurait été vêtu autrement.

— On l'appelait *Kanuni*. Le législateur. C'est lui qui a posé les règles de justice et d'équité qui nous gouvernent.

Danilo jeta un regard en direction de Jako. Debout à côté du jeune homme, il semblait désorienté.

— À ses yeux, reprit Vahdettin, tous les Ottomans étaient ses enfants. Juifs, Grecs, croyants[2], non-croyants, tous. Il avait le souci de rendre une justice équitable à l'égard de chacun. Comprends-tu pourquoi je te dis cela ?

Danilo secoua la tête.

— Notre empire est dans la tourmente. Notre capitale est occupée. Nous guerroyons encore ici et là, malgré nos maigres ressources. Peu importent les circonstances, mon devoir est de respecter l'héritage de Süleyman. En te montrant du doigt aux yeux de tous, alors que tu étais innocent, je l'ai trahi. C'est la raison de ma présence ici. Je tenais à ce que tout le Bazar constate dans quelle estime je te tiens. Et maintenant, autre chose.

---

1. Soliman le Magnifique.
2. Musulmans.

Il se tourna vers Gülgül :

— Voici un jeune homme que vous devriez mieux connaître, dit Vahdettin. Il s'appelle Moustapha, mais chacun l'appelle Gülgül. Il a quinze ans. Et c'est à lui que nous devons d'avoir découvert la supercherie qui nous a éclaboussés tous deux.

Il se leva :

— Je vais vous laisser faire connaissance. Il vous racontera comment il a dévoilé la tromperie.

Il leva le bras droit, dit « *Hayırlı akşamlar*[1] » et quitta la boutique.

---

1. Que les soirs vous soient propices.

Sous-sols du palais de Dolmabahçe,
dans la salle des combats,
le 6 septembre 1919

Les garçons luttaient depuis à peine trente secondes que Vehbi avait déjà porté quatre assauts, tous d'une brutalité qui ne lui était pas coutumière. Attaque à la cheville, crochet de jambe, rotation…

— On se calme ! tonna Sabri.

Décontenancé par tant d'agressivité, Gülgül se défendait comme il pouvait, prenant appui sur ses jambes, muscles tendus, accrochant après chaque assaut ses doigts à ceux de Vehbi, avant de lâcher prise, tant l'autre mettait de rage dans ses gestes.

« Qu'est-ce qui lui prend ? » se demandait Gülgül. Quelques jours plus tôt, alors qu'ils étaient allés manger un *balık-ekmek* sur le pont de Galata, il avait usé d'un ton inhabituel. L'avant-veille, au retour de chez Danilo, alors que lui-même lui racontait avec jubilation sa visite au Bazar en compagnie du sultan et l'échange qu'il avait eu avec Danilo, Vehbi l'avait écouté l'air absent, ne lui posant aucune question. La nuit, il n'avait pas voulu le rejoindre. Et voilà qu'à l'entraînement du matin, il était d'une violence jamais vue.

Vehbi lui fit un croisé des chevilles, très vite et très fort. Gülgül arriva à s'en défaire, mais dans la seconde qui suivit il se retrouva en l'air, suite à un tour de hanches. La prise était impeccable et le tombé, les épaules collées au sol durant deux secondes, était assuré.

Plutôt que de l'accompagner dans sa chute et signer sa victoire, Vehbi projeta Gülgül dans les airs.

— Es-tu devenu fou ? s'écria Sabri.

Gülgül heurta le sol tête la première et perdit connaissance.

Palais de Dolmabahçe,
à l'infirmerie,
le 6 septembre 1919

— *Babacım*[1], murmura Gülgül.

Chaque fois qu'il recevait de Gülgül une marque d'affection, Ahmet perdait pied. À son bonheur de se voir aimé du garçon se mêlait la honte de l'imposteur. Qui était-il, pour prétendre avoir un fils aussi extraordinaire ? Un fils auquel le sultan lui-même avait montré de la gratitude... Un enfant fort et droit, au cœur d'or.

Il posa un baiser sur le front du garçon :

— Dors, mon enfant.

Il resta ainsi une heure, à regarder le garçon. Lorsque Sabri apparut, suivi de Vehbi, Gülgül ouvrit à nouveau les yeux.

Ahmet embrassa Gülgül sur le front :

— Je te laisse avec tes amis.

— Je ressors avec toi, fit Sabri. Ces deux garçons ont à se parler.

Un silence suivit le départ des deux hommes. Bras croisés et tête baissée, Vehbi semblait à nouveau prêt à en découdre.

---

1. Mon papa.

— Qu'est-ce qui t'a pris ? demanda Gülgül.

Vehbi haussa les épaules :

— Je suis désolé.

Gülgül le regarda, l'œil tendre :

— J'aimerais comprendre.

— Je pensais à mon père, dit Vehbi. Un jour, j'irai venger son honneur.

Il était mort en héros, cinq ans plus tôt, à la bataille des Dardanelles. Grâce à des hommes comme lui, ces chacals d'Anglais avaient rebroussé chemin, après que Kemal leur eut infligé la plus brûlante défaite de leur histoire. Mais le pays avait payé le prix de cette victoire. Deux cent cinquante mille morts, la moitié par les armes, l'autre du typhus, les corps laissés en putréfaction à ciel ouvert. De quoi le père de Vehbi était-il mort ? D'une balle dans le cœur, en soldat ? De maladie, comme un chien ? Il ne le savait pas.

— Je te comprends, dit Gülgül.

— Qu'est-ce qu'il a fait, ton sultan, lorsque les chacals ont envahi Constantinople ? lança Vehbi. Il leur a donné les clés de la ville ! En souriant, en plus ! Alors, quand tu me racontes ta visite à ce Danilo de malheur avec notre sultan, je n'ai qu'une envie, c'est de les voir crever tous les deux. Vivement que Kemal nous redonne notre dignité !

Qui étaient donc ces Danilo et Jako et tous les autres ? poursuivit Vehbi. Des Juifs, accueillis par les sultans, soutenus par les sultans, et qui ne parlaient pas même un bon turc :

— N'est-ce pas ce que tu m'as dit ? Que ce Danilo n'arrivait pas à dire trois mots sans en ajouter un en espagnol ? Et ce sultan, qui fait le trajet jusqu'au Bazar pour montrer son soutien à des profiteurs… Il ne mérite pas mieux qu'eux. Évidemment, il faut être turc pour ressentir ces choses.

Il s'arrêta brusquement, conscient qu'il en avait trop dit.

Gülgül continuait de le regarder dans les yeux :

— Tu dis tout ça en pensant à ton père, c'est normal. Pas parce que tu es turc. Moi aussi je suis turc et je ne pense pas comme toi.

— Laisse mon père de côté ! lança Vehbi.

— Et c'est pour ça que tu m'as jeté à terre ?

Tournant le dos à Vehbi, il se retourna dans son lit, une façon de lui signifier que l'entretien était terminé.

Piqué au vif d'être ainsi congédié, l'autre le relança :

— Pourquoi me tournes-tu le dos ? Tu as peur de ce que je vais dire ?

Gülgül se retourna à nouveau :

— De quoi parles-tu ?

— Je parle du fait que tu n'es pas turc ! Tu n'as pas une goutte de sang turc, tu entends ? Pas une goutte !

Gülgül le regarda. Qu'est-ce que Vehbi lui racontait ?

— Ta mère était chrétienne et ton père juif. Où est-il, ton sang turc ? Pas une goutte, je te dis !

Ahmet était donc juif ?

— Pas Ahmet, idiot ! Musa Bey ! Ton calligraphe ! Celui qui s'occupe si bien de toi ! Qui est roux comme toi ! Tu ne t'es jamais demandé pourquoi ? Demande à Sabri !

Il lui lança un regard mauvais et quitta la pièce.

Il ment, se dit Gülgül. Il est jaloux parce que le sultan m'a complimenté, jaloux de mes visites au deuxième étage, jaloux de la calligraphie et jaloux de tout le reste. Bien sûr qu'Ahmet Baba est mon père. Il suffit de voir combien il m'aime.

Malgré tout… Était-ce impossible que Vehbi lui ait dit la vérité ? La gentillesse de Musa Bey, les encres, la calligraphie, tout, cela pourrait l'expliquer. Tout, sauf la tendresse d'Ahmet Baba…

Il ferma les yeux. Comment affronter Musa Bey dorénavant ? Et Ahmet ? Pourquoi Musa ne l'avait-il pas reconnu ? Et pourquoi Vehbi s'était-il montré si méchant ? N'était-il pas un vrai Turc ? La prochaine fois qu'il le verrait, il le lui ferait savoir, à sa façon ! *Bana Bak ! Ben senden daha çok Türküm !* Regarde-moi bien ! Je suis plus turc que toi !

Palais de Dolmabahçe,
à l'infirmerie,
le 6 septembre 1919

Gülgül ouvrit les yeux. Sabri était au pied du lit.

— Vous êtes là depuis longtemps ?

— Je te regardais dormir, mon enfant. Comment te sens-tu ?

C'était la première fois qu'il voyait Sabri préoccupé :

— Il s'est passé quelque chose de grave ?

Après lui avoir rendu visite, Vehbi, en larmes, était venu voir Sabri.

— M'a-t-il menti ? demanda Gülgül.

Sabri secoua la tête. Vehbi lui avait dit la vérité. Informé de l'altercation, Ahmet avait quitté le palais.

— Pour toujours ?

Sabri lui tendit une feuille de papier sur laquelle un texte avait été griffonné d'une écriture hésitante :

Gülgülcüm,

De toutes les joies que Dieu m'a offertes sur cette terre, la plus grande a été de te recevoir. Si tu avais été de mon sang, je n'aurais pu t'aimer davantage.

Prends soin de toi, mon enfant adoré, et honore Allah.
Je te serre contre mon cœur de toutes mes forces.

Ahmet Baba

Gülgül leva les yeux :

— Alors, c'est Musa Bey mon père ?

D'un geste de la tête, Sabri acquiesça.

Durant la nuit qui suivit, Gülgül fut incapable de fermer l'œil. Il avait, en un instant, perdu son père et son ami adoré. Quant à la découverte de sa vraie filiation, elle ne lui offrait aucun apaisement. Musa l'avait éloigné de lui avant même sa naissance, comme on se débarrasse d'un objet encombrant.

*

Le lendemain matin, au réveil, Sabri lui annonça que Vehbi aussi avait disparu.

Il laissa à Gülgül le temps d'absorber la nouvelle, avant d'ajouter :

— Il faut que tu parles à Musa Bey.

— Je n'ai rien à lui dire, laissa tomber Gülgül.

— Toi, peut-être, mais lui, certainement.

Palais de Dolmabahçe,
dans le cabinet de Musa Bey,
le 7 septembre 1919

Face à face, tête baissée, ils étaient restés silencieux durant de longues minutes.

— Je voudrais que tu te souviennes de moi comme de ton maître en calligraphie, dit enfin Musa. Je n'avais pas de prédisposition pour être père. Je n'aurais trouvé à te dire que des fadaises. *No hay mal ké por bien ne venga,* comme disait ma mère. À quelque chose malheur est bon. Je t'ai abandonné à Ahmet Baba, qui t'a offert son affection. Quant à moi, la calligraphie a été ma parole paternelle déguisée.

À défaut d'en être fier, il en était heureux. Elle incarnait le beau, là où se trouve la vérité. Ses volutes et ses traits représentaient le chemin qui mène au Tout-Puissant. Il avait été bouleversé en voyant danser les derviches tourneurs, au point d'en faire sa vie. La calligraphie, c'était l'écriture de la danse.

Il s'arrêta. Gülgül avait les yeux brouillés.

— Tu vois, reprit Musa, je commence à te parler comme un père et je m'empêtre dans des mots creux.

— Pourquoi m'as-tu abandonné ? demanda Gülgül.

Musa accusa le coup :

— Tu pourras peut-être avoir de l'estime pour ton professeur. Pour ce qui est de ton père... J'ai fui le judaïsme. Quand j'ai su que ta mère attendait un enfant de moi, j'ai fui la paternité. J'avais fait vœu de célibat, mais je pouvais renier l'engagement. Et là, tu le vois, je te fuis encore.

Il se leva, serra son fils dans ses bras, lui posa la main sur la tête en guise de calotte, et récita :

Shéma Israel adonaï élohénou adonaï éhad.

Puis il lui embrassa les cheveux et prononça une invocation selon le Coran :

Allah tout-puissant, prends soin de ce jeune homme.

Guide-le vers ce qui est juste et vers ce qui est bon pour lui et ses semblables.

Éloigne-le du mal et de ses égarements.

Il lui entoura l'épaule de son bras et l'accompagna jusqu'à la porte :

— J'espère qu'un jour tu me pardonneras.

Palais de Dolmabahçe,
dans le salon privé du sultan,
le 8 septembre 1919

— Bien sûr que tu es turc, *Gülgülcüm.*

Vahdettin chercha le regard du garçon. Il le savait intelligent, observateur, droit. Gülgül l'avait aidé à corriger une erreur de justice. Voilà qu'en plus, il se voulait turc. Absolument, fièrement turc. De père juif et de mère chrétienne, mais turc sans concession.

— Tu es aussi turc qu'on peut l'être. Et tu as raison d'en être fier. Nous sommes un grand peuple, bâti sur une mosaïque d'hommes et de femmes. Ma mère, Gülüstün, venait de Géorgie, sa famille était chrétienne. Ton père était juif avant d'embrasser la religion musulmane. Ta mère, la belle Asmik, a pris le nom turc de Zeynep et s'est convertie avant de te mettre au monde. Nous nous sommes construits sur ces mille richesses.

Lui, sultan Vahdettin, en était réduit à mentir à un enfant de quinze ans. À lui raconter des sornettes pour sauver la face. Le grand peuple n'avait plus qu'un résidu de pays, comme si, du *Surnâmé,* il ne restait que trois pages et une reliure. Voilà ce qu'était devenu l'Empire.

Une caricature de livre. Le pays s'effondrait, et lui, Vahdettin Sultan Mehmet VI, n'avait plus rien de l'héritage de Soliman.

— C'est ton ami Vehbi qui n'est pas un vrai Turc. Il est parti rejoindre Kemal et ses laquais à Ankara.

Combien de temps le palais serait-il encore le palais ? Combien de temps lui restait-il, à lui, Vahdettin Sultan Mehmet, avant d'être exécuté comme un chien par les soldats de Kemal ? Ou de subir la prison ? Ou l'exil ? Il avait l'option de mettre fin à ses jours, comme un capitaine valeureux décide de sombrer avec son navire en perdition. Mais capitaine il n'avait jamais été, et valeureux encore moins. Tout juste bon à réciter de la poésie persane, à collectionner des miniatures et à remettre les clefs de la ville à ces chacals d'Anglais. Seul un militaire de la trempe de Kemal était capable de sauver ce qui pouvait encore l'être.

— Parlons de toi, mon garçon.

Une heure plus tôt, Musa lui avait rendu compte d'une conversation qu'il avait eue le matin même avec son cousin Danilo. Celui-ci s'était montré enthousiaste à la perspective d'accueillir Gülgül. Il venait de perdre sa femme, son fils Jako se retrouvait seul de longues heures, un cousin à peine plus âgé lui serait un compagnon merveilleux. Le sultan avait accepté.

— Tu auras enfin la possibilité de vivre au sein d'une vraie famille. Tu y seras traité en prince. Une chambre à toi, un lit moelleux… Et tu apprendras un beau métier, celui d'antiquaire, pour lequel tu as montré du talent.

Gülgül ne sut quoi penser. Il aimait son lit étroit près de celui de Vehbi, l'odeur âcre du dortoir, leurs vies rêches et franches, leurs affrontements…

Vehbi était parti après lui avoir craché son dédain. Ahmet Baba, son père, son vrai père, avait disparu cacher sa honte et son chagrin. Et maintenant, cette proposition que le sultan semblait considérer comme inespérée allait l'éloigner pour toujours de ce qui avait été sa vie jusque-là. Une fois de plus, Musa, celui qu'il devait désormais considérer comme son père, se débarrassait de lui.

Sur le pont,
à bord du S/S King Ferdinand,
le 8 septembre 1919

Ils étaient cinq sur le pont. À la gauche d'Athina se tenait Sarkis, et à sa droite, Calypso, qui lui donnait la main. Aram serrait sa fiancée contre lui. Seul manquait Spiro, alité en cabine.

Cinq jours plus tôt, ils avaient reçu leur ordre d'expulsion. Privés de leur citoyenneté turque, ils devaient quitter le pays dans la semaine, ne pouvant emporter qu'une valise d'habits. À l'exception de ces quelques effets personnels, tous leurs biens avaient été confisqués.

— Nous étions là avant eux, dit Athina. Les Grecs ont bâti cette ville. Cet Ali Osman n'est qu'un voyou.

Elle se montrait injuste. Le gouverneur s'était déplacé en personne au domicile de Spiro : « Votre expulsion est un cadeau. Vahdettin aurait pu vous faire emprisonner. » Quelles qu'aient pu être leurs intentions, lui, Sarkis et Aram s'étaient joués du sultan. Leur réputation en ressortait entachée à jamais. « Tu le sais mieux que moi, le Bazar fonctionne sur la confiance. » Il n'y avait pas que cela. Les provocations de la Grèce se multipliaient. La région de Smyrne était en ébullition. Une nouvelle guerre allait éclater d'un jour à l'autre. Le mieux était qu'ils partent avant que l'afflux de réfugiés n'engorge les possibilités d'accueil à Athènes. « Prenez Sarkis et son fils avec vous, lui avait dit le gouverneur. Ils sont chrétiens. Ils ne seront pas refoulés. » Il avait ajouté, en le quittant : « Quant à vos bijoux, cachez-les. Un de mes hommes vous aidera à passer la douane. »

Ces facilités n'atténuaient pas la rancœur d'Athina. Elle ne s'attendait pas à vivre un tel déchirement. Ce pays qu'elle avait maudit mille fois était le sien bien plus qu'elle ne l'avait pensé.

Alors que le bateau larguait ses amarres, un appel à la prière lui parvint. Elle avait toujours détesté les incantations du muezzin. Celle-là, pourtant, déclencha un sentiment de nostalgie qui la déconcerta. Elle regarda s'éloigner Galata, sa tour, Beşiktaş, Dolmabahçe et, au loin, l'échappée vers la mer Noire. La plus belle ville du monde. Venant de la Ville, le mot dont usaient les Grecs lorsqu'ils parlaient de Constantinople, elle se retrouverait à Ianena ou à Trikala, des bourgades de province où des gens sales et sans manières se nourrissaient d'olives, d'oignons et de pain. La déchéance ! Bien sûr, à Constantinople, il y avait les Turcs. Mais il y avait aussi la communauté grecque, vivante, prospère, prête à la fête. Elle pensa aux tablées, au bord du Bosphore, grandes, bruyantes, où quelquefois des Arméniens se mêlaient à eux, ou des Juifs. Elle pensa aux cafés partagés dans les boutiques des uns et des autres, au Bazar… Aux promenades le long du Bosphore, les dimanches, à Bebek ou à Tarabya…

Comme elle l'aimait, ce pays damné.

Grand Bazar,
dans la boutique de Danilo,
le 1er mars 1920

Danilo s'attachait chaque jour davantage à ce garçon qui l'avait extirpé de l'enfer. Était-il heureux dans sa nouvelle vie, douce et abondante ? Était-ce son caractère ? En tout cas, il n'était pas très rieur. Jako se montrait distant avec lui. Sans doute associait-il Gülgül au drame qui avait poussé sa mère à la mort, sans faire la distinction entre ceux qui l'avaient provoqué et celui auquel son père devait d'avoir retrouvé son rang. Le temps arrangera sûrement les choses, pensait Danilo. Gülgül allait se dénouer, Jako grandir, et un jour, *inşallah*, l'affection s'installerait entre les deux cousins.

Les seuls instants où il voyait Gülgül réellement heureux étaient ceux qu'il passait avec leur voisine du dessus, Bella Behar, une jeune et très belle Juive qui parlait turc à la perfection, une rareté dans sa communauté ; Gülgül ne connaissait pas un mot de ladino, ils conversaient en turc, une langue que Bella aimait infiniment et ne pratiquait jamais parmi les siens.

Pour l'instant, la priorité de Danilo était de former Gülgül au commerce. Le garçon avait tout pour plaire à la clientèle. Toujours calme, maîtrisé, raffiné… Et cette allure…

Quinze jours plus tôt, Danilo avait acquis d'un bibliothécaire de Konya un manuscrit exceptionnel, une copie d'époque du *Hatti-Humayoun*, l'édit de 1856 signé de la *tuğra d'Abdülmecid Ier*, par lequel l'Empire reconnaissait l'égalité entre tous les citoyens ottomans, sans distinction de religion. Les non-croyants pouvaient désormais entrer dans la fonction publique et s'inscrire dans les écoles, tant militaires que civiles. « Ils sont tous mes enfants », avait dit le sultan.

Le manuscrit représentait un point d'inflexion historique dans les rapports entre le pouvoir et les minorités.

— Ce métier est le plus beau du monde, *Gülgülcüm*, lui avait dit Danilo. Sais-tu pourquoi ? Il t'oblige à écouter. À écouter quoi ? me diras-tu. Ce que les gens ne te disent pas. C'est comme ça que tu apprendras à connaître les hommes. Cette pièce, par exemple. Pourquoi quelqu'un voudrait-il l'acheter ? Parce qu'en l'acquérant, l'acheteur aura le sentiment de posséder un moment d'histoire. D'en devenir lui-même un élément !

— Il se sentira important ?

— Tu as tout compris ! C'est ça, le commerce. On pourrait même dire que c'est uniquement ça. Conforter chacun quant à sa valeur. La personne qui quitte le magasin après un achat doit se sentir plus importante qu'en entrant.

Avoir ainsi démonté le mécanisme intime du commerce n'avait provoqué chez le garçon aucun enthousiasme. Gülgül avait acquiescé, indifférent au compliment. Le métier ne l'intéressait pas, c'était évident.

Ce matin-là, leur première cliente fut l'épouse d'un commerçant de la Terlikçiler Sokak, la rue des Fabricants de pantoufles. Ignorant Danilo, elle se précipita sur Gülgül, tout sourire :

— *Atyo ! Sos tu, Goulgoul ?* Mon Dieu ! C'est toi, Gülgül ?

Comme presque tous les minoritaires, elle n'arrivait pas à prononcer le « ü ».

Depuis son retour au Bazar, et surtout depuis la venue régulière de Gülgül au magasin, Danilo avait raconté à qui voulait l'entendre combien il était redevable de sa sortie de prison à ce garçon merveilleux, « qui, imaginez-vous, se révèle être un cousin, absolument, un fils naturel de Musa Bey, le calligraphe du sultan, lui-même, né Moïse Benveniste… Le garçon est lui-même excellent calligraphe, une âme d'artiste dans le corps d'un lutteur, si je peux dire ».

— Je ne parle pas ladino, répondit Gülgül en turc, d'un ton à peine poli.

— *Ma me dişeron ke tu sos el primo. Komo puede ser ?* Mais tu es le cousin, m'a-t-on dit ! Comment est-ce possible ?

— Il le parlera bientôt, intervint Danilo en ladino. Et mieux que toi et moi, tu verras.

Gülgül ne laissa paraître aucune émotion. À la maison, en présence de Jako, Danilo lui parlait en ladino, puis expliquait ou traduisait, selon les besoins. Il est vrai que Jako parlait le turc plus mal encore que son père… Eva, la bonne, s'efforçait de lui parler arménien. « C'était la langue de ta mère, il faut que tu l'apprennes ! » disait-elle en riant. Tout cela lui était désagréable. Parler ladino, c'était trahir les siens. Il était turc, vivait à Constantinople, en Turquie, et voilà que son intégration dans cette nouvelle famille devait passer par des langues étrangères.

— *Es Paşa por ijo, Maşallah. Novio lo veremoz ! Pekado ke no tienes una ija para kazar.* Il est magnifique, Maşallah[1]. Je le verrais bientôt fiancé ! Dommage que tu n'aies pas une fille à lui donner.

Elle embrassa Danilo, insista pour faire de même avec Gülgül et quitta le magasin.

Vers dix heures du matin vint le deuxième client de la journée, un Grec, et les deux hommes conversèrent librement. Lorsque Danilo lui montra la copie de l'édit, le client jeta un coup d'œil en direction de Gülgül et, de but en blanc, se mit à chuchoter. Gülgül capta le mot *Vedrès*, « les verts » en ladino, ceux qui n'étaient pas encore mûrs, l'expression dérogatoire par laquelle les minoritaires désignaient les Turcs musulmans. Gülgül comprit qu'en sa présence, l'homme ne se sentait pas en confiance. Cela arrivait dès qu'un client juif ou grec voulait s'entretenir avec Danilo « de la situation ». Qu'est-ce que les Turcs leur réservaient ? Comment parler librement, dans un pays en déliquescence où chaque minoritaire pouvait être accusé de faire le jeu des Alliés ou des Jeunes-Turcs de Kemal ?

1. Grâce à Dieu, en turc.

Après quelques minutes d'échanges à voix basse, le client repartit avec l'édit d'Abdülmecid.

À la fermeture, Danilo décida de faire un crochet par le quartier des vendeurs de cuir :

— La journée a été excellente. Peu de clients, mais une vente superbe. On fête ça ! Je t'offre une belle veste.

Ils remontèrent en direction du Yolgeçen Han Kapısı, la porte de la Maison de celui qui passe son chemin, près de laquelle se trouvait le magasin d'un Turc de souche, Ersin.

— Trouve-moi une belle veste pour mon cousin, dit Danilo en turc.

Gülgül enfila une veste, puis deux autres, embarrassé par l'accent de Danilo.

— Celle-ci te va bien, dit le commerçant. *Ne dersin ?* Qu'en penses-tu ?

Gülgül lui répondit en turc qu'elle était très belle.

— Ah ! Tu es des nôtres ! Un vrai Turc.

— C'est mon cousin, t'ai-je dit, intervint Danilo.

Gülgül ôta la veste qu'il venait d'essayer, la tendit au commerçant et quitta le magasin.

Quartier de Nişantaşı,
en route vers Hasköy,
le 3 mai 1920

Tous les lundis et mercredis, Gülgül et Jako allaient suivre un cours de français à l'Alliance israélite universelle de Hasköy, au nord de la Corne d'Or. S'ils ne se retrouvaient pas dans la même classe, ce n'était pas pour une question d'âge. Jako, à qui sa mère avait souvent parlé français, était à même de tenir une conversation. Gülgül était dans la classe des débutants. Les jours d'Alliance, il quittait le Bazar vers quinze heures, passait prendre Jako chez lui et ils faisaient ensemble le chemin jusqu'à la Mektebi Sokak, la rue de l'École, où se trouvait l'Alliance.

Dès qu'ils franchirent la porte du Panoréa, Jako interpella Gülgül :

— Tu ne veux pas qu'on se parle en français ?

Gülgül ne répondit pas.

— C'est entendu, reprit Jako. Dorénavant, nous nous parlons en français.

Gülgül s'arrêta :

— Je te fais cadeau du français, dit-il en turc. Et puis j'ai mal à la tête.

Il tourna le dos à Jako et retourna à l'appartement.

*

C'était trop. Trop de Jako, trop de ladino, d'arménien et de français. Trop de Juifs qui parlaient à voix basse. Trop de Danilo qui tenait à être gentil et qui l'horripilait avec son accent à couper au couteau. Le commerce le révulsait. Il n'y avait rien qu'il détestait plus que cette obligation de sourire, flatter, faire toutes sortes de contorsions pour convaincre le client d'acheter.

Le monde des sous-sols lui manquait. À la chambre et au moelleux du lit que lui offrait Danilo, il préférait la dureté des couches du dortoir, et à la mièvrerie de Danilo et de Jako la dureté franche de ses camarades et leurs tendresses brusques.

Au dîner, lorsque Danilo lui demanda pourquoi il n'avait pas été à l'Alliance, il lui répondit par un haussement d'épaules. Danilo le regarda sans comprendre. Qu'avait donc ce garçon ? Cette façon ne lui ressemblait pas.

Le lendemain matin, Gülgül accompagna Danilo jusqu'à Beşiktaş, lui baisa le dos de la main, le porta à son front, et lui demanda de lui pardonner :

— Ma vie est à Dolmabahçe, dans les sous-sols du palais. J'y vais.

— Là, maintenant ? Sans rien ?

— Maintenant.

Gülgül le serra dans ses bras et s'éloigna, laissant Danilo éberlué.

Trente mois plus tard

Palais de Dolmabahçe,
dans le salon privé du sultan,
le 19 novembre 1922

Vahdettin regarda sa montre. Dans quarante-cinq minutes, un empire vieux de six siècles disparaîtrait de la façon le plus piteuse. Son dernier sultan prendrait refuge à bord d'un cuirassé britannique et quitterait Constantinople dans l'ignominie, s'en remettant à ces chacals d'Anglais pour fuir les hommes de Kemal. C'est-à-dire de tous ses sujets… Car mis à part une poignée de fidèles, tous ses soldats avaient déserté pour rejoindre les troupes des Jeunes-Turcs.

Il avait fait déplacer le fauteuil qui se trouvait devant son bureau à l'autre extrémité de son salon, là où étaient accrochées les miniatures du *Surnâmé,* et depuis deux heures il ne faisait que les regarder, passant de l'une à l'autre avec un immense sentiment d'échec. Que diraient les livres d'histoire ? Que le dernier sultan d'un empire qui avait régné sur la moitié du monde n'avait réussi qu'à l'enterrer. Voilà ce qu'il était : sultan de rien. Pas même d'une ville. De l'empire qu'un temps l'on désignait sous le nom de Sublime Porte, il ne restait que des lambeaux. Et lui, pauvre idiot, qui s'occupait à remembrer le chef-d'œuvre qu'était le *Surnâmé*, expression d'une gloire jamais atteinte par aucun autre empire depuis le début de l'histoire des hommes, n'avait pas même réussi à mener à bien cette tâche. Les miniatures n'avaient pas repris leur place au sein du volume. Il n'avait fait que les admirer. En réalité, c'était lui-même qu'il admirait, se disant combien il avait été formidable d'avoir retrouvé jusqu'à la dernière des miniatures manquantes. Une reconstruction de l'Empire à hauteur d'enfant. Quel malheur avait été le sien d'avoir été nommé sultan.

Il retourna à son bureau, referma le *Surnâmé* et embrassa la couverture. Pas question de l'emmener dans son bagage. Il ne serait pas dit qu'il était un sultan dépouilleur.

La porte s'ouvrit sur son majordome, qui lui annonça la présence de Sabri et de Gülgül.

— Fais-les entrer. Et que Musa Bey se joigne à nous, murmura-t-il.

Gülgül pénétra dans la pièce, précédé de Sabri, et tous deux embrassèrent le dos de sa main. Musa les rejoignit au même moment.

— Approche-toi, dit Vahdettin à Gülgül. Il y a deux ans, j'ai eu le cœur rempli de joie lorsque ton père m'a appris que tu avais refusé une vie de confort pour revenir au palais. Aujourd'hui, c'est moi qui pars. Je vais quitter Constantinople. Ton père, Musa Bey, mon fidèle parmi mes fidèles, m'accompagnera. Sabri Bey va retourner à Konya, auprès de sa famille. Et toi-même, tu vas aller habiter chez sa sœur, si j'ai bien compris. (Sabri hocha la tête.) Sache ceci : je quitte mon pays avec fierté en pensant à toi. Tu es turc, musulman, de père juif et de mère chrétienne.

Tu portes les trois grandes religions. Et tu incarnes la gloire de notre Empire. Que Dieu te protège.

Il serra le garçon dans ses bras :

— Je te laisse avec ton père.

Palais de Dolmabahçe,
dans le cabinet de calligraphie,
le 19 novembre 1922

Assis à la table sur laquelle Gülgül avait appris la calligraphie, tête baissée, père et fils restèrent silencieux une longue minute.

— Il est possible que nous nous voyions pour la dernière fois, murmura Musa.

À nouveau le silence s'installa.

— Au moins, j'aurai fait de toi un bon calligraphe.

Gülgül quitta sa chaise, s'accroupit près de son père et posa sa tête sur ses genoux.

Quartier de Sultanahmet,
chez Ayşé, rue Ishak Pacha,
le 19 novembre 1922

Sabri et Gülgül quittèrent le palais de Dolmabahçe par la porte nord (la plus discrète), traversèrent le pont de Galata, et remontèrent la rive droite jusqu'au mur sud du palais de Topkapı.

Ils arrivèrent devant une maison de bois, aux fenêtres en encorbellement, peinte de rouge et de vert. Sabri poussa une porte basse qui s'ouvrit sur un couloir sombre au bout duquel Gülgül aperçut un escalier en colimaçon. Dans une petite cuisine, une femme entre deux âges, très brune de peau, les accueillit avec chaleur.

— Te voilà enfin !

— C'est Nigar Hanım, dit Sabri. Une personne importante.

Nigar posa son pichet de sirop, se précipita sur lui et, après l'avoir serré dans ses bras, se tourna vers Gülgül :

— Alors, c'est toi ?

Elle l'observa, le regard brillant :

— Tu es magnifique, le sais-tu ?

Elle ouvrit une porte adjacente à celle de la cuisine et découvrit une pièce minuscule meublée d'un seul lit :

— Tu dormiras ici.

Gülgül remarqua qu'elle boitait.

Elle sortit dans le couloir :

— Voici ma chambre, je la partage avec Ayşé Hanım. Dans celle d'à côté dorment Sâré et Lili. Venez.

L'escalier en colimaçon débouchait sur un hall spacieux.

— C'est à cet étage que nos clients et les demoiselles se retirent dans l'intimité.

Ils poursuivirent la visite en empruntant un escalier droit qui menait à l'unique pièce du haut, dans laquelle régnait une odeur âcre. Longue d'une douzaine de mètres et de forme rectangulaire, elle avait pour seul ameublement trois longs canapés-divans de velours rouge disposés en « U » et couverts de coussins multicolores. Six grandes fenêtres l'éclairaient, leurs rideaux retenus par des embrasses en laiton doré. Ils étaient tous du même velours rouge que les canapés. Sur les murs tendus de lin bleu nuit, des photos montraient des danseuses orientales, pour la plupart déhanchées. Devant les canapés, de petites tables basses aux plateaux de cuivre martelé étaient couvertes de bols d'argent remplis de pistaches décortiquées et de lokoums. Un assemblage de tapis recouvrait le sol, tous très fins.

— *Hoş geldin, Gülgülmüz*[1], s'écrièrent deux des trois femmes assises côte à côte sur l'un des canapés-divans.

La plus âgée resta muette. Nigar prit Gülgül par le bras et le plaça devant elle :

1. Sois le bienvenu (littéralement : que tu sois venu joyeux), notre Gülgül.

— Voici Ayşé Hanım, notre patronne.

Large d'épaules comme son frère, Ayşé dévisagea Gülgül d'un regard méfiant.

Le garçon embrassa le dos de sa main et le porta à son front.

— Il est dur à la tâche, dit Sabri, fais-le travailler.

Il posa la main sur la tête du garçon :

— Pour toi, elle sera *Ayşé Teyzé*[1].

— Et nous, tu nous oublies ? lança l'une des deux autres femmes à Nigar.

Nigar fit les présentations. Sâré venait d'Andrinople. C'était la danseuse de la maison. Petite, blonde, on aurait dit une adolescente. Lili était de Lille, raison pour laquelle Ayşé l'avait surnommée Lili. Son prénom d'origine, Geneviève, était trop difficile à prononcer.

— Lili est en Turquie depuis dix ans au moins, n'est-ce pas, *canım*[2] ? demanda Nigar.

Elle était venue comme « demoiselle », pour s'occuper des enfants d'une famille grecque. Sa liaison avec le père lui avait fait perdre sa place, l'affaire avait déclenché la méfiance des épouses de la communauté, et retrouver du travail comme demoiselle s'était révélé impossible.

— Je t'apprendrai le français ! lança Lili.

— Moi, reprit Nigar, je viens d'Azerbaïdjan. Et sache qu'un jour j'étais mince et jolie.

D'un ton sec, Ayşé lui reprocha de chercher des compliments. Sabri se retint de sourire. Un vieux couple…

---

1. Tante Ayché.
2. Littéralement : mon âme, en turc. S'emploie couramment.

Se tournant vers Gülgül, Nigar reprit :

— Tu verras, je fais la meilleure cuisine du monde !

— Son père était le chef pâtissier de Vahdettin, dit Sabri.

— Quel beau métier ! Tu viendras m'aider !

Ayşé se leva et posa les mains sur les épaules de Gülgül :

— Je répète ce sur quoi je me suis mise d'accord avec ton Sabri Baba.

Le matin, il irait à Kumkapı[1], au Cercle de lutte.

Ses après-midi seraient dévolus à faire des courses, une tâche qui jusqu'ici revenait à Nigar et qu'elle n'arrivait plus à accomplir. À partir de six heures du soir, lorsque arrivaient les clients, il aiderait au service, jusqu'à ce qu'ils partent ou accompagnent Sâré, Lili ou l'une des externes dans une des chambres de l'étage en dessous.

— Il n'a pas d'habits de rechange, dit Sabri.

— Je me charge de l'habiller, se réjouit Sâré.

— Ne le déguise pas en fille, trancha Ayşé. Ne t'en fais pas pour ton garçon, ajouta-t-elle à l'intention de Sabri, on s'en occupe. Va prendre ton train.

De Haydarpaşa, sur la rive asiatique, il partirait pour Konya.

Il embrassa sa sœur :

— Il est d'une force étonnante, mais ne t'y trompe pas, c'est un doux.

Il embrassa ensuite les trois autres femmes, puis s'adressa à Gülgül :

— Accompagne-moi jusqu'à la rue.

---

1. Littéralement : la porte de sable. Quartier du vieil Istanbul.

Dehors, il prit Gülgül dans ses bras et le serra à l'étouffer :
— Tu n'oublieras pas Sabri Baba.

Gülgül le regarda s'éloigner. Il avait donc eu trois pères, en définitive. Un père calligraphe, qui l'avait fui, puis instruit. Un autre, pâtissier, qui l'avait adoré. Et un troisième, lutteur, qui lui avait donné le goût de l'effort. Chacun l'avait aimé et protégé à sa façon.

Il avait eu beaucoup de chance.

Chez Ayşé, rue Ishak Paşa,
le 19 novembre 1922

Vers cinq heures de l'après-midi, Sâré alla chercher Gülgül dans sa chambre. Vêtue d'une petite culotte, Lili les attendait, seins nus.

Gülgül eut un mouvement de surprise. Depuis qu'il avait quitté les odalisques, à l'âge de huit ans, c'était la première fois qu'il voyait un corps de femme.

— Il faudra t'y habituer, *Gülgülcüm*, dit Sâré. C'est le travail qui veut ça.

Elle retira d'un cintre un şalvar rouge et l'aida à l'enfiler. Il lui arrivait à mi-mollet :

— Tu es superbe. Voici pour le reste.

Elle lui tendit un chemisier blanc, très ample.

Gülgül l'enfila, se regarda dans la glace et en retira un plaisir nouveau, interrompu par Sâré, soudain très directive :

— Passons aux choses sérieuses. Lili et moi avons déjà préparé le salon pour l'accueil de nos invités. Il te suffira de disposer sur les tables basses ce que Nigar te remettra, un peu ici, un peu là.

Il devait sans tarder commencer les allées et venues, plateau après plateau : d'abord les bouteilles de *rakı*, les verres, les assiettes, les fourchettes et les rince-doigts, puis les mézés, selon les besoins, d'autres mézés, d'autres bouteilles de *rakı* et, pour finir, les douceurs.

Il ne reconnut pas le salon. Les rideaux de velours rouge, tirés, masquaient la lumière. Seules de petites lampes à huile posées sur les tables basses éclairaient la pièce. Les soucoupes en cuivre, vides au moment de sa visite, étaient maintenant couvertes de résine d'encens et d'ambre, dont la fumée dégageait l'odeur envoûtante qu'il n'avait pas réussi à identifier plus tôt. En trois voyages, il monta des boulettes grillées, des feuilles de vigne farcies, des *çiros*[1], de la poutargue et de la *lakerda*[2].

Après avoir disposé les plats, il balaya la pièce du regard. Un monde nouveau s'ouvrait à lui, sensuel, envoûtant, un peu inquiétant aussi, qui annonçait des plaisirs inattendus.

*

Les clients étaient au nombre de trois. Deux externes étaient arrivées peu après six heures. Rejointes par Lili et Sâré en tenues de danseuses, elles s'étaient mises à échanger des banalités avec les trois hommes, sur le départ du sultan, l'arrogance des soldats alliés en ville et le devenir de Kemal. Debout près de la porte, Gülgül les écoutait,

1. Maquereaux séchés.
2. Bonite marinée et découpée en cubes.

intrigué. Ces trois messieurs étaient-ils venus pour le plaisir de la conversation ?

Une heure passa ainsi, puis Nigar apparut, un oud à la main. Au même moment, Lili se saisit d'un tambourin muni de cymbalettes et Sâré noua à ses chevilles des cordons à clochettes. Lili se mit à secouer les cymbalettes de son tambourin à un rythme lent et Nigar entama *Kor Arab, la chanson de l'Arabe aveugle*, une mélopée de son pays, dont elle cala le tempo sur celui du tambourin. Les paroles, en azerbaïdjanais, étaient compréhensibles pour un Turc :

Ne esq olaydı, ne aşıq

Sans amour, pas d'amant,
Pas de pardon capricieux,
Pas de larmes, pas de chagrin,
Pas de maladie,
Pas de remède !

Incrédule, Gülgül regardait Nigar chanter. La vieille cuisinière grincheuse s'était métamorphosée en artiste.

Sâré effectua un léger déhanchement, suivi de deux autres, et s'arrêta, bras tendus, imprimant à son ventre, à son buste et à ses épaules des mouvements de plus en plus rythmés durant une longue minute. Des contorsions du bassin, très lentes, se transformèrent en tremblements, étendus aux épaules. Gülgül la regardait, subjugué.

Délaissant son oud, Nigar entama une chanson très rythmée, soutenue par le seul tambourin de Lili, et Sâré, penchée en arrière, se mit à secouer ses seins au rythme du tambourin.

L'un des trois hommes se leva :

— Sâré et Lili.

Les deux invités échangèrent quelques mots avec les externes, et tous quittèrent le salon pour les chambres situées à l'étage inférieur.

— On se repose quelques instants, on mange et on range, fit Nigar.

— Alors ? lança Ayşé à Gülgül.

Il n'osa dire combien il avait été troublé.

— Puisque tu restes muet, dit Nigar, je te raconte l'histoire de cette maison.

La bâtisse avait été construite au milieu du siècle précédent par le vizir Saït Osman, peu après que le sultan se fut établi à Dolmabahçe. À sa mort, le vizir l'avait léguée à Elif, la concubine qu'il y avait installée. L'âge venant, celle-ci la transforma en « maison », petite mais sélecte. Elle-même ne dédaignait pas l'amour des femmes : avant que le vizir ne la remarque, elle n'avait connu que cela. L'une de ses pensionnaires fut Gülperi[1], une blonde aux yeux bleus dont on disait qu'elle était la plus belle fille de Constantinople. Elif en tomba follement amoureuse, donna à sa maison le nom de *Gülperi Han*[2] et la lui légua. Plus tard, Ayşé, dont Gülperi était à son tour tombée amoureuse, hérita de la maison.

1. Littéralement : la Fée des roses.
2. La maison de la Fée des roses.

Elle éclata de rire :

— Et puis Ayşé est tombée amoureuse de moi ! Quand j'étais jeune et jolie !

— Nous étions toutes jeunes et jolies, grommela Ayşé.

— Après nous, la maison ira à Sâré, et ainsi de suite, reprit Nigar.

— D'une femme à l'autre, toujours ? demanda Gülgül.

— Les hommes qui viennent ici ont plaisir à nous faire l'amour, mais ils ne nous aiment pas. Et puis, ils sont malhabiles. Une femme saura toujours mieux qu'un homme ce qui donne du plaisir à une autre femme. Voilà pourquoi Ayşé et moi partageons le même lit. Et pourquoi Sâré et Lili font de même. Ces deux-là s'aiment profondément.

*

Plus tard, dans son lit, Gülgül pensa à la manière qu'avait Sâré de danser, à sa façon d'offrir son corps, et s'imagina imitant ses mouvements.

Cercle de lutte de Kumkapı, le 20 novembre 1922

Tôt le lendemain matin, Gülgül prit le chemin de Kumkapı. Les rues étaient d'un calme qu'il n'avait jamais connu. Le pays est fatigué, se dit Gülgül. Fatigué et honteux. Trop de guerres perdues. Autant s'enfermer chez soi.

*

— Je suis Rauf. Toi ?

Un homme de taille moyenne, aussi large que haut, l'air taciturne, s'approcha de Gülgül et lui broya la main.

— Pourquoi es-tu là ?

— Sabri Bey m'envoie. J'ai travaillé au palais avec lui.

Rauf le scruta :

— Il m'a mis au courant. Tu fais combien ?

— Soixante et un.

L'entraîneur secoua la tête.

— Mauvais poids. Nous ne sommes pas nombreux, aujourd'hui. À cause des événements. Sinon, nous nous retrouvons à dix, douze.

Il ouvrit une porte qui donnait sur la salle des combats. Elle comptait trois tapis. Sur celui du milieu, deux lutteurs étaient en position, les doigts accrochés, tête en avant. Mais on les sentait mous, comme s'ils ne se battaient pas pour de vrai.

— À gauche, c'est Yusuf. Cinquante-cinq. Et là, Mehmet, qui en fait vingt-quatre de plus. Tu vois, ils s'amusent. Comment veux-tu qu'ils se battent sérieusement ? Voici Gülgül, leur lança l'entraîneur. Un *orta* (poids moyen). Je me retrouve avec un *ağır* (lourd), un *hafif* (léger) et un *orta.* Ce qu'on appelle une combinaison foireuse.

Il se tourna vers Gülgül et l'observa quelques instants :

— Allez, un petit combat, que je te voie au travail.

— À vos ordres, dit Gülgül.

Rauf lui demanda de choisir son adversaire. Pas question qu'il choisisse le poids léger, il aurait eu tout à perdre. Par chance, Mehmet, le poids lourd, était court de taille, d'une allonge inférieure à la sienne. Son gabarit lui donnait un avantage important : il avait un centre de gravité près du sol, le faire basculer nécessiterait une grande force. Mais quelle que soit l'issue du combat, perdre quand on rend quatorze kilos n'aurait rien de déshonorant :

— Je choisis Mehmet, Rauf âbi.

Dans les vestiaires, Rauf lui tendit un maillot et l'observa pendant qu'il se déshabillait. Il lui sembla bien fluet.

— Ce ne te sera pas facile…

Cinq minutes plus tard, vêtu du maillot échancré aux aisselles et au thorax, il était en position sur le tapis du milieu, face à Mehmet.

— Allez-y, lança Rauf.

Mehmet livra la première attaque, cherchant à balayer Gülgül. Celui-ci esquiva et répliqua par un brusque croisé des chevilles. Mehmet s'en défit et les deux se retrouvèrent à nouveau accrochés par les mains, tête baissée. Dans la seconde qui suivit, ce fût Gülgül qui livra une attaque en rotation, soudaine et très violente, faisant basculer Mehmet qui se retrouva épaules collées au sol. Il était défait. Le combat n'avait pas duré une minute.

Rauf observa Gülgül pendant qu'il aidait Mehmet à se relever. Ce garçon avait tout : la souplesse, la force physique, une vitesse jamais vue, une technique parfaite et une audace de champion. *Alev gibi, herif*, se dit Rauf. Ce mec est comme une flamme. Sabri ne lui avait pas menti.

— J'espère que nous aurons d'autres occasions, dit Gülgül à Mehmet.

— Je l'espère aussi.

— Tu viendras demain ? lança Rauf à Gülgül.

— *Inşallah* demain et les jours qui suivent, répondit Gülgül, si vous voulez bien.

Son ancien monde.

Quatre ans plus tard

Palais de Dolmabahçe,
dans le bureau de Mustafa Kemal Paşa,
président de la République,
le 18 mars 1926, 9 h 45

— C'est le dernier, fit l'aide de camp.

Sourire aux lèvres, il posa un signataire sur le bureau de Kemal. À la différence des sept précédents, il ne semblait pas déborder de correspondance.

Son sourire n'échappa pas à Kemal :

— Qu'y a-t-il de si amusant ?

— Je ne voudrais pas vous enlever le plaisir de la découverte, répondit Zafer Kozlu.

Depuis sept heures du matin, c'était dossier après dossier. Pas de raison qu'il se refuse trois minutes de pause. Ses yeux se posèrent sur la rive asiatique. C'était cela, la Turquie. Un pays asiatique, profondément, essentiellement, par ses racines qui s'étendaient jusqu'à l'extrême est du continent, et par ses frontières, retrouvées trois ans plus tôt, qui menaient le pays jusqu'aux confins de la Syrie, de l'Irak, du Liban, de l'Iran, des Républiques soviétiques… Par les origines de son peuple, aussi. Dur à la tâche, apte à la guerre, prompt au sacrifice. Des qualités héritées de ses ancêtres mongols. C'était en Asie que se trouvait l'âme turque. Et lui, Mustafa Kemal, né en Europe, éduqué par un Juif converti, francophone et francophile, incarnation du cosmopolite, avait l'ambition folle de faire de la Turquie un pays occidental. Quelles étaient ses chances ? À peu près celles qu'il avait eues, dix ans plus tôt, de remporter la bataille des Dardanelles. Presque nulles. Elles s'étaient révélées suffisantes. Il avait pour lui les forces de l'esprit. Une volonté de fer, ajoutée à une façon d'évaluer chaque situation avec une lucidité cruelle, quelque désastreuse que fût la réalité.

Il chercha le regard de Zafer Kozlu :

— Alors, cette surprise ?

Son directeur de cabinet ouvrit le signataire sur une lettre manuscrite. Rédigée en français, elle faisait trois pages :

De : Roberto Giuliani, artiste peintre à Venise

À : Son Excellence Mustafa Kemal, président de la République de Turquie

Le 28 février 1926

Monsieur le Président,

Je suis peintre. De mère française, je me permets de vous écrire dans cette langue, sachant que vous la parlez à merveille.

Il y a de cela une vingtaine d'années, j'ai été approché par l'un de nos plus illustres antiquaires vénitiens, le prince di Mango. Pour la première fois, il était venu me voir dans mon atelier, jusque-là, c'était moi qui me déplaçais. Il voulait m'entretenir d'une commande, ou plutôt d'une série de commandes confidentielles.

Lors d'une de ses visites à Constantinople, un certain Danilo Benveniste, antiquaire dans votre Grand Bazar, l'avait présenté au prince Vahdettin. Celui-ci, qui n'était pas encore sultan, lui montra le Surnâmé, *dont il manquait quinze doubles-pages exactement, repérables, car toutes étaient numérotées. Il suffisait de déduire par différence les numéros des pages manquantes, ce que Paolo di Mango fit avec soin.*

Ce qui l'avait frappé était l'importance qu'attachait Vahdettin à reconstituer le volume. Cela semblait à ses yeux la chose la plus urgente au monde. En bon commerçant, di Mango reconnut cette passion comme l'une de celles que bénissent les antiquaires et sur lesquelles ils bâtissent leur fortune.

Lorsqu'il vint me trouver à mon atelier, il avait avec lui un volume dont, me dit-il, la provenance était très ancienne et qui traînait dans ses archives sans qu'il sût quoi en faire, une succession de descriptions en turc ottoman, sans raffinements ni enluminures.

Avec l'aide d'un ami qui me traduisit l'ottoman, je compris que ce codex reprenait chacune des deux cent cinquante doubles-pages du Surnâmé *et en décrivait le contenu.*

Ce que di Mango me proposait était d'exécuter, page par page, ce qu'auraient pu être les miniatures manquantes, de les réaliser selon les canons de l'époque (il avait dûment relevé les caractéristiques clés des miniatures existantes, relativement simples dans leur conception, par comparaison aux miniatures persanes), et de les proposer à Vahdettin à raison d'une par an environ, histoire d'entretenir sa flamme et de garder le prix de chaque transaction aussi élevé que possible.

Ainsi, pendant dix années, nous avons (je dis nous, car j'étais partie prenante de la tromperie) vendu quinze faux, le plus souvent via Danilo Benveniste (innocent de la supercherie), sinon par l'entremise d'autres antiquaires du Bazar de Constantinople, de Smyrne ou de Bagdad. Chacune de mes compositions me rapporta cinquante ducats d'or. Je m'estimai royalement compensé pour mon travail et ne cherchai jamais à savoir combien Paolo di Mango retirait de ces transactions. Il m'avait laissé entendre qu'une fois ses frais de voyage payés, il lui restait à peu près autant que ce qu'il me versait.

Lorsque enfin arriva le moment de proposer la dernière double-page, di Mango y joignit le codex, le seul élément authentique de toute l'affaire, qui donnait au tout un air de vérité, et en obtint un supplément de prix inespéré. J'admirai l'artiste.

Très récemment je me liai avec une personne du nom de Fortunée Singer, une Juive ashkénaze, récemment immigrée de Constantinople. Elle avait connu de près di Mango, avant d'être sèchement répudiée par lui, et m'apprit que ses gains avaient atteint au total plus de vingt mille ducats d'or. Lorsque je le confrontai, il y a de cela quelques jours, lui demandant des éclaircissements, il ajouta de la moquerie à sa rapine. Ainsi ne serais-je à ses yeux qu'un simple copiste, l'affaire elle-même n'ayant été possible que grâce à ses talents d'« imbroglione », comme l'on dit chez nous.

Me faire abuser était acceptable. Me faire moquer par mon abuseur ne l'était pas. C'est la raison pour laquelle je vous écris cette lettre. Si Paolo di Mango retournait en Turquie, il mériterait de payer pour ses crimes.

Je vous prie de croire, Monsieur le Président, en mes sentiments respectueux.

Roberto Giuliani

Kemal éclata de rire. Ainsi, ce voyou de di Mango les avait tous grugés ! Le marchand juif, le Grec et Dieu sait qui encore, sans compter le plus moqué de tous, le brave Vahdettin. Toutes les composantes de l'Empire avaient été tournées en bourrique par un petit escroc vénitien qui se disait prince.

Les pensées de Kemal allèrent au sultan. Était-il possible d'avoir été à ce point candide ? L'homme, qui dépérissait désormais à San Remo, à bout de ressources, aurait vraiment tout subi.

Baie de San Remo,
sur le pont du Fatih Sultan Mehmet,
le 10 mai 1926, vers neuf heures du matin

Serré dans un long manteau de cuir noir, les mains sur la balustrade du pont arrière, Kemal balaya du regard la baie de San Remo comme s'il cherchait à y débusquer un ennemi. Un réflexe datant de ses campagnes aux Dardanelles, en Syrie, en Libye, en Turquie…

Sous l'effet d'une colique néphrétique, il s'agrippa soudain à la rambarde. Des aiguilles lui transperçaient le pénis, la vessie, les reins, le dos… Lorsqu'un caillou empêchait la miction, la douleur était à hurler. Mais hurle-t-on lorsque l'on est soldat ? Général ? Chef de l'État ? Il se souvint des mots qu'il avait eus à l'intention de ses troupes, aux Dardanelles, avant de donner l'un des assauts. « Je ne vous demande pas de vous battre. Je vous ordonne de mourir. »

Il profita d'un moment d'accalmie pour inspirer profondément l'air marin. La baie le renvoyait au spectacle qui s'offrait à lui lorsqu'il se trouvait à son cabinet de travail, au palais de Dolmabahçe. Au Bosphore… À Constantinople. *Kostantiniyye*… La ville de Constantin… Un nom grec qu'il allait remplacer par Istanbul. Un nom turc dont on disait qu'il venait lui aussi du grec... Utilisé depuis longtemps, mais chichement. Par paresse. Par absence de fierté nationale.

Les Grecs aimaient Constantinople, Kemal le savait. C'était leur ville, créée quinze siècles avant l'arrivée des Turcs qu'ils haïssaient. Comment auraient-ils pu les aimer, après tant de massacres ? Ils devaient pourtant comprendre qu'ils n'étaient plus chez eux. Quant aux autres, Arméniens, Juifs... Respectueux du pouvoir, sans doute. Mais pourquoi étaient-ils incapables, après tant de siècles, de parler un turc correct ? Incapables ou pas désireux... Au fond, ils habitaient le pays comme s'ils habitaient à l'hôtel. À la fois chez eux et pas chez eux.

Il fallait qu'enfin la Turquie cesse d'être un bric-à-brac de communautés étrangères sans le moindre désir d'assimilation. Comment faire d'eux de vrais Turcs ? Combien de temps lui faudrait-il pour transformer son pays en un État moderne ? Trente ans, s'était-il dit à la création de la République. Il lui en restait vingt-sept. Encore fallait-il que sa santé tienne. « S'il y a une personne qui sait soigner les coliques néphrétiques en Europe, c'est le professeur Ugo de Santis, lui avait dit le chef du service de néphrologie à l'université d'Ankara. Il enseigne à Gênes. Un faiseur de miracles qui a guéri quatre de mes patients. »

Qu'un médecin vienne d'Europe pour soigner le président et la nouvelle aurait fait l'effet d'une bombe. Il n'y avait pas d'autre solution que d'aller en Italie, muni du dossier complet : Roentgen[1], analyses de sang, analyses d'urine…

La seule option était de mobiliser un navire militaire. Encore fallait-il être discret. Mussolini avait proposé que le navire mouille au large de San Remo, un port moins exposé que celui de Gênes, à condition qu'il soit désarmé et qu'aucun des marins ne quitte le bord. Cesare Montagna, l'ambassadeur d'Italie, avait organisé le déplacement. Une navette viendrait chercher Kemal au mouillage et une escorte de quatre carabiniers italiens le conduirait à la Villa Magnolia, puis à l'hôtel Royal, où l'attendrait de Santis. Kozlu, son chef de cabinet, resterait à bord.

Il pensa à Vahdettin, qui l'avait démis de ses fonctions de général en chef de l'armée ottomane, pour finalement tout lâcher, face aux demandes des Alliés. Un incapable, tout juste bon à collectionner de fausses miniatures, comme un bourgeois de Nişantaşı collectionnerait des timbres, dernier sultan d'un empire de six siècles. Il avait connu la pire humiliation qu'un chef d'État puisse subir : s'enfuir comme un rat sur un bateau ennemi. Il méritait la compassion.

En définitive, l'infortune du pays m'a servi, se dit Kemal. Quel destin aurait été le sien s'il n'avait pas eu l'occasion de sauver la nation turque du naufrage ? Celui d'un général en mal de défis à la mesure de son ambition et de ses talents ! Au fond, l'écroulement de l'Empire avait été sa chance.

Le souvenir de sa dernière rencontre avec Vahdettin lui revint. C'était en mai 1919, au palais de Yıldız. L'échange

1. Radios.

avait été cordial. Durant leur voyage en Allemagne, deux ans plus tôt, ils s'étaient bien entendus. Vahdettin était un homme courtois et raffiné. Mais le goût de l'affrontement n'était pas le trait marquant de son caractère.

Malgré cela, Kemal estimait juste d'honorer le dernier sultan d'un pays au passé illustre qui se redressait à peine. Il tenait à lui raconter l'histoire de ce champion de lutte. Et lui présenter la surprise qu'il lui avait préparée, et qui devrait lui faire plaisir.

Article du quotidien Cumhuriyet, *12 mai 1926*

La préfecture de police de Constantinople communique l'arrestation, à la gare de Sirkeçi, d'un fameux marchand d'antiquités vénitien, le prince Paolo di Mango. L'homme a été cueilli à sa descente de l'Orient-Express par les services des douanes. Les motifs de son arrestation n'ont pas été communiqués à la presse. Il semble qu'il ait été mis à l'isolement dans la prison de Sultanahmet.

Au Bazar, où il était bien connu, la nouvelle de son arrestation a causé un immense émoi. « Un monsieur », nous déclara un important commerçant d'antiquités, « d'une réputation parfaite, toujours élégant, dans ses propos comme dans ses manières ».

San Remo,
dans le grand salon de la villa Magnolia,
le 16 mai 1926, vers midi

Tassé dans son fauteuil, les yeux mi-clos, Vahdettin fumait cigarette sur cigarette, utilisant le mégot de l'une pour allumer la suivante. Lorsque sa sœur lui reprochait de trop fumer, il répondait qu'il ne lui restait plus que ce plaisir, ce qui n'était pas faux, mis à part, peut-être, sa promenade quotidienne. Chaque jour, au sortir du déjeuner, il faisait un tour dans les jardins de la villa. Ils n'étaient plus manucurés comme du temps où les émoluments du jardinier étaient réglés, mais ils avaient *de beaux restes*, une expression que lui avait apprise Josiane, l'une de ses *demoiselles*. Quelques membres de son entourage l'accompagnaient, sa sœur, son fils Mehmet, l'une ou l'autre de ses nièces, et toujours Musa. Vahdettin prenait plaisir à ces déambulations, même si, mis à part quelques mots échangés à voix basse, et souvent sans suite, le cortège restait silencieux. La présence de son entourage lui rappelait des temps révolus, lorsque, à Constantinople, chacun de ses déplacements prenait des airs de procession.

À San Remo, sa vie était misérable. Le roi d'Italie lui avait promis un logement digne et une rente, mais du fait des rancœurs et des interventions des uns et des autres, lui, ancien sultan d'empire, se retrouvait endetté vis-à-vis de ses petits fournisseurs locaux. Le loyer de la villa était impayé depuis des mois et les femmes de son entourage s'étaient toutes séparées de leurs bijoux. À l'exception de sa montre, une Patek sertie de brillants, lui-même avait vendu tout ce qui était vendable, jusqu'à ses décorations.

Le passé le hantait, de l'armistice de Moudros au traité de Sèvres, des soldats alliés qui paradaient dans les rues de Constantinople à son souvenir honteux de l'instant où il avait quitté le sol de sa patrie pour mettre un pied sur le bateau britannique. Plus d'empire. Plus de califat. Plus de sultanat. Plus d'argent. Et ces journées qui n'en finissaient pas.

Combien de temps pourrait-il tenir, avant d'aller mendier quelques sous auprès de Mussolini ou du roi d'Égypte ?

Un valet frappa à la porte et s'approcha :

— *Padişam*…

Vahdettin leva les yeux, l'air irrité.

— *Padişam*…, répéta le valet, perdu.

— Eh bien ?

— Il est là ! Avec quatre carabiniers.

— Il ? Qui, il ?

— Le paşa, *Padişam* !

La réaction de Vahdettin claqua :

— Quel paşa ? Fais entrer !

*

Vahdettin regarda Kemal avec circonspection :

— Que me vaut l'honneur de ta visite ?

— *Padişam*… Je dois entreprendre des choses difficiles et je suis venu vous demander conseil.

D'un geste, Vahdettin l'invita à s'asseoir. Qu'avait Kemal derrière la tête, lui qui avait tout obtenu, pour venir chercher noise à celui qui avait tout perdu ?

— Tu viens saluer le dernier sultan d'un empire que tu as effacé de l'Histoire.

— Il s'est écroulé de lui-même, *Padişam*. Et pour mille raisons. Nous avons évité d'un fil la disparition du pays. J'essaie de le reconstruire. Cela m'oblige à prendre des décisions douloureuses.

D'un hochement de tête, Vahdettin le pria de poursuivre. Pour que le pays puisse se reconstruire, il fallait qu'il cesse d'être une collection de communautés disparates qui contrôlaient son économie sans maîtriser sa langue. Il fallait que ces communautés étrangères cessent d'être étrangères. Qu'elles se turquifient. Il rappela l'épisode du général d'Espèrey sur son cheval, déambulant à Péra sous les acclamations de ces mêmes communautés. Ce n'était pas avec des gens pareils qu'il pourrait construire une nation :

— Pour que nous ayons une chance de survie, il faut que chaque citoyen, quelle que soit son extraction, parle notre langue à la table de sa salle à manger. Il ne suffira pas qu'il y ait un État turc. Il me faut construire une nation turque, peuplée de vrais Turcs. Qu'en pensez-vous, *Padişam* ?

Vahdettin resta silencieux.

— L'échange de populations[1] a été un pas dans ce sens. Mais si vous vous promenez dans les quartiers de Constantinople où la communauté grecque n'a pas été touchée, quelles langues allez-vous entendre, sinon le grec, le ladino ou l'arménien ? Sans parler des langues européennes… Au mieux, vous entendrez un mauvais turc.

— Qu'envisages-tu ?

— Pour créer un peuple turc, *Padişam*, je dois imposer notre langue à ceux qui se croient citoyens turcs alors qu'ils sont en réalité des étrangers. Ils ont leurs propres écoles ? Imposons le turc dans toutes les classes. Ceux qui ne veulent pas obéir n'auront qu'à aller vivre ailleurs. La plupart des nôtres ne sont pas alphabétisés. Aidons-les à le devenir. J'ai décidé d'abandonner l'alphabet arabe pour le latin, cela leur sera plus facile et nous rapprochera des Européens, même si le peuple ne pourra plus lire le Coran. Si nos étrangers doivent devenir turcs, les nôtres, de leur côté, doivent s'occidentaliser. Se transformer en un peuple moderne, laïc. Je fermerai les monastères. J'interdirai le port du fez. Je remplacerai le nom grec de Constantinople par le nom turc d'Istanbul. Et je donnerai le droit de vote aux femmes. Ce sont elles qui portent nos fils, il faut qu'elles prennent conscience de leur place.

Il y eut un long silence.

— Tu veux enterrer l'Empire, dit enfin Vahdettin.

— J'essaie de sauver ce qu'il en reste, *Padişam*.

1. Après le traité de Lausanne, un million et demi de Grecs citoyens turcs ont été déplacés en Grèce, et un demi-million de Turcs grécophones transférés en Turquie.

Vahdettin ne réagit pas. Ce que Kemal réservait à la Turquie était un nationalisme virulent. Sans doute n'y avait-il pas d'autre voie, ni personne, sinon lui, pour réussir à métamorphoser un empire moribond en un pays moderne.

Oublié le temps où la Turquie accueillait les Juifs que massacraient les chrétiens. Où les vizirs et les Janissaires, pour la plupart nés chrétiens, étaient les piliers de l'État. L'immense Empire, puissant et généreux, allait se transformer en État bureaucratique.

— Le nationalisme sera ton poison, dit Vahdettin. Et il appellera la religion à son aide. Tu le sais.

Kemal secoua la tête :

— Je veux croire qu'il sera laïc, *Padişam.* J'ai créé le Diyanet, une administration permettant au gouvernement de contrôler de près la vie religieuse. Je souhaite que notre peuple soit guidé par la raison.

— Vouloir nationaliser l'islam, c'est faire un mauvais calcul. Un jour ou l'autre, c'est lui qui nationalisera le pays.

Kemal ferma les yeux et s'agrippa à l'accoudoir de son fauteuil. Une aiguille lui transperçait le rein droit. Il lui fallait d'urgence trouver un lieu d'aisance.

— Il est temps que je prenne congé, *Padişam.* Je vais demander à l'un des carabiniers qui m'accompagnent de vous apporter un objet que j'ai pris dans mon bagage. Il vous revient.

Il s'extirpa de son fauteuil, foudroyé de douleur :

— Vous le savez, je m'intéresse depuis toujours à la lutte, le sport qui incarne notre pays. Durant les quelques jours qui ont précédé mon départ, le championnat national s'est déroulé à Constantinople. La presse n'a pas tari d'éloges pour le vainqueur dans la catégorie des poids moyens, désormais un héros national. Je vous en parle, car d'une certaine façon il incarne ce que fut la gloire de notre Empire. Le garçon est fort, audacieux et musulman croyant, tout en étant de père juif *dönmé* et de mère chrétienne. Le pays entier l'a surnommé *Alev*[1].

Vahdettin sourit.

— On raconte qu'il a grandi dans les sous-sols du palais, reprit Kemal. Peut-être vous souvenez-vous de lui car il a, me dit-on, les cheveux roux, presque rouges.

Vahdettin hocha la tête. Plus tard, il en informerait Musa.

Kemal s'approcha, lui embrassa le dos de la main et quitta la pièce.

*

Durant plusieurs heures, page après page, Vahdettin feuilleta le *Surnâmé*. Toutes les miniatures acquises au fil des ans y avaient été réinsérées avec soin.

En fin d'après-midi, il annonça qu'il ne souhaitait voir personne.

On le découvrit sans vie en début de soirée, le *Surnâmé* ouvert à la page 312 posé sur ses genoux.

1. La flamme.

Article du quotidien Cumhuriyet, *18 mai 1926*

La préfecture de police de Constantinople communique l'information suivante.

Le prince Paolo di Mango, le fameux antiquaire vénitien arrêté voici quatre jours pour motifs non divulgués, a été retrouvé mort dans sa cellule. Aucun détail officiel n'a été communiqué. Il semble, d'après une source interne à la prison, qu'il ait eu la langue coupée et la gorge tranchée.

Le personnel de la prison ayant été mis hors de cause, le mystère de cette mort demeure.

Quatre réveillons, le 31 décembre 1928

Istanbul,
chez Danilo, immeuble Panoréa

Présents : Danilo, son fils Jako, Régine, sa nouvelle femme, Bella Behar, leur voisine.

— Quand même ! dit Régine. Après tout ce que tu as fait pour lui, Musa aurait pu passer cette soirée avec nous.

Son ton n'invitait pas à la contradiction.

— Tu as raison, fit Danilo.

À son retour de San Remo, quinze mois plus tôt, Musa était sans ressources. Danilo l'avait engagé à la boutique, un moyen de la « turquiser ». Son cousin était un savant, expert en calligraphie, et, de surcroît, musulman. Il l'avait également hébergé dans le deux pièces qu'il possédait dans les combles de l'immeuble, offrant ainsi à Jako l'occasion de côtoyer un maître. À quinze ans, son fils parlait encore le turc avec un accent ladino… quand il voulait bien le parler. D'une pierre trois coups, en quelque sorte.

— Une fois encore, tu n'as pas eu le courage de t'imposer, reprit Régine.

Orpheline de mère à sa naissance, Régine avait grandi dans le magasin de tissu que tenait son père au Bazar. Depuis sa mort, elle le dirigeait avec succès.

Son mariage à Danilo ne s'était pas révélé « la meilleure décision de sa vie », comme elle le répétait à qui voulait l'entendre. Son mari était un faible, et Jako un enfant insupportable. Quant au cousin « adopté », selon le mot utilisé par Danilo, elle se demandait ce qu'il venait faire dans cette famille. Ayant choisi l'islam, il n'avait qu'à retourner chez ses derviches.

Mais pas question de divorcer. À son âge, elle serait perdante sur tous les plans. Au moins, lorsqu'elle se trouvait face à l'épouse d'un membre de la communauté, celle-ci ne se dépêchait pas d'écourter le dialogue, de peur que Régine ne lui prenne son mari.

— Et ce Gülgül qui vit dans une maison de passe… Rien que d'y penser… Enfin… Tant que lui et Musa ne se voient qu'au magasin… Ou alors tu fais venir un imam et on transforme notre appartement en mosquée… Passer un réveillon dans un bordel… Tu me diras ce que tu voudras, un Juif n'aurait jamais fait ça.

— Avec Alain, intervint Bella, Gülgül se comporte en grand frère merveilleux.

Danilo la regarda. Elle avait mille fois raison, d'autant que Gülgül était désormais une vedette, ce qui rendait Alain infiniment fier. Mais comment soutenir Bella ? Cela aurait déclenché de la part de Régine un commentaire assassin.

— Je ne comprends pas pourquoi tu regrettes que Musa ne soit pas là, lança Jako. Tu ne fais que dire du mal de lui.

— Parle poliment à Régine, intervint Danilo.

— Ton fils n'a pas tort.
Soudain pensive, elle ajouta, comme pour elle-même :
— Dieu sait où tout cela va nous conduire.
Après un silence, elle reprit, sur un ton las :
— Bientôt minuit ? Je m'écroule de fatigue.

Salonique,
8 rue Paraskevopoulou,
chez Spiro et Athina

Présents : Spiro et Athina.

Comme chaque année, Spiro et Athina avaient décliné l'invitation de leurs employeurs. « Venez ! Nous serons entre nous, avait dit Mme Sarfatis, il y aura les enfants, les petits-enfants, ne restez pas seuls. »

Elle et son mari avaient connu l'occupation turque, ses duretés et ses humiliations. Ils faisaient acte de charité en invitant à leur table leur magasinier et leur femme de ménage. « Ils sont plus chrétiens que nous », répétait Athina, en parlant de leurs patrons juifs. Mais Spiro et Athina estimaient qu'ils ne méritaient pas l'invitation des Sarfatis. Ni l'un ni l'autre ne s'était libéré du poids du péché. « Je devrais me trouver à Sultanahmet[1], condamné pour meurtre », se répétait Spiro.

Souvent, il ressentait le besoin de demander pardon à Danilo. Il lui écrivait, le priant de le serrer dans ses bras.

---

1. Quartier de Constantinople où se trouvait la grande prison de la ville.

Cela lui aurait permis de vivre un instant d'apaisement. Mais comment demander à celui dont la femme était morte par sa faute de lui exprimer de l'affection ? C'était même honteux d'y penser. À peine la lettre écrite, il la déchirait.

À sa culpabilité s'ajoutait la nostalgie de Constantinople. Il vivait dans le souvenir du Bazar, lorsque se mêlaient Juifs, Grecs, Arméniens, Russes, Turcs aussi, bien sûr, qu'il appelait les *Vedrès,* comme le faisaient les Juifs, avec un mépris marqué, mais enfin, ils étaient là. Ils s'aimaient bien.

Alors, comme à chaque 31 décembre, Spiro et Athina faisaient comme s'il n'y avait pas de réveillon.

Le Pirée,
rue Sotiros,
chez Aram et Calypso

Présents : Aram, Calypso et Elias.

À onze heures et quart, Aram rentra du chantier et trouva Calypso ensommeillée sur le canapé du salon, à côté du lit à roulettes d'Elias.

Elle se leva et se précipita dans ses bras. Elle avait l'habitude de ces retards. Deux ans plus tôt, Aram avait investi tout ce que son père lui avait laissé dans un cinquante-sept mètres délabré, le *Stigmi*[1], découvert en cale sèche au chantier de Perama, dans la banlieue du Pirée. Aidé d'un électricien, il y passait douze ou treize heures par jour. Il savait qu'en y mettant toute sa fougue et toute son astuce, il pourrait commencer à transporter des passagers en mai ou juin, sur une ligne Pirée-Porto-Heli qui passerait par Égine, Poros, Hydra, Ermioni et Spetses.

Le *Milos*, usé jusqu'à la corde, était seul à servir la ligne. Aram y avait appris le métier, travaillant d'abord sur le pont, à la réception des bagages et des marchandises, puis

1. En grec : l'instant.

aux manœuvres de départ et d'arrivée, à la billetterie, aux machines, et enfin comme second, au pilotage. Trois ans plus tôt, il avait obtenu son brevet de capitaine.

Avec un départ quotidien du Pirée vers sept ou huit heures du matin et un retour de Porto-Heli le lendemain à la même heure, en tablant sur un taux de remplissage de vingt pour cent, son affaire pouvait tourner. Une arrivée au Pirée en fin d'après-midi lui permettrait d'être chez lui une nuit sur deux. Pour un marin, c'était inespéré.

Il s'accroupit auprès de l'enfant et le regarda dormir.

— Comment va le *Stigmi* ? demanda Calypso.

Elle le regarda avec admiration. L'exil l'avait embelli.

Istanbul,
dans le salon de Gülperi Han

Présents : Ayşé, Nigar, Sâré, Lili, Musa, Gülgül, trois occasionnelles et deux clients.

J'aurais dû refuser, se dit Musa.

Ce n'était pas la perspective de passer la soirée dans une maison de passe qui le contrariait. Il la partagerait avec son fils, peu importait le lieu. Suivre Vahdettin dans son exil, voilà ce qu'il n'aurait pas dû accepter. Il aurait dû saisir l'occasion d'enfin vivre avec Gülgül en dehors des protocoles du palais. De lui être autre chose qu'un professeur de calligraphie. Depuis son retour de San Remo, ils se voyaient souvent, mais impossible de libérer son geste. De donner la caresse qu'il aurait souhaitée. De dire les mots qu'il aurait tant voulu prononcer.

Gülgül venait deux ou trois fois par semaine à la boutique de Danilo et collaborait à l'ambitieux projet que s'était fixé Musa, peu après son retour à Constantinople : calligraphier le Coran, selon un protocole d'une grande exigence.

Chaque page débutait par une lettre enluminée, rehaussée à la feuille d'or, et contenait quinze lignes, écrites à l'encre noire et ponctuées de cercles dorés qui séparaient les versets. Les éléments diacritiques étaient marqués à l'encre rouge et les titres des sourates calligraphiés en caractères blancs, dans des cartouches rectangulaires à fond d'or. Un motif orné, large d'un centimètre, encadrait chaque page.

Son calame à la main, Musa lisait le texte sacré, s'en pénétrait et le transcrivait. L'écriture de chaque mot était à la fois un pas de danse et un acte de foi. Commencé deux ans plus tôt, le projet nécessitait encore une dizaine d'années d'écriture.

Danilo avait installé son cousin à une petite table située au fond du magasin. Lorsque Gülgül venait lui rendre visite, il poursuivait le travail de son père, que ce soit dans l'écriture du texte, dans le dessin de la lettrine ou dans l'ornement qui l'encadrait.

La « turquisation » du magasin n'en était que plus forte. Dès qu'un client musulman franchissait le seuil, Danilo s'empressait de lui présenter le père, ancien calligraphe du sultan, et son fils Gülgül, champion de lutte, héros de la jeunesse turque et calligraphe de grand talent, tous deux occupés à copier le Coran.

— Alors, lança Ayşé, vous êtes content ? Vous avez retrouvé votre fils ?

Musa se contenta de sourire. L'ambiance du Gülperi Han le gênait. Trop d'obscurité. Trop de mets sur les tables basses. Trop de senteurs.

Assis à son côté, son fils semblait tendu.

— Tout va bien ?

Bien sûr que tout allait bien, mentit Gülgül.

Aux alentours de onze heures, Nigar et Lili quittèrent le salon et réapparurent quelques instants plus tard, la première munie d'un oud et l'autre d'un tambourin à clochettes. Au même moment, Gülgül s'éclipsa. Il revint maquillé et habillé en danseuse orientale.

Musa eut le cœur serré. Dans les cabarets de Galata, ils étaient des centaines d'hommes à danser, déguisés en femmes. Fallait-il que son fils s'expose comme eux, en fille facile ?

Nigar et Lili entamèrent *Kör Arap, la Chanson de l'Arabe aveugle*. Gülgül effectua un déhanchement discret, puis trois autres, chacun un peu plus marqué que le précédent, et se mit à bouger par mouvements lents du buste et des épaules, puis du bassin, puis à nouveau des épaules.

Sâré le regardait danser, le cœur battant. C'était elle qui, le matin même, lui avait montré les gestes. Après une heure d'apprentissage, elle lui avait lancé : « Tu danses mieux que moi et j'ai envie de te crever les yeux. » Après quoi ils avaient fait l'amour avec Lili.

Musa ne quittait pas son fils des yeux. À sa tristesse de le voir ainsi déguisé, s'ajouta soudain le constat de ne pas l'avoir compris. Il semblait si heureux de danser en femme, avec tant de grâce... *Kısmet*, se dit-il. Le destin. Si telle était la volonté du Tout-Puissant, qui était-il pour ne pas l'accueillir avec humilité et gratitude ?

Au même instant, Nigar et Lili s'arrêtèrent de jouer. Gülgül s'immobilisa, chercha le regard de son père, tournoya sur lui-même, la main droite orientée vers le ciel et la gauche vers la terre, puis répéta son mouvement, tournant à la fois sur lui-même et en cercle, au milieu du salon. Je danse comme tu le faisais chez les derviches, disait Gülgül à son père. Je m'inscris dans tes pas.

Musa fut bouleversé de voir son fils lui rendre hommage de façon aussi maladroite. Que faisait son fils à cet instant, sinon imiter son père pour lui exprimer sa fidélité et son admiration ? Il ressentit soudain une immense tristesse d'avoir tant attendu pour comprendre combien ce garçon était délicat et généreux. Il avait été infiniment coupable d'avoir accepté les conditions que lui avait imposées Vahdettin. Il aurait pu argumenter, parler à Ahmet, trouver un moyen de prendre cet enfant dans ses bras et lui dire combien il l'aimait et l'admirait.

— C'est minuit ! cria Ayşé.

Les musiciennes s'embrassèrent. Musa se leva et esquissa un mouvement des bras, dans l'attente que Gülgül vienne à lui. Mais celui-ci quitta le salon en vitesse.

— Où cours-tu ? lui lança Nigar en riant.

— Je reviens, cria Gülgül.

1935

Dans les combles de l'immeuble Panoréa, le 25 juin

Chaque matin, au réveil, Gülgül adressait une prière à ses trois pères. Il commençait par Ahmet :

Où que tu sois, Ahmet Baba, sur Terre ou auprès du Tout-Puissant, toi qui m'as recueilli et qui m'as donné tant d'amour, que tes heures soient sereines.

C'était ensuite le tour de Sabri :

Chaque jour que crée le Seigneur, Sabri Bey, je bénis tous les jours au cours desquels vous m'avez appris à être fort, et je bénis celui où vous m'avez dit : « Tu n'oublieras pas Sabri Baba. » Que votre journée se déroule selon vos vœux les plus chers.

Enfin, il s'adressait à Musa :

Que votre journée au Ciel soit la plus lumineuse possible. Aidez-moi de votre sagesse à mener la mienne dans le respect des enseignements sacrés. Donnez-moi un peu de votre force.

Depuis la mort de Musa, une année plus tôt, père et fils étaient devenus amis.

Gülgül quitta le lit et passa sur la balance. Le résultat lui fit plaisir. À trente et un ans, il avait gardé sa posture des années de combats, un poids constant, des épaules puissantes et un corps souple. Pas question de donner l'image de l'ancien lutteur qui se laisse aller aux plaisirs faciles et dont les muscles se transforment en graisse.

Il avait cessé de combattre deux ans plus tôt, après avoir remporté huit années de suite le titre de champion national dans la catégorie des poids moyens. À quoi tenait un titre national ? À rien. Une passe mal ajustée, un instant d'inattention, une fatigue passagère, et on se retrouvait au tapis. Autant éviter l'année de trop.

Il se prépara un verre de thé très noir et le but debout, par petites gorgées, avant de retourner dans sa chambre poursuivre son protocole matinal : trois séries de cent pompes, dos plat et fesses serrées, en mouvements très lents, parfaits du premier au dernier. Il se remit debout d'un bond, fit ses ablutions, s'habilla et se rendit au salon.

La pièce, minuscule, était entièrement occupée par deux fauteuils, un canapé et une table basse sur laquelle était posé un épais volume relié de cuir rouge, gravé de lettres d'or.

Il s'assit, saisit l'ouvrage avec précaution, le posa sur ses genoux et le regarda longuement avant de l'ouvrir. C'était la copie calligraphiée et enluminée du Coran qu'il allait remettre en fin d'après-midi à la bibliothèque de la mosquée de Soliman. Hommage au père. Douze années de travail.

Il aurait voulu offrir le volume au monastère des derviches de Péra, là où Musa Bey avait tout appris : la confection des encres, la calligraphie, la poésie, le chant, la danse des derviches… Jusqu'à la fabrication de leurs instruments de musique.

Mais l'heure était à la sécularisation. Kemal avait fermé les monastères. L'endroit le plus prestigieux pour accueillir le manuscrit était désormais la bibliothèque de la grande mosquée de Soliman. Et pas question d'organiser une cérémonie à l'intérieur de la mosquée : le don aurait lieu dans un bâtiment annexe, là où s'enseignait la médecine, du temps des sultans. « Une formalité », lui avait dit le directeur de la bibliothèque. Son père aurait mérité mieux.

Il ferma les yeux, dit à voix haute *Allaha bin şükür*[1], et ouvrit le volume au hasard.

Il se souvint du bonheur de son père, durant sa maladie, après qu'il eut lu à voix basse le texte que Gülgül lui présentait chaque soir : « L'écriture d'un simple mot est un acte de foi et un pas de danse », aimait-il répéter.

Gülgül caressa la reliure du volume, le glissa dans un sac de toile et quitta l'appartement.

1. Mille grâces à Dieu.

Un réveil de Bella
25 juin

Bella repoussa ses draps jusqu'au pied du lit et resta étendue dans la pénombre, les yeux ouverts. Qu'allait-elle faire de sa journée ? Rien, si ce n'est retrouver son frère au restaurant. La belle affaire… Depuis la mort de leurs parents, ils avaient pris le pli de partager un déjeuner tous les deux ou trois mois. Il serait assommant, comme tous les précédents.

Selon l'habitude, son frère lui avait fixé rendez-vous au Liman, un restaurant couru où il avait sa table et recevait sa ration de salamalecs. Il plastronnerait devant le personnel, saluerait à grands gestes une ou deux personnalités connues, façon de s'assurer que les tablées avoisinantes prenaient conscience de combien il était l'intime de gens importants, et, aussitôt assis, suivrait une routine à laquelle il se montrait d'une fidélité sans faille. Il se vanterait de ses affaires, décrirait son dernier coup fumant, parlerait de sa famille merveilleuse, ferait une allusion à sa maîtresse (aux soucis qu'elle lui causait, étant entendu que même ces soucis seraient l'occasion d'une bravade) et ne résisterait pas au plaisir de lui faire la leçon : « Danilo est un parti superbe… », avant de lui répéter, au moment de quitter le restaurant, que les années passaient vite, surtout pour les femmes, et qu'elle devrait réfléchir au lieu de faire la fine bouche.

Elle repensa aux événements de l'avant-veille, lorsque, en quelques secondes, mille certitudes avaient volé en éclats. Sa cousine Beki lui avait proposé de participer à un après-midi « entre amies », chez Eliza Koen, une femme grave au port superbe, dans la quarantaine. Elles s'étaient croisées à plusieurs reprises, ici ou là. Sa mère parlait d'Eliza avec une retenue dont Bella n'avait jamais compris le motif, ajoutant chaque fois que « cette pauvre Eliza » avait eu « une enfance difficile ».

Bella savait d'elle peu de choses. Des moyens importants, hérités de son mari, un atelier de photographie dans sa villa de Büyükada et, murmurait-on, des amitiés féminines.

L'appartement de Nişantaşı où elle les recevait était décoré dans le style stambouliote : meubles anglais trop lourds, tapis turcs un brin grossiers, lustres de cristal vénitiens et rideaux capitonnés.

Alors que les conversations se perdaient sur « la situation », Eliza s'était levée :

— Assez de tristesse, mes chéries ! Dansons !

Elle avait ouvert le couvercle d'un électrophone, l'une des amies avait sorti d'une pile de soixante-dix-huit tours un disque de tango, et au milieu des cris et des interjections, une demi-douzaine de couples s'étaient mis à chalouper langoureusement.

Histoire de se moquer d'elles-mêmes ou de cacher leur trouble, toutes dansaient serré, exagérant leurs mouvements sur le mode burlesque.

« Viens ! » avait lancé Eliza à Bella, avant de l'enlacer, collée à elle. Comment ne pas accepter, sans passer pour une gourde ? L'une des invitées éteignit les lumières et, dans les secondes qui suivirent, Bella sentit les lèvres d'Eliza sur les siennes, à bouche fermée. L'instant d'après, sa cavalière posait une main sur sa poitrine et la caressait, très lentement. Bella se laissa faire, un peu parce qu'elle ne savait comment réagir, un peu aussi parce que ce qu'elle ressentait n'était pas désagréable. Très vite, Eliza écarta les lèvres. Au toucher de sa langue, Bella ressentit une déflagration, puis une autre, lorsque la main d'Eliza serra son téton à travers la robe. La même émotion qui la secouait, très petite, lorsque avec Ipek, sa gouvernante, elles s'amusaient, en cachette des parents : Ipek l'embrassait sur la bouche et de temps à autre écartait les lèvres avant d'éclater de rire, un jeu que Bella aimait infiniment.

Lorsque l'une des amies rétablit la lumière, les couples se séparèrent brutalement, certains plus silencieux que d'autres.

« Viens me voir à Büyükada », lui avait glissé Eliza.

Elle était restée sans voix. Le lendemain, Eliza l'avait appelée deux fois et Bella n'avait pas retourné ses appels.

Cercle de lutte de Kumkapı,
quartier de Fatih,
le 25 juin

Le Cercle de lutte de Kumkapı était en ébullition. Pour la première fois, l'un des siens était nommé directeur de l'équipe nationale. À une année des Jeux olympiques, la nouvelle était d'importance. La lutte offrait au pays sa seule chance de médaille. De plus, les Jeux auraient lieu à Berlin, sous l'égide d'un chancelier ami de la Turquie…

Une ovation accueillit Gülgül à l'instant où il franchit la porte du Cercle. Membres actifs, anciens du Cercle, dirigeants, tous étaient venus le féliciter et il mit dix minutes à se frayer un chemin du rez-de-chaussée au premier étage. Il lui fallut contourner des bousculades, s'extirper des embrassades, et, surtout, écouter : « Nous sommes fiers de toi, Gülgül ! » « Nous ferons tout ce que tu nous diras de faire, Gülgül abi. » « Tu nous porteras sur les chemins de la gloire, comme toi seul peux le faire, grâce à Dieu. »

Entouré par ceux du Cercle, il accéda à la salle des combats. Longue d'une trentaine de mètres et large de moitié, elle était recouverte d'un tapis de caoutchouc sur lequel étaient peintes trois paires de cercles concentriques de couleur orange, l'un, central, d'environ quarante centimètres de diamètre, l'autre de six mètres, marqué d'une épaisse bande orange qui délimitait la zone de combat. Des portraits de champions, accrochés aux murs sur deux rangées, constituaient son seul décor.

Les traits tendus, la main agrippée à son sac en bandoulière, Gülgül promena son regard sur la centaine de personnes qui l'entouraient :

— Vous ne pouvez pas savoir ce que votre accueil représente pour moi. Ni combien ma nomination m'honore. En croyant fervent, je remercie le Tout-Puissant d'offrir un tel bonheur au fils d'un *dönmé*[1] et d'une Arménienne.

Plusieurs membres du Cercle se regardèrent, étonnés.

— J'y vois une fois encore la preuve de Sa magnanimité. De Son amour infini pour chaque être humain qui s'en remet à Lui, corps et âme, et suit Ses commandements. Mais ce bonheur vient accompagné d'un chiffre qui m'attriste. Trois cent trente…

Il laissa passer un silence :

— Onze Jeux olympiques ont été organisés depuis 1896. Calculez : chaque fois quinze médailles attribuées en lutte gréco-romaine, autant en lutte libre, au total trois cent trente. Combien notre pays en a-t-il récolté ?

Plusieurs lutteurs s'interrogèrent du regard.

— Pas une seule. Nous, pays dont le sport national est la lutte et dont les citoyens sont réputés pour leur force, n'avons pas récolté une seule médaille en onze Jeux olympiques. Les prochains Jeux démarreront le 1er août de

1. Littéralement : retourné. Juif converti à l'islam.

l'année prochaine. Nous avons une année. Les sélections débuteront demain matin.

Ses mots déclenchèrent une ovation.

*

Un buffet avait été préparé au rez-de-chaussée.

L'un des anciens mit entre les mains de Gülgül une assiette recouverte d'un monceau de boulettes, de maquereaux fumés, de feuilles de vigne farcies et de tarama, dissimulés sous deux galettes grillées.

Il avala en vitesse ce que contenait l'assiette, serra les mains des invités qu'il ne put éviter en se dirigeant vers la sortie et se retrouva dehors.

Avait-il eu raison de dévoiler qu'il était fils de *dönmé*, alors qu'il se sentait turc jusqu'à la moelle des os ? Les lutteurs du Cercle semblaient tous faits d'un bloc, turcs jusqu'au bout des ongles, musulmans sans mélange, lutteurs, hétérosexuels et compacts, quand chez lui rien n'était clair. Lutteur ou calligraphe ? Homosexuel ou hétérosexuel ? Turc, vraiment, alors qu'il était de père né juif, de mère arménienne et de grand-père irlandais ? Sans oublier qu'il était rouge de cheveux et vert des yeux, là où tous les hommes avaient la peau brune et les yeux noirs.

La cérémonie à Süleymanié ne débutant que trois heures plus tard, il décida de flâner dans les ruelles de la Vieille Ville.

Chez Bella,
le 25 juin

Bella quitta son lit, s'arrêta devant le grand miroir de sa chambre à coucher et s'observa.

Grande bouche, lèvres sensuelles à l'excès, qu'elle détestait, yeux d'un vert profond, ovale du visage trop large mais rien de catastrophique, nez busqué, cheveux roux et soyeux qui tombaient par vagues… Presque tout y était, sauf l'essentiel. Elle avait l'air triste.

Elle ôta sa chemise de nuit et souleva ses seins. Trop lourds, mais avec quelque chose d'imposant. Leurs aréoles étaient larges et claires, des seins de femme forte, alors qu'elle était restée svelte. À Constantinople, presque un défaut. « *Ez muy lanka, zavallı de Bella*[1]. »

Elle pensa à la main d'Eliza enserrant son téton et ferma les yeux.

*

1. Mélange de turc et de ladino : Elle est très maigre, la pauvre Bella.

— *Merhabalar*[1], *Alim Bey*[2].

Elle était bien la seule de l'immeuble à appeler le concierge « monsieur » et à le vouvoyer. Pas comme sa mère : « *Aliiim ! Nerede sin* ?, Aliiim ! Où es-tu ? » hurlé du deuxième étage, « *gel buraya !*, viens ici ! » lancé avec un accent épouvantable.

La seule, aussi, à parler le turc comme une musulmane.

Le visage du concierge s'éclaira :

— Bonjour, madame Bella. Où vos pas vous porteront-ils, aujourd'hui ?

Elle sourit :

— De tous côtés.

— Une journée pleine, si je comprends bien. Qu'elle vous soit douce.

Sa grande peur était de finir comme Beki, sa cousine, qui traînait au lit jusqu'à des neuf ou dix heures et se faisait porter un café turc alors qu'elle était encore couchée, ravie de son sort. Beki, heureuse d'arborer une robe de chambre en satin assortie à sa chemise de nuit (toutes deux du même rose ou du même bleu ciel, qu'elle se faisait coudre avec des soies ramenées de Venise), de traîner à la salle à manger et d'y lire les potins du *Cumhuriyet* en fumant sa première cigarette, dans l'attente de la masseuse, qui, à onze heures tapantes, six jours sur sept, l'aidait à perdre les kilos que ses obligations ajoutaient à son tour de taille.

1. Bonjour (se dit au pluriel).
2. Monsieur Alim.

Durant le reste de ses journées, Beki organisait des parties de cartes, faisait des remontrances à sa bonne, tenait sa maison comme l'exigeait son rang, retrouvait ses amies et accueillait son mari au retour du bureau, après une journée harassante au cours de laquelle il s'était « sacrifié » pour le bien de la famille, faisant montre d'une intelligence « très au-dessus de la moyenne », vu que c'était un homme de grand savoir-faire, d'une extrême gentillesse, aussi, même avec ses employés, « que le Bon Dieu nous le garde ».

En réalité, la vie que menait Bella ressemblait déjà à celle de Beki. Si ce n'est que Beki prenait du plaisir à la sienne.

Bella y avait cru, au début. Robert, l'époux que ses parents lui avaient présenté, se montrait généreux et attentionné. Se retrouver petite madame à dix-sept ans, avec personnel à domicile, chemises de nuit et robes à ne savoir qu'en faire, budget de dépenses mirobolant, tout cela l'avait étourdie. Alain était né une année plus tard, et voilà qu'elle était encore plus « dame ». Son cercle s'élargissait. Chaque soir une invitation. Elle gagnait en confiance.

Assez vite, sa vie lui sembla répétitive. Elle refusa d'abord d'y prêter attention. N'avait-elle pas tout pour être heureuse ? « Tu mènes une vie de rêve, ma chérie ! » lui répétait sa mère, fière de la voir mariée à un homme en vue, comblée à l'aune des critères les plus exigeants, une jeune femme dont « chacune à Constantinople peut être jalouse, crois-moi ». L'ennui envahissait Bella par petites touches. Une soirée de poker organisée pour son mari. Un thé chez Markiz... Un dîner au Club de Büyükada, l'île prisée par la grande bourgeoisie, où les membres fortunés de la communauté avaient leur villa d'été.

Son mari n'était ni moins généreux ni moins attentionné qu'au début de leur mariage. Peut-être même lui était-il fidèle. Mais il l'était aussi à la communauté, à ses usages et à ses rites.

Connue pour être mal à l'aise en société, Bella recevait sans grâce et parlait un turc parfait. Pire encore : elle aimait le parler. Elle n'était pas des leurs.

Elle haïssait son monde, qu'elle trouvait complaisant et pleurnichard. Tout ou presque tournait autour de la réussite sociale. Les faux-semblants étaient encouragés, tant qu'ils préservaient du qu'en-dira-t-on. Pour son ex-mari, pour son frère et ses amis, le propos d'une vie était simple. Se convaincre, malgré l'ostracisme du quotidien, qu'ils vivaient « au pays du lait et du miel », où ils gagnaient de l'argent avec facilité et offraient aux leurs des vies de nababs. Quant aux femmes, elles se considéraient victimes du sort si leur coiffeur ratait une mise en plis. Chacune « se sacrifiait » à qui mieux mieux, allant jusqu'à avaler courageusement le dernier morceau d'un gâteau pour qu'on ne le jette pas.

Longtemps, si sa vie sociale se révélait ennuyeuse, il y avait eu Alain, son fils, beau, affectueux, né alors qu'elle avait dix-huit ans, Alain qui illuminait chaque instant qu'elle passait avec lui. C'était avant qu'il ne meure.

Dans l'appartement de fonction du directeur de la bibliothèque, le 25 juin

— Tu es toujours pessimiste, dit Fatma. Tu vois ! De belles choses t'attendent !

Elle, son mari et Meryem, leur fille âgée de huit ans, étaient attablés dans la cuisine du minuscule appartement de fonction qu'occupait le directeur de la bibliothèque. Situé dans l'enceinte de la mosquée de Soliman, sous les combles de l'ancienne école de médecine, le lieu était insalubre, glacial en hiver et suffocant durant les mois chauds.

Şeyh[1] Osman resta silencieux. Il fut un temps où la bibliothèque de Süleymanié[2] bruissait de visites. On venait consulter, emprunter, admirer les manuscrits anciens.

Depuis l'abandon de l'alphabet arabe au profit des caractères latins, les mosquées s'étaient vidées. Sans parler des bibliothèques… La culture, désormais, c'était les théâtres et les cinémas de Beyoğlu. La pensée turque, forte et noble, s'avachissait dans les mœurs dissolues des Européens.

1. Titre réservé aux savants.
2. La mosquée de Soliman.

— Ce sera une visite intéressante, d'après ce que tu m'en as dit, reprit Fatma, cherchant à extirper son mari de sa mélancolie.

— Peut-être, dit-il enfin.

Au moins, sa femme savait le distraire, par les délices du lit autant que ceux de la table. Les dés d'agneau à la purée d'aubergine qu'elle lui avait préparés étaient si savoureux qu'il s'était resservi trois fois. La veille au soir, c'étaient des maquereaux séchés, un de ses plats préférés. Heureusement, il lui restait les plaisirs que lui offrait sa femme, car sinon, les journées lui semblaient interminables. Il avait cessé d'écrire.

Au téléphone, l'homme avait parlé d'un travail d'une douzaine d'années. Peut-être qu'après tout…

De l'immeuble Panoréa au Bazar, le 25 juin

Pour se rendre au Bazar, Bella avait le choix. Elle pouvait prendre le tram de Maçka à Beyoğlu, puis le petit funiculaire de Tünel à Karaköy, et enfin le tram qui remontait la rive droite jusqu'à la colonne de Constantin, ou se rendre à Harbiye, d'où un tram la mènerait à Fatih, à quelques pas du Bazar.

Elle choisissait souvent le premier itinéraire, plus long. Il meublait son ennui. Ce matin, pourtant, elle se décida pour la ligne Harbiye-Fatih. Elle avait des courses à faire au Bazar, ce qui était déjà se transformer en Beki. Autant en finir au plus vite.

Dans le tram, son voisin tenait un exemplaire du *Cumhuriyet* ouvert sur la double-page des sports. Un titre, étalé sur toute sa largeur, la fit sursauter.

Alev Gülgül nommé directeur technique
de l'équipe turque de lutte.
Le Cercle de Kumkapı devient Centre national
pour la préparation des Jeux olympiques de Berlin.

— Vous permettez ?

Son voisin sourit :

— Une dame qui s'intéresse à la lutte, ça n'arrive pas tous les jours !

— C'est un ami.

L'homme lui tendit le journal :

— Vous le connaissez ? Mon garçon ne jure que par lui.

— C'était aussi le héros de mon fils, ajouta Bella, le regard plongé sur l'article :

À la suite du départ inopiné de Şaban Donat, patron de l'équipe nationale, l'ancien champion de Turquie a été choisi hier par la Fédération parmi douze candidatures.

La tâche qui l'attend en prévision des Jeux de Berlin est immense.

Les Turcs musulmans n'identifiaient jamais Bella comme juive, et cela lui causait un très grand plaisir. Lorsqu'en revanche elle parlait turc devant ceux de sa communauté, le malaise était immédiat. Elle n'était pas vraiment des leurs, autant s'en méfier, comme de chaque Turc de souche, ou plutôt chaque Turc musulman. Car Turcs de souche, ils l'étaient tous. Les Grecs habitaient le pays depuis bien avant que les Turcs ne viennent le conquérir. Les Juifs y étaient arrivés cinq siècles plus tôt. Mais voilà, les minoritaires parlaient mal la langue. Tandis qu'elle… Ce turc étincelant, sans une trace d'accent, que cachait-il ?

Elle aimait infiniment cette langue poétique, chargée de métaphores, sensuelle, protéiforme comme par magie. Dans la bouche d'une femme, il lui suffisait d'en prolonger les voyelles pour la rendre chantante. Dans celle d'un homme, elle se transformait, devenait forte, virile, presque brutale.

Bella se montrait injuste à l'égard du ladino que parlaient ceux de sa communauté. Empruntée au castillan du XVe siècle, c'est-à-dire à ceux qui avaient martyrisé les Juifs d'Espagne, constellée de mots turcs, c'était la langue douce à l'oreille d'un peuple qui s'accrochait à ses origines et empruntait ses mots à ses persécuteurs.

Elle avait beau se rendre compte de son injustice, écouter le ladino l'irritait. C'était la langue de ceux qui parlaient mal le turc. Elle regrettait sa réaction, se sentait coupable une minute ou deux, puis passait à autre chose.

Sa chance avait été d'avoir tenu tête à sa mère à l'âge de quatre ans, lorsque celle-ci avait voulu congédier Ipek, sa *dada* turque, et la remplacer par l'une de ces « mademoiselles » qu'engageaient les familles bourgeoises pour enseigner à leurs enfants le français et les bonnes manières.

Quelle « mademoiselle » aurait eu pour elle les tendresses d'Ipek ? Après une semaine de hurlements, Bella avait obtenu gain de cause.

Son frère Izak, plus âgé qu'elle de sept ans, avait accepté le rituel sans sourciller. Victorine, qui venait de Tours, dont elle disait que l'on y parlait le meilleur français de France, lui avait appris la langue et ses finesses, mais aussi des tournures précieuses dont Izak se gargarisait et qui, aux oreilles de Bella, semblaient ridicules.

Devant Gülperi Han,
le 25 juin

Gülgül se trouva soudain devant Gülperi Han, sa « Maison » durant dix années. Quelle mystérieuse boussole avait guidé sa flânerie ? Recherchait-il la douceur du temps où il était entouré, choyé, aimé ? Craignait-il de vivre des temps difficiles au Cercle de Kumkapı, après s'y être dévoilé ?

Il frappa à la porte et le visage vieilli d'Ayşé apparut dans l'embrasure :

— Gülgül *Canım*[1]... Entre !

Il lui embrassa la main et la porta à son front.

— Tu es resté un garçon respectueux, dit Ayşé.

Il la suivit aux cuisines, où ils prirent place et restèrent silencieux de longues secondes, les yeux dans les yeux.

— Tu as dû apprendre que Sâré a été tuée par un client.

Gülgül ferma les yeux. Elle et Lili lui avaient enseigné comment faire l'amour à une femme.

— Lili est rentrée chez elle, en France, reprit Ayşé. Et ma Nigar s'est éteinte il y a un an.

Elle se mit à pleurer en silence :

1. Mon âme.

— Qu'est-ce qu'elles t'ont aimé, Sâré et Lili... Elles disaient que tu leur faisais l'amour mieux que tous leurs clients. Et Lili qui t'apprenait le français et répétait à qui voulait l'entendre : « Je lui fais faire des exercices de langue... »

Elle éclata de rire :

— Tu aimais les hommes, et ça ne t'a pas empêché de les combler. Tu étais délicat. Pas comme la plupart des clients... Des jouisseurs égoïstes qui sortaient de la Maison en se prenant pour des gens importants, parce qu'ils avaient fait l'amour à une ou deux femmes. C'est pour cela que nous avons toujours une amoureuse. C'est ainsi que la Maison a commencé, tu le sais.

Elle planta ses yeux dans les siens :

— Toi qui as goûté aux deux plats, raconte !

— Je n'ai jamais mis de mots là-dessus, sourit Gülgül.

— Je me fiche de ce que tu as mis ou pas. Raconte.

Sâré et Lili lui avaient appris la douceur :

— Je me sentais accueilli.

Il laissa s'écouler un silence :

— Avec un homme, ça n'a rien à voir.

Il se leva :

— Je dois partir. Je reviendrai vous voir, si vous le permettez.

Ayşé ne quitta pas sa chaise.

— Je t'imagine en couple, jeune et beau comme tu es.

Il secoua la tête.

— Et si tu devais choisir, pour le reste de ta vie ?

Gêné, il lui embrassa le dos de la main et partit.

Au Bazar,
le 25 juin

Bella avait parcouru deux fois la Yâğlıkcılar Sokak, la rue des Huiliers, où se trouvaient désormais la plupart des marchands de tissu, l'esprit accaparé par ce qu'elle venait de lire dans le journal. Quel âge avait Alain lorsque pour la première fois lui et Gülgül avaient « fait la lutte » ? Trois ans, peut-être quatre. Lorsqu'il en eut huit ou neuf, Gülgül décida de mettre fin à leurs petits combats. « Pourquoi ? Ça lui fait tant plaisir ! » Tout le monde savait qu'il avait eu des relations homosexuelles, du temps où il était *séçmé*. Elle s'était révoltée : « Qui oserait penser à mal ? Tu aimais les hommes ! Pas les enfants, pour l'amour du ciel ! » Bien sûr que non ! Il voulait lui éviter les regards désobligeants.

— Bella *Hanım*, Bella *Hanım* ! Il a été mordu !

C'était Ipek au téléphone, qui hurlait, comme folle.

— Qui ? Où ? Quoi ? Où est-il ? À l'Hôpital américain ? C'est si grave ? Comment ça, à cause du chien ?

Elle prit par *Kalcılar Sokak,* la rue des Polisseurs, où il lui arrivait quelquefois de repérer en vitrine un émail ou une broche ancienne. Quant au reste, les monceaux d'or et de pierreries qui lui rappelaient sa cousine Beki, ils lui procuraient des haut-le-cœur. À nouveau elle traîna et, comme chaque fois, y prit plaisir. Autant elle détestait « faire les magasins », entrer, interroger, comparer, toutes choses qui lui rappelaient les habitudes de sa cousine, autant elle aimait se retrouver au milieu de la foule du Bazar, masse dense, compacte, très turque, et peu lui importait que les vrais Turcs considèrent les Juifs comme des étrangers. Elle aimait les écouter parler leur langue. Elle trouvait dans ses sons quelque chose de vrai, de juste, une langue faite de paroles fortes et sincères.

Elle sortit par le Sahaflar çarşısı, où se trouvaient les revendeurs de livres anciens, s'arrêta devant un marchand de calligraphies et bien sûr pensa à Gülgül.

Elle sourit, regarda sa montre. Il n'était pas midi et l'air était encore d'une fraîcheur délicieuse, l'occasion de se rendre au Liman à pied.

Elle aimait emprunter les ruelles pentues qui menaient à Eminönü. Ici et là, des enfants jouaient au ballon, toujours à deux doigts de se faire happer par l'un des portefaix, le corps plié sous des monceaux de marchandises. Elle ressentait chaque fois un plaisir immense à être plongée dans la vraie Constantinople, avec ses maisons en bois, à encorbellement, à l'opposé de Nişantaşı, aux immeubles à l'européenne. C'était pourtant là qu'elle habitait, dans le grand confort. Là, sans doute, qu'elle habiterait toute sa vie. Elle vivait à regret dans le meilleur quartier. Au fond, elle ne savait pas ce qu'elle voulait.

Elle pensa aux litanies que lui servait sa mère : « Tu as divorcé, d'accord. Mais tu es jeune, pour l'amour du ciel ! Tu veux rester seule jusqu'à la fin de tes jours ? En plus, tu l'as sous la main, ton *novio*[1] ! Prends-le avant qu'il n'en trouve une autre. » Le *novio,* c'était Danilo, l'ancien voisin qui s'était séparé de Régine.

Dans la demi-heure qui allait suivre, son frère reprendrait la rengaine. « Rester seule, jolie comme tu es… Tu as trente-cinq ans ! Pas dix-huit ! »

La dernière fois qu'elle avait fait l'amour remontait à sept mois, une histoire d'une nuit à Büyükada avec un journaliste du *Cumhuriyet* qui préparait un article assassin sur le « Club des Juifs ». Avant lui, c'était avec Danilo, trois ou quatre mois plus tôt. Danilo, qu'elle avait surnommé pour elle-même *l'amantable*, comme elle avait surnommé le journaliste du *Cumhuriyet*, et même son mari. Chacun se prenait pour un héros au moment où il se vidait en elle. Des acclamations ne les auraient pas surpris. Peut-être était-ce pour cela qu'elle avait aimé le baiser d'Eliza. Il était d'une grande douceur, sans la moindre velléité de domination.

Sur le pont de Galata, elle s'accouda à la rambarde, regarda côté asiatique et inspira fort l'odeur des maquereaux que les pêcheurs faisaient griller sur des braseros posés à même leur barque.

— Un *balık-ekmek*[2], s'il te plaît.

1. Fiancé, en ladino.
2. Littéralement : poisson-pain.

Un repas à lui seul. Tant pis, au Liman elle mangerait du bout des lèvres. « Prends la darne d'espadon grillée, c'est la spécialité de la maison. » La rengaine, encore. Son poisson préféré était le rouget. « Pourquoi tu ne m'écoutes pas ? L'espadon est leur meilleur plat. »

Son frère n'était pas méchant homme. Simplement fanfaron. Il savait toujours mieux qu'elle ce qu'elle devait faire de sa vie. Pour la darne d'espadon comme pour le *novio.*

Elle s'en voulut de le juger. Il n'était pas différent des hommes de la communauté. Tous avaient la conviction sincère que le bonheur des femmes passait par eux, que leur devoir était de les protéger, de les choyer, de veiller à ce qu'elles ne manquent d'aucun superflu. L'autonomie des épouses se limitait à choisir leurs robes et à décider de tout ce qui touchait au quotidien de la maison. Quant aux cercles qu'elles fréquentaient, ils leur étaient imposés plus qu'il n'y paraissait, un pacte implicite qui semblait satisfaire tout le monde.

Son frère travaillait dur. Jamais de vacances, hormis les dimanches. Pas un seul jour de congé de toute l'année. Durant les mois d'été, lorsque la famille prenait domicile à Büyükada, c'était lever à six heures, bateau à sept, à neuf au bureau, avant de reprendre le *vapur* de sept heures du soir pour retrouver la famille sur l'une des terrasses de l'île. Une vie de rêve mais pas d'oisiveté. Le pays était immense et la population plus immense encore. Chaque marchandise trouvait preneur. Tout en parlant mal la langue du pays, les minoritaires se retrouvaient colonisateurs économiques, alors qu'ils étaient les colonisés politiques... Que pouvait-il surgir de cette inversion des rôles, humiliante pour les vrais

Turcs, sinon un désir de vengeance ? Elle viendrait tôt ou tard, chacun en était conscient… sans vouloir y penser. Car où aller, sinon ? Les hommes avaient beau être de très bons commerçants, ils avaient quitté l'école au seuil de l'adolescence. Quel autre pays pouvait leur offrir autant de lait et de miel pour si peu de savoir-faire ?

Dans le bureau de Şeyh Osman,
le 25 juin

Assis derrière son bureau, Şeyh Osman regardait son interlocuteur, l'air méfiant. L'homme, ancien lutteur, était l'un des gardiens de la mosquée. Il semblait de bonne foi, mais Osman le connaissait comme plus fort que malin. Se pouvait-il qu'il affabule ?

Osman l'avait envoyé à Kumkapı se renseigner auprès de ses anciens collègues : qui était ce Gülgül, ancien champion de lutte, qui voulait lui offrir un coran ? D'où venait-il ?

— Père juif *dönmé* et mère arménienne.

— Es-tu sûr de ce que tu me racontes ?

L'homme, un colosse d'une cinquantaine d'années, se figea, la main sur le cœur :

— Il l'a annoncé ce matin même au Cercle devant cent personnes. Comme s'il en était fier.

Osman sentit la rage le saisir. Ce Gülgül préparait une infiltration. Cela ne faisait que confirmer combien il fallait se méfier des Juifs… Des rusés qui tiraient parti de chaque situation pour arriver à leurs fins ! On sait tenir un calame ? Alors on copie un coran… Et cette loi sur les noms de famille, qui allait leur faciliter la tâche ? On cesse de s'appeler Koen ou Levi, on troque son patronyme pour Öztürk, Özkan, Akman ou Dieu sait quoi, on appelle ses enfants Mehmet ou Sélim, et hop, on se fond dans la masse. Tout en restant juif.

Restaurant Liman,
quartier de Karaköy,
le 25 juin

— *Hoş geldiniz*[1], Bella Hanım !

Comme à son habitude, le maître d'hôtel invita Bella à le précéder. Il voulait la voir de dos.

Avec une vraie Turque, se dit Bella, il se serait comporté autrement.

Elle se plia à l'invitation, prit place et observa la salle. Placée contre un mur, la table d'Izak lui permettait de balayer d'un coup d'œil le restaurant tout entier. D'être identifié, aussi, comme quelqu'un qui compte…

Pour la plupart, les clients étaient des *vedrès.* Elle réprima un sourire : pas un qui ne portât pas la moustache.

Que cherchait son frère dans un lieu pareil ? Elle s'était posé la question dix fois, tout en connaissant la réponse. Son frère pensait qu'un jour il serait du même rang qu'un *Vedrès.* Naïf qu'il était.

Elle l'aperçut qui arrivait, tout sourire, serrant avec effusion la main du maître d'hôtel, façon de montrer combien

1. Soyez la bienvenue (littéralement : vous êtes venue joyeuse).

il était chez lui au restaurant de poisson le plus sélect de la ville. Il fit signe à Bella et s'arrêta à l'une des tables. L'homme qu'il salua, un Turc, lui tendit la main sans se lever. Bella reconnut Halis Paşa, un ancien général désormais président de la Banque ottomane. Lui aussi avait sa table au Liman. Il était accompagné de deux autres hommes qu'il s'abstint de présenter. Izak battit en retraite, toujours souriant, et rejoignit Bella, gêné :

— Tu as vu qui j'ai salué ?

Comme à son habitude, il s'était adressé à elle en ladino.

— J'ai vu, dit sobrement Bella.

Il prit place :

— Alors ?

Elle haussa les épaules.

Il déroula ses mises en garde habituelles. Les années passaient. À quarante ans, elle ne trouverait personne. Ou alors un vieux de la petite bourgeoisie habitant Balat ou Fener. Elle ne pouvait pas rêver meilleur parti que Danilo :

— Je ne comprends pas ce que tu as à tournicoter autour de Gülgül. C'est un *ibné*[1].

Elle baissa les yeux et ne répondit pas. À la mort d'Alain, personne n'avait été aussi proche d'elle que « l'*ibné* », comme il disait. Personne n'avait passé autant d'heures, jour après jour, assis dans son salon, en silence, à être là, présent. Tout simplement présent. « L'*ibné* » s'était montré un ami exceptionnel. Mais à quoi bon réagir ?

D'un geste du bras, Izak héla le maître d'hôtel. Bella remarqua que celui-ci détourna le regard.

1. Pédé, en argot turc.

— Fais comme moi, dit Izak. Profite ! Nous vivons dans un pays de lait et de miel.

Que lui répondre ? Un an plus tôt, les Juifs avaient subi les pogroms de Thrace. Maisons pillées, magasins saccagés, hommes et femmes malmenés, blessés, tués… Au même moment, Atatürk lançait une campagne d'affichage dévastatrice : « *Vatandaş, türkçe konuş !* Citoyen, parle turc ! » Conçue pour encourager les minoritaires à parler la langue du pays, elle avait aussi eu pour effet de rappeler aux Turcs combien leurs compatriotes juifs, grecs ou arméniens la parlaient mal. En d'autres termes, combien ils étaient peu turcs. Le pays ne s'était pas remis des humiliations qui avaient suivi la guerre. Son économie était en mains étrangères, ou qu'il considérait comme étrangères, ce qui revenait au même. Il lui fallait se refaire une dignité. On cherchait des boucs émissaires. Les Juifs étaient là, sous la main, à disposition, assez astucieux pour faire peur, incapables de la moindre rétorsion. Des victimes expiatoires de rêve.

Son frère répéta son geste, impatient d'attirer l'attention du maître d'hôtel autant que de convaincre Bella qu'au Liman, il était quelqu'un. Ce fut à nouveau sans succès.

— Et le massacre des Arméniens ? Il ne te fait pas réfléchir ?

— Les Arméniens avaient une armée. Nous n'en avons pas. Ce pays a toujours été bon pour les Juifs.

C'était vrai du temps de l'Empire. Cela ne l'était plus.

Il revint à la charge à propos de Danilo.

Elle perdit patience :

— Tu me vois en madame Danilo, organisatrice de parties de poker pour les maris et de canasta pour les épouses ? C'est tout ce que je déteste. En plus, je suis déjà passée par là, ne l'oublie pas. On a vu comment tout ça s'est terminé.

Il protesta. Les situations étaient différentes. Il y avait eu le drame d'Alain.

Elle poussa un soupir d'agacement. Une vie de potiche à la gloire d'un Danilo annonçant comme une victoire : « Je vais jouir, oh ! comme je vais jouir. » Content de sa performance, il lui tournerait le dos et sombrerait dans un sommeil bruyant.

— Tu voudrais que je pleure, mais sous le maquillage ? Que je plie avec élégance, pour faire honneur à notre communauté ?

Elle haussa les épaules. Cette conversation était ridicule. Elle aurait voulu avoir la force de tourner le dos à son monde.

Le maître d'hôtel se présenta enfin.

— Deux belles darnes d'espadon grillé, dit Izak, tout sourire.

— Je voudrais des rougets, dit Bella, en s'adressant directement au maître d'hôtel.

Son frère la regarda, déboussolé :

— Tu as toujours pris la darne !

Izak chercha le regard du maître d'hôtel :

— Deux darnes, je vous en prie.

— Pour moi, ce sera des rougets, dit Bella d'un ton calme.

Dans le bureau de Şeyh Osman,
directeur de la bibliothèque de Süleymanié,
la mosquée de Soliman,
le 25 juin

— Tu es *dönmé*, m'a-t-on dit.

Şeyh Osman avait posé la question sans bienveillance. Qu'était l'homme qui se trouvait face à lui, sinon un Juif déguisé en croyant ? Avait-on jamais vu un Turc roux ? De tels cheveux ne tombaient pas du ciel… C'était un coran à la sauce youpine qu'il lui amenait… Comment considérer un coran calligraphié par un Juif, sinon comme un objet blasphématoire ? Durant des siècles, les fabricants d'encre de la Mürekkepçiler Sokak[1] devaient être croyants. Impossible de considérer le calligraphe de ce coran autrement que comme un imposteur. Que son père se soit converti à l'islam n'y changeait rien. On les connaissait, les convertis !

Assis face au şeyh, Bella, Gülgül et Danilo se tenaient droits sur de petites chaises qui entouraient une table ronde en bois marqueté, seul meuble précieux de la pièce. À l'exception du coran que Gülgül y avait déposé, son plateau était nu.

1. La rue des Fabricants d'encre du Bazar.

L'idée de prendre l'ouvrage entre ses mains révulsait le directeur. Dans la section des textes sacrés, ce volume ferait tache. Déjà qu'il n'avait aucune envie de passer une minute de plus face à ce *dönmé* et à son acolyte de youpin, dont les trois mots qu'il avait prononcés avec son horrible accent juif avaient suffi à le mettre d'humeur massacrante. Sans parler de la putain qui les accompagnait, dont il se demandait ce qu'elle faisait là.

Et dire que sa femme lui avait demandé s'il souhaitait qu'elle leur prépare un verre de thé...

— Pas moi, Osman Bey, répondit Gülgül. Mon père, calligraphe de notre dernier sultan, s'est converti à l'islam à l'âge de quatorze ans avant d'entrer chez les derviches du monastère de Beyoğlu, où il allait rester durant huit années. Je suis né croyant.

Où allait ce pays ? Ce garçon portait la marque de sa race et voulait passer pour turc... Quel toupet !

Il l'observa avant de tourner les yeux vers l'homme qui l'accompagnait. « Danilo, le cousin de mon père », avait dit Gülgül. Un Juif pur sucre. Commerçant d'antiquités au Bazar... Pilleur, en plus... Quant à la putain, avec ses airs aguicheurs, elle portait sa judéité sulfureuse sur le visage.

— C'est donc dans ta boutique que ce coran a été copié ?

Danilo approuva d'un geste de la tête, content que le şeyh reconnaisse son apport à l'œuvre.

Osman hocha lentement la tête :

— Et ta mère, demanda-t-il à Gülgül en accompagnant ses mots d'un geste du menton, elle est croyante ?

— Elle n'a pas survécu à ma naissance. Elle était arménienne, avant de se convertir à l'islam.

Au moins, se dit Osman, il ne me cache pas la vérité. En définitive, l'homme qui lui apportait un coran dans l'attente de Dieu sait quelle récompense n'avait pas une goutte de sang turc dans les veines.

— Et tu es croyant, vraiment ? reprit Osman.

— Je le serai aussi longtemps que le Tout-Puissant acceptera mes prières.

Le şeyh haussa les épaules. Des *dönmés*, il y en avait de toutes sortes.

— Le maître de Kemal Paşa était lui aussi *dönmé*, se risqua Gülgül.

Osman lui jeta un regard assassin. Impossible de lui répondre. Si ses paroles étaient rapportées par l'un de ces trois Juifs, il risquait la prison. Cela dit, tout vrai croyant savait à quoi s'en tenir, à propos de Kemal. Il avait fait son possible pour étouffer l'islam de Turquie. Un désastre, auquel Şimon Zvi, son *dönmé* de maître qui avait pris le nom de Şemsi pour cacher sa judéité, n'était certainement pas étranger.

— Sinan, qui a construit cette mosquée, était aussi un *dönmé*, poursuivit Gülgül, esquissant un sourire.

L'architecte de la plus belle mosquée d'Istanbul était né chrétien. Il avait pris pour modèle Sainte-Sophie, basilique chrétienne, pour construire la mosquée où ils se trouvaient, ainsi que toutes les autres.

Sa remarque était provocatrice, il le savait. Mais le mépris dans lequel le şeyh tenait les *dönmés* le révoltait. Son père avait vécu en croyant. Il s'était montré reconnaissant envers l'islam, généreux, aussi, en travaillant dix années à la calligraphie de ce coran.

Le monde à l'envers, se dit Osman. Est-ce que viendrait le jour où il devrait s'excuser d'être croyant ? Il pensa à l'échange qu'il allait avoir avec sa femme. « Le coran que j'attendais… Copié par des Juifs ! » Elle lui demanderait, dans sa naïveté, s'il s'agissait de *dönmés*, à quoi il répondrait : « Tu aurais voulu qu'ils soient rabbins ? »

Sa théorie à propos des minoritaires était d'une logique de fer. Qu'est-ce qui avait poussé Kemal à effacer la religion de la Turquie nouvelle ? La présence des Juifs, des Grecs et des Arméniens ! Du moins, ce qu'il en restait et qui était encore trop. Le pays était entre les mains de banquiers, comme ces Camondo, prêts à tout, pour autant que cela leur rapporte, en maîtres du commerce et de l'argent. Là où allait leur loyauté… Pourquoi Kemal avait-il oblitéré l'islam ? Pour permettre au pays de s'unifier. Si tous ces traîtres n'existaient pas, il n'aurait pas eu à le dépouiller de ce qu'il avait de plus sacré. Et lui-même, sa femme et leur fille ne seraient pas obligés de vivre comme des pauvres dans deux pièces minuscules sous les toits d'une annexe de la mosquée. Quant à son bureau de chef bibliothécaire, responsable de la plus grande collection de manuscrits du pays, plus précieuse encore que celle du palais de Topkapı, il offrait le confort d'une loge de *kapıcı*[1]. Sans parler de la

1. Concierge.

mosquée elle-même, de moins en moins fréquentée par les fonctionnaires du régime. C'était à ces accapareurs aux nez crochus que le pays devait tous ses malheurs. Les *dönmés* étaient seuls responsables de la chute de l'Empire.

Il tendit un bras, fit glisser le coran jusqu'à lui, l'ouvrit, tourna une page, puis une autre, puis une autre encore et dut maîtriser son émotion. Il avait en main le plus beau coran qu'il eût jamais ouvert. Des cartouches à fond d'or… Chaque page encadrée d'une marge ornée de motifs floraux… En haut de chacune des pages, une enluminure qui reprenait le thème de la sourate. Une écriture gracieuse, rythmée… Des cercles dorés qui ponctuaient les versets… Des mots calligraphiés à l'encre rouge qui donnaient à la page un air de légèreté… De tous les manuscrits que comptait la bibliothèque, celui-ci serait le plus somptueux.

Dans l'instant qui suivit, l'émerveillement laissa place à la colère. Ces youpins étaient venus dans l'intention de le piéger. Et doublement. D'abord en espérant l'affrioler avec leur cocotte rousse, ensuite en lui mettant sous le nez le plus beau coran qui soit, comme pour dire : Nous avons beau être youpins, nous calligraphions le coran mieux que tous vos scribes réunis. Qu'était cette démarche, sinon une manière insidieuse de s'insérer dans la spiritualité du pays ? Et cette insistance à mettre en avant la contribution des *dönmés*… Tout collait.

Le père du jeune homme s'était converti à l'islam, quoi de plus aisé ? Encore fallait-il que la conversion vienne du cœur ! Combien étaient-ils, les *dönmés,* à s'être convertis avec sincérité ? Aucun, sans doute.

Ce cadeau était un poison. Une manière perverse de déguiser un blasphème en acte saint. Un coran juif. Un coran de mécréant, auquel ces trois voyous ne manqueraient pas de se référer. Ils revendiqueraient leur don, en sournois, pour en tirer un profit. La seule incertitude consistait à savoir sous quelle forme.

Un objet destiné à disparaître au plus vite.

Il referma le volume, inclina légèrement la tête en guise de remerciement et, d'un geste ample du bras, indiqua la porte.

Gülgül et Danilo se regardèrent. Après quelques secondes d'hésitation, ils se levèrent, sidérés, s'inclinèrent et se dirigèrent vers la sortie, suivis de Bella, perdue elle aussi.

Au moment où ils atteignaient la porte, Gülgül se retourna pour reprendre le sac de jute dans lequel il avait apporté le coran. Ses yeux croisèrent ceux d'Osman, et il y lut un tel mépris qu'il changea d'avis et s'éloigna.

Quartier de Nişantaş,
immeuble Panoréa, chez Danilo,
le 25 juin

Danilo avait invité Bella et Gülgül à dîner. Son fils Jako, âgé de vingt-sept ans, s'était joint à eux.

— Moi, dit Danilo, je dis que ça s'est très bien passé. J'ai senti que malgré son air bougon, cet homme était touché par ton geste.

Gülgül le regarda, désolé. Le bibliothécaire avait reçu le coran du bout des doigts. Et ses références répétées aux *dönmés* ne laissaient rien présager de bon.

— Cet Osman a dû vous haïr, dit Jako.

Danilo regarda son fils. Une fois encore, son cynisme lui faisait peur.

— Tu es trop pessimiste, dit Bella en s'adressant à Gülgül. Elle n'était pas dupe. Il fallait être sourd et aveugle pour ne pas avoir senti la détestation de cet Osman à leur égard. Mais le chagrin de Gülgül était si grand qu'elle s'était sentie obligée de mentir. Et ce Danilo qui se réfugiait une fois de plus dans le déni… Encore heureux que son fils l'ait ramené à la réalité.

— Je ne crois pas être trop pessimiste, réagit Gülgül. Le pays en veut à Kemal d'avoir sacrifié l'islam.

Il ne se faisait aucune illusion sur le destin que préparait la Turquie à ses communautés juives. Dans son cercle et partout ailleurs où les gens s'ouvraient à lui lorsqu'ils oubliaient que son père était un *dönmé*, ils pensaient comme Jako, de plus en plus nombreux à affirmer que Kemal était un *dönmé*. Peut-être pas tout à fait. Un Européen. *Beyaz Türk*. Un Turc blanc, une sorte de cosmopolite sur lequel on ne pouvait pas compter. En aucun cas un vrai Turc.

Il s'arrêta, soudain gêné :

— Pardon de vous le dire si brutalement. Le problème, avec ceux de votre communauté, c'est que vous vivez entre vous. Serrer les rangs, c'est magnifique. Mais en agissant ainsi, vous vous coupez du pays.

— Tu exagères, protesta Danilo. Je vois des clients tous les jours.

— Des clients, d'accord. Mais des amis ? Combien de Turcs musulmans as-tu reçus à cette table ces six derniers mois ? J'ose parier : aucun.

— Gülgül a cent fois raison, lança Jako.

— Et les Dardanelles ? rétorqua Danilo. Tu les oublies ! Le plus grand héros de l'Histoire, avec Mehmet et Soliman, c'est Kemal.

— Il y a de cela vingt ans, murmura Bella, les yeux sur son assiette.

— Vous savez ce que j'entends au Cercle, reprit Gülgül, chaque fois qu'il est question de Kemal ? Une interrogation revient sans cesse : *Bizimkilerden mi ?* Est-ce qu'il est des nôtres ? Les regards se détournent. Personne n'ose dire non. Mais personne ne dit oui.

— Que voulez-vous ? lança Danilo avec vivacité. Que nous allions vivre en Palestine ? Dans la misère ? Au milieu de tous ces Allemands qui ont fait des doctorats ? Sous l'autorité des Anglais, qui sont les plus antisémites de la Terre entière ?

— Il n'y a pas que la Palestine, intervint Jako. Pour un Juif d'Europe centrale qui émigre en Palestine, il y en a dix qui se rendent en Amérique.

— Des gens prêts à manger de la vache enragée, dit Danilo. Survivre à New York est plus dur qu'à Tel-Aviv. Ici, nous sommes dans un pays de Cocagne.

— Comme ceux qui ont subi les pogroms en Thrace, lança Bella. Va leur répéter ces mots et tu verras ce qu'ils vont te répondre.

— Bella, tu surréagis, expliqua Danilo, sur la défensive. La Thrace, c'est la Thrace. Les pogroms qu'y ont subis les Juifs ne pourraient pas se répéter à Constantinople. Et cessons de nous gâter l'existence avec toutes ces idées noires. Nous vivons dans le plus beau pays du monde ! Lequel de vous veut m'accompagner dimanche à Büyükada ?

À l'instant où il prononça le nom de Büyükada, Bella ferma les paupières. Elle pensa au baiser d'Eliza, à la douceur de sa langue, à sa main sur son sein…

— Bella, tu m'as l'air absente, dit Danilo. Sais-tu que demain est un jour important ?

Gülgül et lui allaient se rendre à l'administration municipale faire leur demande de nouveaux noms de famille[1]. Gülgül était connu comme Mustafa (son vrai prénom)

1. Jusqu'à la loi de 1934 obligeant chaque citoyen à porter un patronyme la majorité des Turcs musulmans n'étaient connus que par leur prénom,

Ahmetoğlu, du nom de son père adoptif. Les minoritaires pouvaient saisir cette occasion pour modifier le leur.

Bella n'en revenait pas. Que Gülgül veuille un patronyme, soit. Mais Danilo ?

Elle chercha son regard :

— Benveniste, ce n'est pas bien ?

— C'est juif à dix kilomètres. Tu n'as pas écouté ce que nous a dit Gülgül ? Je veux m'intégrer. Si nous tenons à rester dans ce pays, nous devons nous fondre dans la masse.

Elle ne répondit pas, sidérée par la naïveté de cet homme. Vingt patronymes turcs n'y changeraient rien. Aux yeux des *Vedrès*, il serait toujours un *yahudi*, un Juif qui ne fréquentait que les siens et parlait le turc avec un accent épouvantable.

— Et toi, Jako, qu'en dis-tu ?

Il haussa les épaules. Ceux qui changeraient leur patronyme passeraient pour des astucieux. Ils se fourvoyaient dans l'illusion d'appartenir un jour à ce pays.

*

Au terme du repas, Gülgül proposa à Bella de la raccompagner chez elle.

Au bas de son immeuble, il lui demanda si elle voulait partager un déjeuner au bord du Bosphore ou chez Abdullah, à Péra.

— Quand tu veux, souffla Bella.

---

qu'ils faisaient suivre de celui de leur père auquel ils accolaient le suffixe *oğlu*, « fils de ».

Dans le bureau de Şeyh Osman,
le 26 juin

Vêtu de guenilles, le regard inquiet, l'homme dégageait une odeur puissante, faite d'ail, d'oignon, d'aigreurs d'estomac et de transpiration. Cela faisait une dizaine d'années que Şeyh Osman n'avait pas revu Hasan Mehmetoğlu. Avant d'être l'un des *hamal*[1] du Bazar, il avait travaillé comme jardinier à la mosquée de Soliman.

— Alors ? C'est oui ? Vous vous joignez à nous ?

Osman ne répondit pas. Il avait toujours été un citoyen loyal, reconnaissant à Kemal le mérite d'avoir flanqué une raclée à ces chiens d'Alliés aux Dardanelles et redonné au pays sa dignité. Combien de prières n'avait-il pas adressées au Tout-Puissant pour qu'il le protège ?

Mais cela, c'était le passé. Depuis, Kemal s'était entêté à vouloir faire de la Turquie un pays occidental. Il avait aboli le califat, supprimé les cours de religion dans les écoles, décidé que le prêche du vendredi et les appels à la prière se feraient en turc, et imposé les caractères latins, désarabisant ainsi la langue et la séparant du Texte sacré. Interdit de

1. Porfefaix.

fez, le citoyen turc devait désormais se déguiser en Européen… Combien de mosquées nouvelles construites depuis l'avènement de la République ? Pas une seule ! Comme si construire une mosquée était un péché. Alors qu'à lui seul, Soliman en avait bâti plus de deux cents… Pire, ce voyou de Kemal cherchait à faire disparaître les mosquées. Un an plus tôt, il avait osé transformer celle de Sainte-Sophie en musée. Kemal, si fier d'avoir introduit la laïcité dans la Constitution… La liste de ses méfaits était longue. Pour sûr que c'était un *dömné.* Caché, mais *dönmé* quand même, qui avait carbonisé les racines de son pays. Faudrait-il avoir honte d'être turc et musulman, désormais ? Les hommes délaissaient les mosquées. On les retrouvait au cabaret, au cinéma ou sur les plages de Bebek, où ils poussaient leurs femmes à s'exhiber… Ne pas trahir Kemal, c'était trahir le Coran.

— Nous aurons notre première réunion demain soir, reprit Hasan, le regard toujours anxieux, les yeux accrochés à ceux d'Osman dans l'attente d'une réponse. Nous serons une quinzaine. Il y aura Faruk Paşa…

La quinzaine, c'étaient ses collègues du Bazar, des *hamal* qui refusaient de s'esquinter davantage pour des Juifs, des Grecs ou des Arméniens. Ce pays avait-il perdu tout sens de l'honneur ? L'année précédente, il y avait eu un instant d'espoir, au moment des pogroms de Thrace. « *Sonunda* », s'étaient-ils tous écrié. « Enfin… » Hélas, le mouvement était resté sans suite. Preuve qu'on ne pouvait pas compter sur Kemal.

— Pas plus d'une quinzaine ? demanda Osman. Vous êtes nombreux, il me semble.

Ils étaient plus de cent, mais beaucoup avaient décliné. « Déjà que je n'arrive pas à nourrir les miens… » Si Kemal disparaissait, ce serait ensuite au tour des Juifs, des Grecs et des Arméniens. Au bout du compte, leur clientèle serait réduite de moitié. Et leurs gains aussi.

— Et puis, poursuivit Hasan, autant ne pas trop ébruiter. Des fois que l'un d'entre nous serait tenté de monnayer l'information…

— Je comprends, dit Osman. Vous êtes prudents, je vous félicite.

Il connaissait Farouk Paşa de réputation, un proche de Kemal durant la campagne d'Anatolie. Qu'il se joigne aux *hamal* en disait long sur le mécontentement des croyants.

— C'est son ancienne ordonnance qui l'a sollicité, reprit Hassan. Il travaille au Bazar, lui aussi.

Osman repensa à la visite des trois Juifs. Que cherchaient-ils, sinon à s'infiltrer dans la société turque ? À la contrôler ? À soumettre le pays à leurs lois financières ? Cette copie de coran, c'était une astuce.

— Alors ? répéta Hasan. Vous êtes des nôtres ?

Osman était tenté de dire oui. Avec Faruk Paşa dans le coup, le projet semblait solide.

— Viens me voir après-demain. Tu me raconteras ce que vous avez décidé et je me déterminerai.

Hassan hésita quelques instants, embarrassé :

— Je me suis permis de parler de vous à Faruk Paşa. Il sait que je viens vous voir. Il pense que nous aurons besoin de personnes comme vous. Pour après…

Osman le regarda, intrigué :

— C'est-à-dire ?

— Quand il a su que je vous connaissais, il a dit : « Cet homme mérite un autre sort. » Il a parlé de caution religieuse, de puits de science… Si j'ai bien compris, il vous admire énormément.

Osman fut secoué d'un petit vertige. Se pouvait-il qu'enfin son destin bascule ? Qu'on lui reconnaisse ses talents ? Son érudition ? Qu'on lui attribue un logement digne de son rang ?

— Il ne t'a rien dit de plus ?

— Rien. Mais il avait l'air de penser à quelque chose de précis.

Ce Hassan serait-il ma chance ? se demanda Osman. Il essaya de chercher un mot, un dicton, une sagesse populaire qui puisse l'éclairer…

— Tu n'en sais pas plus ?

L'homme secoua la tête.

— C'est bien, conclut Osman. Reviens me voir comme convenu.

Hasan se leva, embrassa le dos de la main d'Osman, le porta à son front et quitta la pièce.

*

— Il s'est passé quelque chose de grave ? demanda la femme d'Osman en le voyant passer le seuil de la porte.

Il ne répondit pas.

— Encore tes histoires de Juifs qui t'apportent un coran ?

Il fit mine de ne pas écouter.

— C'est ça ou c'est autre chose ?

— C'est ça et c'est autre chose, répondit Osman, l'air absent.

Au 8 de l'avenue Darülaceze,
district de Şişli, dans les locaux
de l'administration municipale,
le 26 juin

— Vous êtes de la même famille ? demanda le préposé à Gülgül. Sinon, c'est chacun son tour. On commence avec l'aîné, j'ai toujours fait comme ça.

Danilo lui tendit son acte de naissance. Le préposé le parcourut des yeux et lui demanda comment il voudrait s'appeler.

Öztürk[1], lui répondit Danilo. Ce serait pour lui et les siens une joie et un honneur.

Il avait dit ces mots dans un turc si fortement plombé d'accent que sa demande avait un aspect surréaliste.

Le préposé leva les bras. Comment Danilo pouvait-il demander de porter un patronyme aussi trompeur ?

— Tu n'es pas un Öztürk, *kardeşim*[2] ! Tu sais combien de Juifs et de Grecs veulent s'appeler Öztürk ? Quand je vois qu'ils s'expriment avec un accent supportable, je les oriente sur Özkan[3]. Mais ce n'est pas ton

1. Vrai Turc.
2. Frère cadet, expression amicale.
3. Sang pur.

cas, tu en es conscient. Je te propose Akman[1], qu'en dis-tu ?

Gülgül poussa légèrement Danilo de côté et s'adressa au préposé :

— Abi, mon ami est sincère. Fais-lui la joie d'accéder à sa requête et tu feras de lui un citoyen modèle.

Le préposé le dévisagea avec curiosité :

— Tu es *Alev Gülgül* !

Il quitta son siège, main tendue :

— Quand je dirai à mon fils que je t'ai connu ! J'ai lu hier le *Cumhuriyet*. C'est vrai ? Tu deviens directeur national ?

Soudain, une dizaine de personnes qui attendaient d'accéder aux guichets les entourèrent.

— Salue ton fils de ma part, répondit Gülgül. Et dis-lui de me rendre visite au Cercle de Kumkapı. Mais sois gentil, aide mon ami.

Le préposé se rassit et consulta ses listes. *Vallahi billahi*[2], il ne savait pas quoi dire. Même s'il voulait lui attribuer le patronyme d'Özkan, il ne pourrait pas. Il avait ordre de diversifier, et, sur Özkan, il avait dépassé son quota. Il pouvait proposer Okan[3], une variante très noble, « crois-moi ».

Il se tourna vers Danilo :

— Qu'en dis-tu ?

— C'est toi qui sais, répondit Danilo.

---

1. Homme franc
2. Vraiment, par le Ciel.
3. Ce sang.

Le préposé compléta son formulaire et rendit son acte de naissance à Danilo avant de s'adresser à Gülgül. Quel était son nom ?

— Je n'en ai pas. Je suis identifié comme Mustafa Ahmetoğlu.

— Et quel patronyme te ferait plaisir ?

Il souhaitait que ce soit Gülgül, son surnom d'enfant. Et il voulait qu'*Alev*, son surnom de lutteur, soit son deuxième prénom[1].

— Magnifique ! s'exclama le préposé. *Mustafa Alev Gülgül.* Ça sonne à merveille ! C'est noté, tu peux partir tranquille.

Il sourit :

— Et toi aussi, *Okan Efendi*[2] *!*

À peine furent-ils dehors que Danilo s'arrêta. Bella avait raison. Okan, Özkan, Öztürk… De toute façon, en Turquie, ils seraient toujours des étrangers.

— Tu as franchi une étape, le consola Gülgül. C'est un pas important. Un jour, tu y penseras avec émotion.

Malgré tout, se dit-il, l'épisode avait eu un mérite. Danilo commençait à prendre conscience de la situation.

---

1. En turc, on s'adresse aux hommes en usant de leur deuxième prénom.
2. Formule protocolaire réservée aux étrangers.

Dans le bureau de Şeyh Osman,
le 27 juin

Cela faisait deux nuits qu'Osman n'avait pas fermé l'œil. Et deux jours qu'il n'avait presque rien mangé. « Je ne comprends pas, répétait sa femme, tu as toujours aimé et ma cuisine et mon corps ! »

À quoi s'attendait-elle ? Qu'il la mette au courant d'un projet qui allait changer l'Histoire ?

Et ce Hasan qui ne venait pas !

Kemal menait le pays à sa ruine morale, et le devoir de tout croyant était d'y mettre un terme. Malgré tout, cet homme avait sauvé la Turquie de l'anéantissement… Il lui avait rendu sa dignité. Ce qu'il avait obtenu à Lausanne[1] était inespéré. Comment trancher ?

D'autres questions le hantaient. Éliminer Kemal, soit. Pour mettre qui à sa place ? Ismet Inönü ? Il n'aurait d'autre ambition que d'être plus kémaliste que Kemal.

En entrant dans le jeu de Hasan, lui-même s'aventurait en dehors de la loi. Si le projet échouait, il risquait sa peau. Peut-être qu'en ancien des troupes de Kemal, Faruk

1. Traité de Lausanne, signé en 1923.

aurait fini par convaincre les *hamal* que tout cela n'était ni sage ni sérieux, que s'ils étaient de bons croyants ils se comporteraient comme tels et tout irait bien.

Mais il y avait cet intérêt que Faruk Paşa semblait mettre en lui… La possibilité de se retrouver enfin reconnu à sa vraie valeur…

Il ferma les yeux, ressentant soudain une fatigue immense. Qu'il vienne, ce Hasan maudit, se dit-il, et qu'enfin je sache de quoi il retourne.

On frappa à sa porte. C'était Hasan. Son regard était désormais celui d'un illuminé. Osman hocha lentement la tête, certain, déjà, de ce que l'homme allait lui raconter :

— Je t'écoute.

Ils s'étaient retrouvés à plus de trente dans un entrepôt de Yenikapı, en bordure de la mer de Marmara. Faruk leur avait dressé la liste des risques qu'ils encouraient en se lançant dans une telle aventure, tout en leur promettant son soutien. En abandonnant sa foi, le pays allait à sa perte. Quelles qu'en puissent être les conséquences, l'aventure devait être tentée. « Atatürk doit mourir », avait conclu Faruk.

— Nous nous donnons un à deux mois, poursuivit Hasan, selon la manière dont évoluera notre formation et les allées et venues de Kemal.

L'assassinat aurait lieu au palais de Dolmabahçe, où résidait Kemal. Depuis la rive du Bosphore, l'accès y était facile. Le portail qui séparait les jardins du détroit offrait la résistance d'un décor de théâtre. La neutralisation des gardes se ferait à la flèche, au couteau lancé depuis la rive ou au corps-à-corps dans les jardins :

— Une zone abandonnée du côté de Rümelihisar nous servira de camp d'entraînement. Plusieurs d'entre nous apprendront à escalader une façade à la corde. La chambre de Kemal se trouve au premier étage.

Le şeyh marqua un silence :

— Que pense Faruk concernant vos chances de réussite ?

— Il estime que si nous nous entraînons avec discipline, l'issue ne fera pas de doute.

Osman laissa passer un silence :

— Le paşa t'a-t-il dit quelque chose de plus précis à mon égard ?

Le portefaix n'en savait pas plus.

De : Eliza
À : Bella

Constantinople, le 28 juin

Ma chère Bella,

Tu m'as blessée en ne prenant pas mes appels ni en les retournant. Est-ce du fait de mon geste, l'autre jour ? Il se voulait affectueux. Pour être franche, il m'a semblé qu'il ne te déplaisait pas.

La vie n'a pas été tendre avec toi. Avec moi non plus, peut-être t'en dirai-je plus un jour. Je la mène comme je peux. Mes aventures passées ne m'ont pas donné la meilleure réputation. Quelques amies me font signe, de temps à autre, lorsqu'il n'y a pas de mari à l'horizon, que je risquerais de leur voler.

Je m'accroche. La photographie m'y aide. Lorsque j'entends que l'on aime mon travail, je ne me sens pas totalement inutile.

J'aurais beaucoup de plaisir à te revoir. Appelle-moi au 415 967.

Je t'embrasse,

Eliza

Au bord du Bosphore,
quartier de Bebek,
le 30 juin

— Combien de temps penses-tu qu'ils nous laisseront vivre ici ? murmura Bella, les yeux sur la rive asiatique.

— Nous ? s'étonna Gülgül.

Elle rit :

— C'est vrai, je pense à toi comme à un Juif.

— Juif, musulman, chrétien, tout me va !

— Regarde, murmura Bella.

À un jet de pierre de la berge, un pêcheur retirait sa palangre, et les maquereaux basculaient dans la barque en si grand nombre que Bella se mit à les compter. À cinquante, elle s'arrêta. Quand même, cinquante… Plus ceux d'avant, sans compter ceux d'après. La pêche miraculeuse.

Elle chercha des yeux la mosquée de Mihrima, entourée de part et d'autre de *yalı*[1] aux façades peintes de couleurs douces : gris clair, jaune pâle, rouge délavé… L'art de vivre dans la grande opulence.

— La loi sur les noms de famille devrait aider, dit Gülgül.

Il n'avait pas l'air d'y croire.

1. Maisons patriciennes construites entièrement en bois.

Elle chercha son regard :

— *Alev Bey*…

Il haussa les épaules. *Alev*, Gülgül, Mustafa… Des noms turcs, insuffisants pour faire de lui un vrai Turc aux yeux de Şeyh Osman.

— Se plaindre serait ingrat, reprit Bella. La vie ici nous a été douce pendant si longtemps.

Deux clients du restaurant la dévisageaient. Elle tourna à nouveau les yeux vers la rive asiatique, histoire de cacher sa gêne. Ces hommes la détaillaient sans vergogne. N'avait-elle pas le droit, elle aussi, de penser à une femme de la même manière ? Depuis l'épisode du tango, elle ne cessait de se représenter Eliza, chaque fois avec plus d'audace. Au réveil, elle l'avait imaginée nue, étendue près d'elle, cuisses larges et pleines, avec, plus haut, une peau soyeuse qu'à cet instant elle aurait aimé frôler des lèvres.

— Tu as choisi ? demanda Gülgül.

Elle sursauta. Elle se perdait :

— Je n'ai jamais rencontré quelqu'un d'aussi gentil que toi.

Ses yeux s'emplirent de larmes :

— Sais-tu combien tu m'as rendue heureuse ?

Il la dévisagea sans comprendre.

— Chaque fois que je te vois, je pense à la joie d'Alain quand vous « faisiez la lutte ». Lorsque tu le laissais te battre, il cherchait mes yeux et s'écriait : *Gülgül abiyi ben kazandım*[1]. Chaque fois que je pense à ces épisodes, je

1. C'est moi qui ai battu grand frère Gülgül.

suis inondée de bonheur, et puis, très vite, la tristesse me tombe dessus.

Il posa sa main sur celle de Bella :

— À t'écouter, avoir un fils doit être la plus belle chose au monde.

— Oui. Et quelquefois la plus cruelle.

Dans le bureau de Şeyh Osman,
le 4 juillet

— *Dönmé* ou pas *dönmé*, tout ça, c'est des histoires ! En Allemagne, ça n'existe pas.

Osman écoutait Faruk Paşa raconter le voyage qu'il venait d'effectuer à Berlin en compagnie de deux anciens des Dardanelles.

— Notre modèle, *Hocam*[1], c'est l'Allemagne. Un pays dont le chef honore son peuple.

Les Allemands avaient parfaitement compris le danger que représentaient les Juifs. Lorsque Faruk et ses amis racontaient à leurs interlocuteurs allemands le statut des *dönmés* en Turquie, ceux-ci éclataient de rire. Chez eux, un Juif converti restait un Juif :

— À leurs yeux, un seul grand-parent juif suffit à souiller quelqu'un. On mesure la force d'un pays aux critères de pureté qu'il s'impose.

— Tandis que chez nous…

— Ils sont partout, murmura Faruk. Et cette loi sur les noms de famille…

1. Mon professeur.

Ses traits se durcirent :

— Leurs enfants prendront des prénoms musulmans, après quoi, va savoir qui est qui.

— Et les Grecs…

— On en a renvoyé beaucoup. Mais il en reste.

Osman ne s'attendait pas à tant de virulence. Le bruit avait couru que la femme de Faruk avait entretenu une liaison avec Kemal.

— Je voudrais partager avec vous deux enseignements auxquels mes compagnons de voyage et moi avons abouti. D'abord, le peuple turc est la version anatolienne du peuple allemand. Dur à la tâche, discipliné, ambitieux et profondément attaché à son pays. Un grand peuple. Si l'Histoire nous a si souvent réunis, ce n'est pas un hasard.

Il leva l'index.

— Puis celui-ci : l'Allemagne va dominer le monde. Grâce à un seul homme. Un génie qui a compris son peuple. Il faut voir comment il prépare les Jeux olympiques. Ce sera l'événement du siècle, je vous le dis. Il va remilitariser la Rhénanie et violer le traité de Locarno au nez et à la barbe du monde entier. Savez-vous ce que vont faire les Français ?

Il joignit les extrémités du pouce et de l'index pour former un cercle.

— Notre avenir, c'est l'Allemagne. Nos peuples sont faits pour s'entendre. Rappelez-vous : 21 août 1914, accord secret avec l'Allemagne. Grâce à Talaat Paşa… Depuis, nous avons combattu côte à côte sur tous les fronts. Nous sommes frères d'armes, c'est un général qui vous le dit !

Il quitta son siège :

— Mettons toutes les chances de notre côté. Il faut voir nos amis à l'entraînement, du côté de Rumelihisar[1]. Ils sont impressionnants d'engagement. Notre projet va réussir. Hasan m'a dit qu'il vous en a donné quelques détails.

Osman le regardait, subjugué. Voilà un homme qui méritait de guider le peuple turc. Inspiré, déterminé, clairvoyant…

Faruk fit deux pas et se retourna :

— Je ne vous invite pas à venir les voir, il faut rester discrets. C'est la raison pour laquelle j'ai attendu la tombée de la nuit pour vous rendre visite. Dès que nous aurons atteint notre premier objectif et que la reconstruction du pays pourra débuter, vous serez des nôtres. Et pas pour faire de la figuration, croyez-moi.

Il lui tendit la main :

— Nous aurons besoin de personnes de votre trempe, capables de replacer le pays sur une voie conforme à ses valeurs. À bientôt.

1. Les fortifications construites en 1452 par Mehmet II, en lisière du Bosphore.

Dans le bureau de Şeyh Osman, le 11 juillet

Osman avait l'esprit agité. La visite du général remontait à une semaine. « À bientôt », lui avait-il dit en le quittant. Une semaine, c'était plus long que « bientôt ». Il avait patienté jusqu'au troisième jour, puis, en se raisonnant, un jour encore. Depuis l'avant-veille, chaque fois que le concierge frappait à sa porte pour lui annoncer une visite, son cœur bondissait. Deux ou trois fois en cours de journée, il descendait la ruelle qui menait de son bureau à la grande cour de la mosquée, guettant la silhouette du général, même si, selon toute vraisemblance, sa visite aurait lieu à la nuit tombée. « Sait-on jamais, se disait Osman. Est-ce que je connais son emploi du temps ? Peut-être qu'il décidera de venir de jour, pour mieux voir s'il est suivi. Qui sait de quelles ruses un grand général entoure ses actions… »

Durant une dizaine de minutes, il faisait les cent pas dans la cour, jetant des regards en direction de la grande porte, préparant déjà les mots qu'il prononcerait si par miracle le général faisait son apparition. « Sachez que votre projet occupe à ce point mes pensées que je dois, de temps à autre, faire quelques pas pour calmer mon impatience. »

Il s'était promis, aussi, de lui demander plus de détails sur les activités à Rumelihisar. Combien étaient-ils à s'exercer ? En combien de groupes ? Il devait y avoir coordination entre grimpeurs, archers et lanceurs de couteaux. Lui-même avait beau être un intellectuel, il n'en était pas moins à même d'imaginer l'organisation du projet. Lors de la visite du général, il s'était montré peu curieux, et voilà que soudain il le regrettait. Le général l'avait-il interprété comme une absence d'intérêt ? Ou d'intelligence ? Avait-il, de ce fait, décidé de le laisser de côté ? Osman se promit de l'interroger de manière serrée sur les aspects opérationnels du projet, d'ainsi « corriger la trajectoire » (il fut content d'avoir pensé à cette métaphore d'artillerie, le général la remarquerait sans doute avec plaisir). Cela pourrait le favoriser dans la position qui lui serait confiée par la suite. Une position qui prendrait en compte ses capacités de chef, en plus de son savoir et de son autorité morale.

À l'agitation que provoquait l'attente d'une visite qui lui dévoilerait un destin exceptionnel, une fois « l'opération » aboutie, et à l'amertume de s'être montré distant, s'ajoutait une angoisse. Quelque chose risquait de remettre sa loyauté en cause et de le figer à son poste de gardien ignoré de tous, fût-il gardien de livres. Peut-être même de le jeter à la rue… Ce coran blasphématoire qu'il avait eu la faiblesse de recevoir du mécréant Gülgül… Une fois le pays en reconstruction, si ces trois Juifs se mettaient à raconter à qui voulait l'entendre qu'il avait accepté leur cadeau maudit, il serait montré du doigt. Ostracisé. Ce naïf d'Osman, diraient les gens les mieux intentionnés.

Les autres n'hésiteraient pas à le soupçonner de jouer un double jeu. Osman ? Celui qui fait ami-ami avec les Juifs ?

Il aurait dû mettre ce Gülgül et les siens à la porte en moins de temps qu'il n'en fallait pour le dire. Il imaginait déjà les attaques personnelles. « Ce n'est pas avec des gens comme vous que nous aurions gagné la bataille des Dardanelles. »

Il repensa à ce que lui avait appris le général à propos de l'Allemagne. Là-bas, *dönmé* ou pas *dönmé*, pas moyen de se cacher. Entre un quart de Juif et un Juif, aucune différence. Un Juif restait un Juif.

Le général le lui avait confirmé, tous les Juifs allemands parlaient à la perfection la langue du pays ! Des Juifs allemands comptaient parmi les plus grands poètes. Raison de plus de se montrer sans pitié à l'égard de ceux de Turquie. Par comparaison, l'on pouvait mesurer leur arrogance. Vouloir tout régenter sans se donner la peine d'apprendre la langue, quel mépris à notre égard ! se dit Osman.

Il n'allait jamais parler de ce coran blasphématoire, mais ce voyou de Gülgül allait se vanter de l'avoir offert à la bibliothèque de la plus grande mosquée du monde. Façon de montrer qu'il était un vrai Turc... Allez-y, dirait-il, vous verrez combien mon père et moi avons embelli le Texte. Et d'après notre travail, vous comprendrez combien nous l'aimons.

Un coup frappé à sa porte le fit sursauter. Il cria fort d'entrer, tant il était impatient. Apeuré, le concierge entrouvrit à peine la porte :

— C'est la personne de l'autre jour.

Osman se sentit ivre de bonheur. Le général était de retour !

— Qu'attends-tu ? Fais entrer !

Le concierge ouvrit complètement la porte et fit pénétrer le visiteur dans la petite pièce.

L'homme qu'il avait devant les yeux était Gülgül.

Osman devint livide :

— Que cherches-tu, *dönmé* ?

Gülgül lui demanda pardon de le déranger. L'autre jour, il était parti rapidement. Il revenait prendre congé de ce volume, le voir, le caresser une dernière fois. Il incarnait l'amour que portait son père au Tout-Puissant, à son Texte sacré, et la confiance qu'il lui avait témoignée à lui, son fils, en lui demandant de participer à son écriture.

— Tu m'offres un livre et quelques jours plus tard tu le veux en retour, « pour le caresser », dis-tu... Tu ne le lâches pas, ton soi-disant cadeau. Tu sais comment ça s'appelle, ce que tu fais ? Accaparer ! La spécialité des Juifs !

Gülgül le regardait, stupéfait. Le şeyh était-il devenu fou ?

— Je l'ai détruit, ton coran, entends-tu !

— Vous avez fait quoi ?

— Un coran écrit par des Juifs, c'est un blasphème ! Toi et ton chien de père avez blasphémé. C'est vous deux que j'aurais voulu détruire !

La porte du bureau s'entrouvrit. C'était le concierge, alerté par les cris d'Osman.

— Vous avez insulté mon père, dit Gülgül, incrédule. Vous l'avez appelé chien.

— Et je l'insulterai encore, lui et tous les *dönmés* de la Terre, y compris le premier d'entre eux, dont les jours sont comptés ! Et qui ne perd rien pour attendre !

Gülgül revit son père au magasin de Danilo, en train de calligraphier, heure après heure, jour après jour, mois après mois, avec dévouement et patience. Il repensa à la douleur qu'il avait dû éprouver en n'ayant pas l'autorisation du sultan de reconnaître son fils, à son humanité, à la douceur qui avait marqué sa vie…

Il s'approcha d'Osman, le saisit sous les aisselles, le souleva et le fit basculer derrière lui par-dessus sa tête, si vite que l'autre n'eut pas même le temps de crier et atterrit face contre terre.

Hôtel Péra Palas,
au salon Kubbeli,
le 11 juillet

Bella aurait pu rester dans le tram jusqu'à la place Tünel, à deux pas du Péra Palas. Elle préféra descendre à Taksim. « Marcher un peu va m'apaiser », s'était-elle dit.

À une dizaine de mètres de l'entrée, elle s'arrêta, le temps que son cœur cesse de battre la chamade. L'avant-veille, elle avait enfin retourné l'appel d'Eliza : « On peut prendre un café, si tu veux. » Eliza avait suggéré le salon Kubbeli du Péra Palas.

Elle s'engouffra dans la porte à tambour de l'hôtel et gravit lentement les quelques marches qui menaient au salon. Un pianiste et une violoniste y jouaient une valse viennoise. Elle repéra Eliza à travers les couples qui dansaient, assise au fond de la pièce, côté jardin, guettant son arrivée. Elle s'approcha, les jambes flageolantes, et l'embrassa vite sur chaque joue. Deux petits fauteuils étaient disposés du même côté de la table, parallèles l'un à l'autre, comme pour voir le spectacle des danseurs, si bien que pour s'entendre au milieu du brouhaha, elles devaient se parler à l'oreille.

— Tu as bien fait de m'appeler, dit Eliza.

Bella ne réagit pas, les yeux sur la piste où une dizaine de couples valsaient.

Elles passèrent commande.

— Apportez-nous également quelques baklavas, lança Eliza au garçon.

Puis, se tournant vers Bella :

— Ce n'est pas raisonnable, je sais.

Elle avait parlé avec gravité, comme pour dire : avec moi, ne compte pas sur la raison. Ma règle est de laisser le plaisir avoir le dernier mot.

Elles restèrent muettes jusqu'à ce qu'on leur apporte deux petites tasses de café turc et une assiette garnie de baklavas.

Chacune saisit sa tasse, ferma les yeux et aspira l'écume du café.

— Tu as déjà goûté à leurs baklavas ? susurra Eliza à l'oreille de Bella. Ils sont irrésistibles. Laisse-toi tenter.

Bella ne bougea pas.

— Suis mon exemple.

Le chuchotement d'Eliza à son oreille la fit frissonner. Elle ferma les yeux durant quelques secondes.

— Tu es tendue, reprit Eliza. Nous sommes là depuis un quart d'heure et tu n'as pas ouvert la bouche. Tu ne crois pas que ce serait plus facile si nous nous disions les choses simplement ?

Bella fit oui de la tête.

— Qui sommes-nous, dans notre communauté ? La propriété d'hommes qui attendent d'être adulés parce qu'ils nous font l'amour en se prenant pour des dieux et nous offrent des bijoux pour montrer au monde combien ils sont formidables, à quel point ils ont réussi dans leurs affaires. Nous arrivons à nous convaincre que nous « adorons » ces bijoux (elle avait prononcé ce mot avec emphase), ce qui nous permet de penser que nous valons au moins ce que vaut un arbre de Noël. Quel est notre rôle dans cette histoire, à part les exhiber ? Aucun. Nous ne sommes rien. Nous ne savons rien. Personne, jamais, ne nous a suggéré un autre but dans la vie que d'honorer notre mari. Nous ne faisons rien, sinon donner des ordres à nos bonnes. Nous confions nos enfants à des gouvernantes, puisqu'il le faut. Que nous reste-t-il ? Comment donner un sens à nos vies ? En allant faire des achats à Paris ? En prenant un amant, pour se retrouver comme avec nos maris, à devoir supporter les mimiques d'un homme qui croit être un héros parce qu'il a déversé son sperme et attend avec impatience le moment où il pourra s'en vanter auprès de ses amis ? Est-ce que tu me suis ?

Bella hocha la tête.

Que leur restait-il pour exister ? La possibilité de nouer des liens de confiance, entre femmes qui partageaient les mêmes destins, s'entouraient et se consolaient. Et si, au sein de telles amitiés, d'autres liens, d'autres plaisirs, émergeaient, pourquoi ne pas les accueillir ?

— Je crois que je te comprends, dit Bella à l'oreille d'Eliza.

— Enfin j'entends ta voix !

Soudain, Bella chercha son regard et planta ses yeux dans les siens :

— La vie n'a pas été tendre avec toi, m'as-tu écrit. As-tu perdu quelqu'un ?

Eliza soutint son regard.

— Non. Ne comparons pas l'incomparable.

L'un des nombreux instants insoutenables qui avaient constellé son enfance lui revint en mémoire. À l'âge de douze ans, elle avait attrapé la rougeole. Le docteur Mendel, le médecin de famille, était venu l'ausculter et lui avait demandé d'ôter le haut de son pyjama. Elle avait refusé. Pourquoi son père avait-il insisté pour rester dans sa chambre durant la consultation ? Le médecin avait réitéré sa demande. « Comment veux-tu que je t'ausculte si tu gardes ton pyjama ? » Elle n'avait pas bronché. Mendel l'avait observée avec attention, puis avait tourné son regard vers son père, avant de s'adresser de nouveau à Eliza : « Tu préférerais que ton père quitte ta chambre ? » Elle avait répondu d'un petit « oui » qui avait eu de la peine à sortir. Sans un mot, son père avait quitté la pièce. Après qu'elle se fut déshabillée, le docteur lui avait demandé : « Est-ce qu'il y a quelque chose que tu voudrais me dire ? » Elle avait secoué la tête. « Tu n'as rien d'important à me dire, tu es sûre ? » Elle avait baissé les yeux.

— Rien n'est comparable à ce que tu as vécu, reprit Eliza. Je n'ai pas perdu un enfant. Nous parlerons du reste une autre fois.

Elle se servit d'un deuxième baklava, profita d'un moment où les deux musiciennes faisaient une pause, se tourna vers Bella et, posant un doigt sur sa joue, lui fit tourner la tête, de façon à pouvoir la regarder dans les yeux :

— Viens à Büyükada. Nous irons déjeuner au Club. Je te montrerai mon atelier de photographie. Et n'aie aucune crainte, tu pourras t'enfuir quand tu voudras.

Elle sourit.

— J'aimerais rentrer, dit Bella.

— Vas-y, *canım*[1]. Je reste encore quelques minutes.

Elles se levèrent, s'embrassèrent, et Bella quitta le Kubeli Salon en se demandant si ses jambes la soutiendraient jusqu'à la sortie.

1. Mon âme (en turc). S'emploie couramment.

Palais de Justice de Sultanahmet (ancien palais d'Ibrahim Pacha), le 12 juillet

Gülgül avait d'abord été placé en garde à vue au commissariat de Tophane, dans un cagibi où il ne pouvait ni s'asseoir ni se tenir debout. Il y régnait une puanteur faite d'un mélange d'urine, de matière fécale et de vomi. La blessure de Cheikh Osman avait nécessité son hospitalisation, et l'affaire avait pris une tournure grave. Gülgül avait été transféré au Palais de Justice, où il s'était retrouvé dans une cellule dont l'odeur rappelait celle du cagibi. Il s'assit par terre, le dos contre un mur de pierre, et attendit durant de longues heures, contraint de faire ses besoins dans un coin de la pièce.

Il n'avait aucun regret. Impossible de laisser insulter son père sans réagir. Durant son interrogatoire, sous le choc de ce qui s'était passé à la bibliothèque, il n'avait pas pris la mesure de ce que le şeyh avait hurlé à propos de Kemal. Il avait bel et bien parlé « du premier d'entre eux ». À qui se référait-il, sinon à lui ? Ses adversaires les plus acharnés le considéraient comme un *dönmé*. Oui, c'était bien cela. Le souvenir se précisait. Il avait dit, parlant de son père, « lui et tous les *dönmés*, y compris le premier d'entre eux »... Et il avait ajouté : « dont les jours sont comptés ».

Maintenant, il en était sûr. Osman Bey avait bel et bien prononcé ces mots.

*

— Suis-moi, dit le gardien.

Après avoir gravi deux volées de marches de pierre grise, étroites et malodorantes, ils atteignirent le rez-de-chaussée et grimpèrent deux montées encore, celles-ci de marbre rose.

Au palier, le gardien s'arrêta devant une grande porte et se tourna vers Gülgül :

— C'est le bureau du juge d'instruction. Tâche de bien te tenir.

La pièce dans laquelle Gülgül pénétra était si éclairée qu'il dut se protéger les yeux.

— Prends place, lança une voix.

Il distingua une chaise devant lui et s'en approcha.

— Assieds-toi, ajouta la voix.

Enfin il distingua son interlocuteur, un homme dans la soixantaine. Il portait une chemise blanche à col cassé ornée d'un nœud papillon, copie des tenues de Kemal que l'on voyait partout.

— Qu'est-ce qui t'a pris ? demanda l'homme, toi, notre héros national ?

— Ma colère était celle d'un fils qui défend la mémoire de son père. Rien d'autre.

— Tu as commis un acte pour lequel tu seras sévèrement puni. Osman Bey est sorti ce matin de l'hôpital avec un nez cassé. Nous en reparlerons. En attendant, décris-moi ton coran.

Gülgül en précisa les caractéristiques principales : nombre de lignes par page, nature des ornements dans les marges, couleur des encres, position et importance des enluminures...

— Osman Bey t'a dit qu'il l'avait détruit pour te faire enrager. Nous l'avons retrouvé.

Ainsi, ce misérable n'avait pas seulement insulté la mémoire de son père. Il avait menti sans vergogne.

— Quand tu sortiras de prison, Dieu sait quand, si l'envie t'est restée, tu pourras aller le caresser, puisque c'est ce que tu voulais, selon Osman Bey.

— J'ai autre chose à vous dire, dit Gülgül.

Était-ce important ?

Gülgül lui répondit en lui demandant, à son tour, s'il avait le sentiment qu'à un quelconque instant, soit la veille, lorsqu'il était interrogé par le commissaire de police, soit face à lui, il avait menti.

— Je ne crois pas, répondit le juge. Tu as l'air d'un homme franc. Et puis, tu es notre champion national. Le héros de notre jeunesse. Parle.

Palais d'Ibrahim Paşa,
temporairement Palais de Justice
de Sultanahmet,
le 13 juillet

Interrogé par le juge sur les visiteurs des derniers jours, le concierge de la bibliothèque avait mentionné le nom de Faruk Paşa. L'ancien des troupes d'Anatolie ? Bizarre qu'il vienne rendre visite à Osman, s'était dit le juge, l'homme a été mis à l'écart par Kemal et son amertume à l'égard du président est connue. Ce que lui avait raconté Gülgül n'était donc pas dénué de tout fondement.

« Mais enfin, avait lancé le juge à Osman, l'idée ne t'a pas traversé l'esprit qu'en fricotant avec des imbéciles comme Faruk, tu agissais à l'encontre du bonheur de ta patrie ? » Osman avait réagi avec révolte aux mots de ce juge qui brisait son rêve. « Faruk Paşa est un patriote, pas un imbécile ! » Il avait suffi au juge de poursuivre sur cette voie durant quelques minutes pour qu'Osman s'enferre, s'écroule et avoue.

Cet idiot s'est lancé dans un complot à dormir debout, se dit le juge, imaginé par des *hamal* du Bazar et adoubé par un général à la retraite dévoré par l'envie de se venger. Si lui-même avait appris une chose et une seule après une vie passée à juger les hommes, c'était que la vanité finissait toujours par anéantir la raison.

Début d'un article en première page du Cumhuriyet *du 14 juillet 1935*

COMPLOT CONTRE NOTRE PRÉSIDENT

Une tentative d'assassinat contre notre président vient d'être déjouée

Plus de trente-cinq arrestations.
Le Bazar sous le choc.
Un ancien général sous les verrous

C'est à une suite de coïncidences et à l'intuition du juge Muratoğlu que nous devons une spectaculaire réussite de nos forces de police.

L'affaire elle-même se présente comme un roman dont les personnages sont des célébrités :

Mustafa Alev Gülgül, *le premier d'entre eux, héros national, ancien multiple champion de lutte, directeur de notre équipe en vue des Jeux olympiques de Berlin.*

Faruk Paşa, ancien général de la guerre d'Anatolie aux côtés de Kemal Paşa.

Şeyh Osman, directeur de la bibliothèque de Süleymanié, un savant reconnu.

Davut Muratoğlu, président des juges d'instruction au Tribunal de première instance.

Ajoutons qu'un manuscrit exceptionnel, copie calligraphiée du Coran, a joué un rôle de premier plan dans cette affaire. Que s'est-il passé ?

Le journal racontait sur la totalité des pages 2 et 3 le détail des événements, et concluait par ces mots :

Notre immense reconnaissance va à Mustafa Alev Gülgül. Grâce à lui, le complot visant le Père de la patrie a été déjoué.

Retour au Bazar,
le 15 juillet

Au moment où Danilo quittait le Panoréa, il entendit un vendeur de journaux ambulant qui s'époumonait sur le trottoir d'en face :

— Complot déjoué grâce à un champion ! Mustafa Alev Gülgül sauve notre président !

Il traversa la rue, lui acheta un journal et le déplia avec fébrilité. Un coup d'œil rapide, se dit-il, le reste dans le tram. Mais il fut incapable d'une telle patience lorsque son regard tomba au milieu de la page 2, sur un cartouche intitulé : *Qui est Mustafa Alev Gülgül ?*

Adopté par Ahmet, le chef pâtissier de Vahdettin Mehmet VI, Mustafa Alev Gülgül est le fils naturel de Musa Bey, calligraphe du sultan, lui-même dönmé, *cousin germain de Danilo Benveniste, le fameux antiquaire du Bazar, qui porte désormais le patronyme d'Okan.*

C'était dans la boutique de ce même Danilo, poursuivait l'article, qu'avait été calligraphié le coran ayant permis d'éventer le complot.

Danilo en ressentit un plaisir embarrassé. Pour la première fois, la presse dévoilait son lien de sang avec Gülgül. Se pouvait-il qu'un peu de la gloire du cousin rejaillisse sur lui ?

Dans le tram bondé, les passagers ne parlaient que du complot. Gülgül avait sauvé le pays.

Une voix se fit entendre, quelques mots hésitants à peine murmurés :

— Il a gagné aux Dardanelles, d'accord. Mais depuis, il a fait beaucoup de mal.

Un fonctionnaire, sans doute, se dit Danilo, à voir sa mine. Ou un employé de bureau. Un monsieur Tout-le-Monde, pas un révolutionnaire.

L'homme à l'oreille de qui il avait murmuré hocha lentement la tête puis, d'un geste rapide, leva l'index à la verticale. L'autre baissa les paupières et ne dit plus rien.

Danilo descendit à Eminönü et prit le 12, qui menait à Çemberlitaş. Là encore, les conversations portaient toutes sur le complot. Les seules personnes qui ne s'exprimaient pas lisaient un journal. Au moment de replier son *Cumhuriyet*, Danilo entendit un homme murmurer : « *Yazık*, dommage. »

Il commença à prendre peur.

À l'entrée du Bazar, porte de Nuruosmaniyé, il s'arrêta chez le marchand de *simits*. Lorsque celui-ci l'aperçut, il lui tourna le dos.

L'homme le connaissait depuis toujours. Qu'est-ce qui lui prenait ?

Danilo contourna l'étal et fit face au marchand. L'autre baissa les yeux.

— Deux *simits*, dit Danilo, aux aguets.

Le marchand se mit à respirer fort, sans bouger.

— Je te prends deux *simits*, répéta Danilo.

— Trente *hamal* sont en prison, chuchota le marchand. Des amis, pour beaucoup d'entre eux. Et pourquoi ? Parce qu'ils se sont montrés attachés à l'islam. Si l'un des *hamal* me voit te servir, je serai cloué au pilori.

Danilo le regarda, terrifié.

— Je ne suis pas seul à penser ainsi, reprit le marchand. Sois prudent.

Alors que Danilo s'éloignait du vendeur de *simits*, un *hamal* le bouscula d'un coup d'épaule. Un passant l'aida à se relever.

Il reprit son chemin en rasant les murs. Arrivé devant sa boutique, il faillit s'évanouir. Sur la vitrine, une étoile de David avait été peinte en blanc, à larges coups de brosse.

Palais de Dolmabahçe,
au premier étage,
le 16 juillet

Vingt fois, Kemal avait hésité. Fallait-il modifier la décoration du couloir qui menait du salon des Ambassadeurs à son cabinet privé, restée la même depuis le départ de Vahdettin ? Une douzaine de tableaux y étaient accrochés, qui décrivaient des scènes de chasse, des allégories ou des paysages bucoliques, tous dus à des peintres européens. Rien de turc.

Le lieu était fréquenté au quotidien par des dignitaires étrangers, des ministres, des chefs d'entreprise et de hauts fonctionnaires turcs qui devaient considérer ce « fatras sirupeux » comme un rappel humiliant des tentatives d'occidentalisation du pays par les derniers sultans, ou, pire, de l'occupation de Constantinople par les Alliés. Il leur fallait autre chose. Des miniatures ottomanes, des tableaux de peintres locaux, quelques carreaux d'Iznik...

Fallait-il être sot pour le construire en lisière du détroit ! Une véritable invitation à le prendre d'assaut. L'œuvre d'Abdülmecid, le sultan qui préférait la douceur des rives du Bosphore à l'atmosphère militaire du palais de Topkapı, incarnait la faillite de l'Empire ottoman.

Pourtant, cette décoration ne déplaisait pas à Kemal. Là était son souci. Se sentir à l'aise alors qu'il était entouré de tout ce qui « faisait européen » le mettait dans l'embarras. Était-il au diapason de son peuple ?

*

Dès qu'il poussa la porte de son cabinet, suivi de Zafer Kozlu, un majordome fit entrer deux personnes à sa suite, le doyen des juges d'instruction, Davut Muratoğlu, et Taner Bilgiç, le chef du Renseignement. Kemal les invita à prendre place et resta quelques instants silencieux, le menton appuyé sur ses mains jointes, les sourcils froncés :

— Je voudrais que chacun de vous me fasse son rapport. Toi, Davut, sur Şeyh Osman, puis toi, Taner, sur ce Gülgül, et enfin toi, Zafer, sur l'état d'esprit de l'armée après l'arrestation de Faruk et d'Osman. Je vous écoute.

Le juge d'instruction n'y alla pas par quatre chemins. Osman était un crétin pompeux :

— Faruk lui a sans doute fait miroiter un avenir glorieux et il a cédé aux sirènes. Son amertume devait être immense pour qu'il se lance dans une aventure aussi stupide. Ce qui me paraît préoccupant, c'est cette frustration, si grande qu'elle l'a poussé à tout risquer.

Kemal hocha la tête et s'adressa à Taner :

— Je me suis souvenu de ce nom, un peu ridicule, Gülgül... Il avait gagné un championnat en 1926, je crois... L'année où je m'étais rendu à San Remo rencontrer le sultan en exil. Gülgül venait d'être nommé directeur technique de nos lutteurs quand cette affaire a éclaté. Je me souviens qu'une image m'avait traversé l'esprit, celle de la Sainte-Trinité. Ce garçon est musulman, de père juif et de mère chrétienne. C'est bien ça ?

Taner confirma. Kemal se tourna vers le juge :

— Zafer m'a dit que vous avez retrouvé le manuscrit du Coran.

— Il est dans mon coffre, au tribunal. C'est une œuvre exceptionnelle.

— Zafer, lança Kemal, que pensent nos soldats ?

— Vous leur avez rendu leur dignité. Ils vous adulent. Ce sont les imams qui sont mécontents.

— Un mot encore, si vous permettez, fit Taner. Je vous dois cette vérité : beaucoup de nos compatriotes vivent mal la modernisation du pays. À leurs yeux, la sécularisation n'est rien d'autre qu'un abandon de nos valeurs traditionnelles. Autant rester prudent. Ce palais est le contraire d'une forteresse, vous le savez. Faruk et ses *hamal* auraient pu réussir leur coup.

Lui et Zafer avaient évoqué des lieux de résidence plus difficiles à investir :

— Nous avons conclu que le Péra Palas est sans doute celui où, de nuit, vous serez le plus en sécurité. Il est sur un rocher, imprenable comme l'était Topkapı, et facilement contrôlable. Le fait qu'il soit fréquenté permet de placer des gardes à peu près partout, fondus dans la foule.

— C'est entendu, fit Kemal. J'irai dormir là-bas.

Île de Büyükada, villa Capri,
le 17 juillet

Eliza avait passé sa journée à développer les rouleaux des dernières semaines. Elle fit cinq planches-contacts, choisit une dizaine de prises, en tira des agrandissements et n'y trouva rien qui lui plût. Déçue, elle se prépara un *rakı* et s'étendit sur l'un des canapés de sa terrasse. Klara, une connaissance du Club, viendrait une heure plus tard se faire photographier.

Sa visite arrivait à un mauvais moment. Toutes les pensées d'Eliza la ramenaient à Bella. Elle n'avait jamais connu de femme aussi attachante. Lorsqu'elles s'étaient retrouvées au salon Kubbeli, Bella mourait d'envie de recevoir sa caresse, elle le sentait. Si elles avaient passé la soirée ensemble, elle aurait fondu de plaisir. Mais Bella était fragile. Elle pouvait aussi bien franchir le pas que rebrousser chemin. Elle-même perdait pied. Pour la première fois, elle n'était plus une séductrice mais une amoureuse.

Elle but le reste du *rakı*, ferma les yeux et s'imagina faisant découvrir à Bella le plaisir qu'une femme sait donner à une femme. Maintenant, Bella l'embrassait sans retenue, la caressait, par gestes audacieux.

Elle reprit confiance. Bella finirait bien par venir à Büyükada.

Elle pensa à ce Gülgül, qui semblait la fasciner... Gülgül martyre, Gülgül héros... En plus, cette affaire de coran lui donnait le beau rôle. Il y avait aussi le passé... Gülgül faisant la lutte avec Alain... Un souvenir pour lequel Bella lui serait reconnaissante à jamais.

Au salon Kubbeli, elle-même avait été à deux doigts de s'ouvrir sur ce qu'elle avait subi. À partir de quel âge son père avait-il insisté pour être celui qui chaque soir la mettait au lit ? Cinq ans ? Six ? Un soir, à treize ans, à son approche, elle s'était mise à hurler. « Calme-toi, lui avait dit sa mère, arrivée en courant dans sa chambre, ton père est très fatigué, il s'est trompé de porte. » Il ne l'avait plus touchée.

Elle s'était mariée sur l'insistance de sa mère, à vingt-neuf ans, un âge canonique, par comparaison à l'usage : « Sinon tu vas finir ta vie seule ! » À l'époque, elle venait de rompre avec une couturière turque musulmane, de quinze ans son aînée. L'homme que sa mère lui proposait d'épouser semblait inoffensif et l'était vraiment. Elie Koen, veuf depuis peu, n'avait pas de famille. Il avait en revanche du bien, et même beaucoup, une usine qui fabriquait des boutons et tournait à plein régime. Il cherchait une compagne agréable et présentable. Eliza se fit une raison, l'épousa et, trois ans plus tard, se retrouva veuve et riche. Deux tentatives de remise en couple avec des membres de la communauté se soldèrent par des échecs. Ses partenaires étaient tous d'un âge et d'un rang tels qu'ils estimaient avoir plus de droits que d'obligations. Elle-même s'était embarquée dans ces aventures sans y croire. Sans mettre de côté, non plus, son goût des femmes. Faire l'amour avec un homme, soit. Le faire avec un homme fatigué, soit encore. Mais faire chaque fois semblant, non. Ses fréquentations féminines lui procuraient des bonheurs plus sûrs. Elle avait alors repris son pli naturel, et tant pis pour ce que pouvait penser d'elle la communauté, qui n'était du reste pas avare en clientes. À Büyükada, son atelier de photographie lui permettait de recevoir, de dénuder et de séduire autant qu'elle le souhaitait. Les candidates ne manquaient pas. « Je voudrais un souvenir de mon corps avant qu'il ne soit trop tard », disaient-elles en substance. Prélude à une étreinte avec Eliza, connue pour son savoir-faire et sa disponibilité.

Elle pensa à Klara, qui viendrait dans quelques instants. Elle avait un joli corps... Dans d'autres circonstances, peut-être.

Ses pensées retournèrent à Bella. Sans doute fallait-il qu'elle laisse passer une semaine ou deux avant de la relancer.

Elle quittait son canapé pour se préparer un autre *rakı* lorsqu'elle entendit Klara qui l'appelait depuis la rue.

*

— Tu prends un *rakı* ?

— Mon Dieu, non ! s'exclama Klara.

Elle n'en avait jamais bu de sa vie. C'était une boisson d'homme !

— C'est pour cela que j'aime en boire, répondit Eliza. Je te prépare un *vişne*[1].

---

1. Jus de griottes.

Klara quitta son fauteuil et s'approcha de la rambarde. La nuit n'était pas tombée tout à fait et, en plissant les yeux, elle distingua devant elle l'île de Heybeli, et plus au large, cachée derrière elle, celle de Burgaz. Le paysage était d'une sérénité émouvante. Elle porta son regard sur sa droite. Dans le bleu de la nuit, la côte asiatique était à peine visible.

— Tu admires ? lança Eliza.

« Le plus beau pays du monde », « le paradis sur terre », « un pays de lait et de miel »... Eliza entendait ces expressions depuis qu'elle était enfant. Pour ce qui était de la géographie, elles disaient la vérité. Pour le reste...

— C'est féerique, dit Klara.

Elle secoua lentement la tête, le regard flou :

— Le temps passe tellement vite...

Eliza leva son verre :

— Parlons de toi, de ta visite. Que souhaites-tu, comme photo ?

Elle venait d'avoir quarante ans. Elle était trois fois grand-mère. Son mari ne la regardait plus.

Elle haussa les épaules en un geste de dépit :

— J'aimerais quelques photos que je pourrais regarder dans cinq ou dix ans, et me dire : c'était moi.

Eliza l'observa. Petite de taille, un peu forte, sans doute, mais harmonieuse. Des jambes courtes mais fuselées, de petites fesses rondes haut perchées, elle l'avait noté à son arrivée. Une poitrine un peu large mais « appétissante », selon l'expression dont elles usaient entre amies. Un lokoum.

— Ma chérie, tu ferais les délices de n'importe qui ! Alors dis-moi. Tu veux des portraits ? Une photo debout ?

Klara chercha son regard :

— Je veux que tu photographies mon corps.

— J'ai compris, dit Eliza.

Elle installa ses deux projecteurs au salon et demanda à Klara de venir s'asseoir :

— Avant le corps, ce sera le visage. Quand je t'observe dans la lunette de mon Rolleiflex, ce n'est pas toi que je vois mais une image de toi, celle qui sera sur la photo. Elle m'aide à mieux te connaître.

Elle fit trois prises, des 6 × 6 carrées, ce qu'il fallait pour du portrait, les yeux plongés sur la boîte carrée. Se sentant moins observée, Klara promenait son regard sur les murs de la pièce. Eliza y avait accroché une dizaine de nus dont on ne voyait pas le visage.

Pendant qu'elle guettait les expressions de Klara, elle détailla ses traits. Ils étaient fins, trop à son goût, en contraste avec un corps très sensuel. Lèvres minces, visage trop étroit, nez délicat très busqué…

Que cherchait cette femme ? Tourner la page ? S'accrocher à ses photos, pour se dire qu'un jour elle avait été jolie ? Cesser de faire attention à son poids et vivre sa vie de grand-mère ? Avait-elle autre chose en tête ? Elle ne serait pas la première à prétexter une envie de photos pour ensuite faire l'amour, souvent pour la première fois.

— J'ai assez de prises pour les portraits. Va dans ma chambre à coucher et déshabille-toi. Tu gardes ce que tu veux. Pour que les photos soient réussies, il faut que tu te sentes à l'aise.

Elle retourna sur la terrasse, se servit un troisième *rakı*, s'assit et en but la moitié d'une traite, l'esprit vagabond. Pourquoi fallait-il que ce soit cette femme qui l'attende plutôt que Bella ? C'était elle qu'elle aurait voulu retrouver dans sa chambre. Son corps qu'elle aurait voulu tenir dans ses bras. Ses lèvres qu'elle aurait voulu mordre.

Elle ferma les yeux, s'imagina embrassant le corps de Bella tout entier, le cou, les seins, le ventre…

Elle s'oublia, puis brusquement pensa à Klara qui l'attendait depuis un quart d'heure. Elle la trouva étendue, vêtue d'un soutien-gorge et d'une culotte.

— Tu ne veux pas tout enlever ?

Autant en finir aussi vite que possible.

Palais de Dolmabahçe,
dans le cabinet privé du président,
le 18 juillet

— La voici, notre Sainte-Trinité ! s'exclama Kemal.

Visiblement ravi, il quitta sa chaise, vint serrer la main de Gülgül et s'adressa aux militaires assis à sa table de conférence :

— Je vous présente notre citoyen modèle. De père *dönmé* et de mère chrétienne, lui-même croyant, calligraphe et champion de lutte, qui évente un complot visant à m'éliminer… Vous pouvez l'applaudir.

Une heure plus tôt, deux militaires s'étaient présentés devant la cellule de Gülgül :

— Suis-nous.

Éberlué, encadré de soldats, il quittait Sultanahmet sans l'ombre d'une formalité et se retrouvait à la place passager d'une Jeep qui le conduisit devant l'immeuble Panoréa.

— Va te laver et te changer, lui avait dit celui qui conduisait. Ne tarde pas.

Une demi-heure plus tard, la Jeep l'amenait au palais de Dolmabahçe. Là où il avait passé les dix-huit premières années de sa vie.

— Alors, dit Kemal lorsqu'ils furent seuls, quel effet ça fait de retourner à son enfance ?

Les miniatures du sultan avaient quitté les murs, remplacées par des photographies de campagnes militaires. L'atmosphère n'était plus la même. Au fond de la pièce, il reconnut la porte qui menait au bureau du scribe, là où son père lui avait enseigné la calligraphie.

— Suis-moi, dit Kemal.

Précédés de deux gardes, ils traversèrent le palais. Kemal donnait des explications sur tel ou tel élément de décoration : « Ce tissu de soie est un brocart. Voici un lustre de cristal de Baccarat. As-tu remarqué le biseau de ce miroir ? Cet objet ravissant s'appelle une jardinière. Celle-ci est en porcelaine de Limoges. »

Lui-même ne savait pas sur quel pied danser dans ce palais, raison pour laquelle il questionnait Gülgül.

Il souhaitait qu'un champion de lutte, turc jusqu'à la moelle, trouve lui aussi l'art européen à son goût. Cela l'aurait apaisé dans ses contradictions. Il s'était installé à Dolmabahçe douze ans plus tôt, porté par une ambition folle : transformer un pays asiatique, religieux et moribond en État laïc et occidental... Il avait depuis subi le paludisme à répétition, l'asthme, la diphtérie, l'eczéma purulent, sans oublier ses coliques néphrétiques qui lui faisaient vivre l'enfer. Il savait qu'un risque de cirrhose le menaçait. Il fumait huit paquets de cigarettes par jour. Aurait-il le temps ?

Lorsqu'ils retournèrent à son cabinet privé, il interrogea Gülgül :

— Que penses-tu de toutes ces merveilles, toi qui as grandi dans les sous-sols du palais ?

— *Gazi Hazretleri*[1], j'ai grandi dans cette maison. Qu'y ai-je appris ? Au sous-sol, le *yâğlı güreş*[2], et dans la pièce voisine à celle-ci, la calligraphie ottomane. Rien, pour moi, ne vaut notre héritage ottoman. Ce qui est européen est peut-être magnifique, mais ce n'est pas mon monde.

Kemal resta coi. Gülgül était plus turc que le sauveur du pays. Aurait-il dû réfléchir avant de s'évertuer à faire de la Turquie une nation européenne ? S'était-il perdu dans ses chimères ?

— Je ne t'ai pas fait une faveur en te libérant, dit-il, soucieux de changer de sujet. Je t'ai rendu justice. Cet Osman a insulté ton père, tu as défendu son honneur et tu as bien fait. Le droit et le devoir de chaque Turc est de vivre dans la dignité.

Gülgül savait-il ce que tous les écoliers du pays récitaient désormais chaque matin, dans la cour de leur école, pendant qu'un premier de la classe hissait le drapeau national ?

Gülgül secoua la tête.

— *Türküm. Doğruyum. Çalışkanım*[3]. Je veux que chacun dans ce pays se sente turc. Qu'il y associe les qualités sur lesquelles a été bâtie notre histoire que tu portes si magnifiquement.

Kemal resta pensif quelques instants, les yeux sur le détroit :

---

1. Votre Éminence le Victorieux.
2. Lutte traditionnelle turque.
3. Je suis turc. Je suis droit. Je suis travailleur.

— Nous rêvons tous d'un peuple cimenté, prêt au sacrifice. Osman et ses affidés comptaient sur la religion. Il n'y a rien de plus dangereux. Un homme politique qui a besoin de s'appuyer sur une religion pour gouverner entraîne le pays sur une voie dangereuse. C'est la raison pour laquelle j'ai créé le Diyanet[1]. Pour avoir la main haute sur ce qui se dit dans les mosquées. J'ai imposé la laïcité et, comme ciment de notre peuple, j'ai choisi notre belle langue turque. Tu le vois comme moi, nos compatriotes juifs, grecs ou arméniens la parlent souvent très mal. Pourquoi ai-je lancé cette campagne, *Citoyen, parle turc* ? Nos minoritaires se comportent en étrangers. Ils restent entre eux, fréquentent leurs écoles et se mettent en marge du peuple qui est l'âme de ce pays.

Il s'approcha de l'une des photographies accrochées au mur :

— Deux cent cinquante mille de nos soldats sont morts aux Dardanelles. Grâce à eux, nous avons infligé une défaite historique à ces chiens de Britanniques. Imagine une armée turque avec dans ses rangs des citoyens qui ne parlent pas même la langue. Ou très mal. Pourquoi voudraient-ils mourir ?

Douze ans après la proclamation de la République, le pays était-il uni ? Pouvait-il compter sur l'Occident pour reconnaître ses efforts ? Sûrement pas. Depuis quand les Européens comprenaient-ils l'Orient ? Depuis jamais. Il raconta à Gülgül les accords Sykes-Picot. En 1916, deux ans avant l'armistice, ils se partageaient la dépouille de

1. Direction des Affaires religieuses.

l'Empire ottoman, comme un boucher taille les bons morceaux d'une bête. Et ce préambule de la conférence de San Remo, quelques années plus tard, qui lui restait en travers de la gorge… Rien que d'y penser le mettait en colère. Le mandat de la Société des Nations stipulait que la mission des États « mandataires » (terme plus élégant que « colonisateurs) était de mener les peuples qui lui étaient soumis « jusqu'à leur majorité », ces peuples n'étant pas capables « de se diriger eux-mêmes dans les conditions extrêmement difficiles du monde moderne ». Il était convenu de confier leur tutelle « aux nations qui, en raison de leurs ressources, de leur expérience ou de leur position géographique, sont les mieux à même d'assumer cette responsabilité et consentent à l'accepter ». Il revenait au colonisé de remercier son colonisateur…

Voilà pourquoi, aux yeux de l'Occident, la Turquie serait toujours un pays de deuxième rang. Et le traité de Sèvres ? Même scénario que Sykes-Picot. On se partage la bête… S'il n'avait pas remporté la guerre d'Anatolie, il n'y aurait plus de Turquie.

Gülgül l'écoutait, sidéré autant par l'attention que lui portait le président que par la noirceur du tableau qu'il lui présentait.

Les minoritaires ne rêvaient que d'une chose, poursuivit Kemal : passer pour Européens. Surtout, ne pas être pris pour Turcs. Là était le drame. Il n'y avait de voie que le nationalisme. Pourtant, lui-même, qu'était-il, sinon un cosmopolite jusqu'au bout des ongles, né à Salonique, dans la plus cosmopolite ville d'Europe, et élevé par un *dönmé* ? Peut-être était-ce pour cela que le « fatras sirupeux » de

Dolmabahçe de lui déplaisait pas. Mais dans cette lutte entre son rêve d'Occident et la réalité du pays, il s'était égaré dans ses contradictions. Sa passion de faire de la Turquie un État moderne l'avait emporté sur la raison.

Gülgül, lui, était dans le vrai. Il n'y avait pas sport plus turc que la lutte. Ni art plus ottoman que la calligraphie. La présence de Gülgül l'avait aidé à établir un constat terrifiant : son désir était un leurre.

— Aide-moi à accomplir une tâche d'importance nationale. Nous sommes un peuple connu pour sa force. Fais en sorte que, l'année prochaine, nos lutteurs rentrent de Berlin avec des médailles. De très nombreuses médailles.

Gülgül eut une moue dubitative.

— Tu doutes de toi ?

Il craignait des réactions. Son témoignage avait envoyé Osman en prison. Dans les rangs des lutteurs nationaux, beaucoup étaient religieux... Comment allaient-ils l'accueillir ?

— Je pensais donner ma démission, ajouta Gülgül.

— Je te l'interdis. Et maintenant, suis-moi, reprit Kemal. J'ai quelque chose à te montrer.

Il se dirigea vers l'ancien bureau de Musa et ouvrit grand la porte :

— Ça te rappelle quelque chose ?

Gülgül reconnut la table de calligraphie de son père. Deux volumes y étaient posés, le coran qu'il avait remis à Şeyh Osman et un autre, plus épais.

— C'est le *Surnâmé*, reprit Kemal. Reconstitué jusqu'à la dernière des miniatures manquantes. Le chef-d'œuvre absolu de l'art ottoman. Je suis moi-même allé le remettre à Vahdettin, notre dernier sultan, alors qu'il était en exil à San Remo. Le soir même, il mourait. Sais-tu qui l'a ramené au palais ?

Les yeux dans ceux de Kemal, Gülgül secoua la tête.

— Ton père. C'est à lui que nous devons de l'avoir récupéré. Ces deux chefs-d'œuvre resteront ici, côte à côte.

Il vit les yeux de Gülgül se brouiller et lui pinça la joue, le geste d'affection d'un caporal à son soldat.

Immeuble Güneş, chez Bella,
le 21 juillet

Après une nuit sans sommeil, Eliza avait pris le premier bateau et s'était retrouvée à Galata, déboussolée, en proie à un besoin violent de voir Bella, de la toucher, de lui parler. *Qu'ai-je à perdre ?*

Elle se tenait sur le pas de la porte, hagarde :

— Je ne veux pas perturber ta vie, et pardonne ce que je vais te dire. Je crois que je suis amoureuse de toi. C'est un sentiment que je n'ai jamais connu à l'égard d'une femme.

Elle poussa un soupir de dépit. À l'égard d'un homme non plus.

Bella la regardait, figée.

— Je crois que tu es la plus belle personne au monde, poursuivit Eliza. La plus douce. La plus délicate. Tout en toi me bouleverse.

Elles se regardèrent en silence.

— Je viendrai à Büyükada, dit enfin Bella.

Eliza s'approcha d'elle et l'embrassa sur les lèvres.

Bella posa les mains sur les seins d'Eliza et les serra durant quelques instants, avant de la repousser doucement :

— Pars, s'il te plaît.

Cercle de lutte de Kumkapı, le 21 juillet

Lorsqu'il vit deux policiers franchir le seuil du Cercle, Şükrü, le gardien, crut défaillir. C'en était fini de lui, de sa vie et de celle des siens. Sa femme l'avait pourtant mis en garde : « *Şükrücüm*[1]... Ne va pas te mêler de ces histoires ! Tu verras qu'elles finiront mal. » En règle générale, la raison et la prudence le guidaient. Mais il arrive que des accidents forgent une amitié, comme celle qui le liait à Hasan, et que cette amitié pousse à se montrer solidaire au-delà du raisonnable.

Celle entre Sükrü et Hasan remontait au temps où ils étaient tous deux *hamal* au Bazar. Un jour qu'ils transportaient à deux un plateau de marbre, un chien errant avait mordu Hasan. Celui-ci avait lâché le plateau, qui était tombé sur le pied de Şükrü. Impossible de rester *hamal* avec un pied écrasé. Une place de gardien était ce qu'il pouvait trouver de mieux. Depuis, Hasan n'avait pas fini de trimballer sa culpabilité. Le Bazar n'étant qu'à deux pas du Cercle, il venait souvent s'asseoir aux côtés de Şükrü, histoire

1. Mon petit Şükrü.

d'apaiser sa conscience. Ces visites comblaient Şükrü. Le jour où son ami était venu le solliciter, aurait-il pu ne pas soutenir un « projet qui allait changer le monde » ? D'autant que la démarche de son ami était juste. Kemal avait coupé le pays de ses racines, il fallait mettre fin à ce scandale.

Ainsi, lorsque Şükrü vit les deux policiers passer la porte du Cercle, il se dit que Hasan avait dû être interrogé *a-la-turka*, c'est-à-dire avec « efficacité », comme savait le faire la police, qu'il avait forcément donné son nom et que, pour la deuxième fois de sa vie, son destin allait basculer.

— Dis à ceux qui sont au rez-de-chaussée de monter à l'étage, lui lança l'un des policiers. Je ne veux voir personne ici.

Ce que je craignais depuis qu'est paru l'article se confirme, se dit Şükrü. Ils vont nous interroger un à un. Et comme nous sommes nombreux à penser comme Hasan, le Cercle sera fermé dès ce soir et ma femme va me maudire.

À l'étage, une quinzaine de lutteurs, ébahis, virent surgir ceux du rez-de-chaussée, accompagnés des deux policiers.

— Mettez-vous tous contre cette paroi, fit l'un d'eux.

Au même instant, quatre soldats arrivèrent du grand escalier, suivis de Kemal, de son directeur de cabinet et de Gülgül. Les soldats restèrent en retrait, Kemal se plaça au centre de la salle et demanda à Gülgül de venir à son côté.

Ceux du Cercle étaient médusés. Kemal, dans la posture du chef de guerre rudoyant ses troupes, chercha leur regard, un par un :

— Ceux qui ont projeté de m'assassiner ont peut-être pensé qu'ainsi, ils aideraient le pays à se libérer des humiliations qu'il a subies. Quels imbéciles. Je pense à celui qui a, malgré lui, permis de déjouer le complot. Şeyh Osman… Il avait oublié que la mosquée dans laquelle il occupait le poste glorieux de bibliothécaire a été construite par l'architecte Sinan, né chrétien, sous les ordres de Soliman, le plus glorieux de nos sultans, dont la propre mère était une ancienne esclave convertie et dont la femme, Roxelane, était née orthodoxe. Osman, qui vivait au milieu des livres, a oublié de les lire.

Il arrêta son regard sur Neşet, le plus massif des lutteurs :

— Notre pays a beaucoup souffert. À vous de l'aider à retrouver sa dignité. Nous sommes un grand peuple et vous en êtes les glorieux représentants. Votre responsabilité est immense. Dans un an, à Berlin, j'exige que vous montriez au monde qui nous sommes.

Il s'interrompit quelques instants, avant de lancer avec force :

— Vous ! Toi et toi et toi et toi, autant que vous êtes ici.

Il s'interrompit, alors qu'éclataient des applaudissements.

Il les arrêta d'un geste :

— Ne l'oubliez pas ! Je suis turc. Je suis droit. Je suis travailleur !

À nouveau des applaudissements crépitèrent.

— Je vous confie à notre champion. Gülgül, je m'adresse à toi. Fais-les travailler comme si tu voulais les mener à la mort. Honore-les en les faisant souffrir. Sois sans pitié. Et maintenant, je m'adresse à vous tous : ramenez-nous des médailles. Le contraire serait indigne de notre héritage.

Il s'interrompit, pointant de l'index ceux qui l'écoutaient :

— Et je saurai vous récompenser.

Il tenta de masquer une grimace de douleur, se tourna vers Gülgül, le serra dans ses bras et quitta le Cercle, ovationné, espérant que sa vessie tiendrait jusqu'à son retour à Dolmabahçe.

Grand Bazar,
dans la rue des Revendeurs de livres anciens,
le 22 juillet

Bella repéra Gülgül à sa tignasse rousse. Tête penchée, il lisait un manuscrit devant une boutique de livres anciens.

— *Gülgülcüm !*

Il la serra longuement dans ses bras.

— Comme je suis heureuse de t'avoir trouvé.

— Viens, souffla Gülgül.

Ils quittèrent le Bazar par le quartier des bouquinistes et s'arrêtèrent devant une terrasse dont toutes les tables étaient occupées.

Bousculés sans cesse par des passants ou des portefaix, ils attendirent, debout au milieu de la ruelle, les yeux dans les yeux. Elle lui serra fort quelques doigts de la main, attrapés au hasard, en adolescente impatiente. Comment se déroulait son travail ? La visite de Kemal l'avait-elle aidé ?

Il n'en était pas sûr. Il avait repris les entraînements sans rencontrer d'opposition. Les athlètes suivaient ses instructions, mais l'ambiance n'était plus la même. Quelque chose flottait dans l'air, qui l'inquiétait.

Cercle de lutte de Kumkapı, le 23 juillet après-midi

Les séances d'entraînement se déroulaient sereinement. La veille, Neşet, deux mètres dix et cent quarante kilos, lui avait entouré les épaules de son bras et l'avait appelé *Gülgül abi*, grand frère Gülgül. Ils étaient nombreux à l'avoir entendu. La parole de Neşet était respectée. À Berlin, il serait sans doute porte-drapeau de la délégation. Oui, se dit Gülgül alors qu'il approchait du Cercle, il n'y a aucune raison que les choses se passent mal. Sa surprise fut d'autant plus grande de voir le gardien, Şükrü, qui guettait son arrivée, la mine renfrognée.

— Un homme vous attend au réfectoire. Il ne parle pas le turc.

À ses yeux, une tare.

Il haussa les épaules :

— Il a dit : Ghioulghioul, Ghioulghioul, Ghioulghioul.

Gülgül regarda en direction du réfectoire et ressentit un vertige. L'homme était massif, robuste et roux, du même roux flamboyant que lui-même.

Dès qu'il aperçut Gülgül, il se leva :

— *Are you Ghioulghioul ?*

— Je ne parle pas l'anglais, désolé.

— Ah ! Le français ? Parfait !

L'homme, professeur de biologie et ancien lutteur, revenait d'Andrinople, où, comme chaque année, il avait assisté aux championnats nationaux de *Yağlı Güreş*[1]. Le concierge de l'hôtel où il logeait lui avait parlé de Gülgül, « notre héros », et lui avait donné l'adresse du Cercle. Lui serait-il permis d'assister à une séance d'entraînement ?

Il tendit la main :

— Mon nom est George Alderson.

Gülgül l'invita à le suivre à l'étage et le présenta aux lutteurs comme « George Bey, un ancien champion qui nous vient de Suisse ». Le présenter comme Anglais aurait déclenché des grognements.

Alderson prit place sur l'un des bancs disposés le long des murs, et suivit avec attention le travail de Gülgül.

Vingt minutes d'échauffement, une heure de musculation aux haltères et à la barre fixe, puis une courte pause suivie de deux heures de combats.

La séance se déroulait dans une atmosphère silencieuse. Gülgül guidait les athlètes avec retenue, parlant peu, toujours à voix basse.

Alderson s'interrogea. Pourquoi des affrontements entre lutteurs de catégories différentes, parfois de façon marquée, le plus fort gabarit se retrouvant face à un athlète qui devait lui rendre une quarantaine de kilos ? En observant

1. Lutte traditionnelle turque. Les deux protagonistes ont le corps enduit d'un mélange d'huile et d'eau.

les combats, il comprit que la méthode suivie par Gülgül était d'une grande subtilité. Le petit gabarit se trouvait obligé de fournir un effort herculéen pour faire bouger son adversaire, alors que ce dernier devait affronter un combattant d'une agilité qu'aucun des grands gabarits ne pouvait atteindre. Chacun se soumettait à l'exercice qui lui était le plus difficile.

Lorsque la séance d'entraînement prit fin, Alderson pria Gülgül de partager un café au réfectoire du rez-de-chaussée :

— Vous avez toute mon admiration.

À ce rythme, leur moisson de médailles serait abondante.

— Je suis fasciné par la lutte turque, poursuivit Alderson. Elle met chacun des combattants au défi de maîtriser un corps insaisissable.

Gülgül avait-il pratiqué cette forme de lutte ?

Il avait grandi avec elle dans les sous-sols du palais de Dolmabahçe. C'était la forme la plus aboutie de ce sport, la plus difficile aussi, raison pour laquelle les combats pouvaient durer des heures, tant que l'un des lutteurs n'avait pas réussi à mettre l'autre ventre à l'air.

— Si j'ai bien compris, réagit Alderson, votre idée de faire lutter des athlètes de gabarits très différents s'inspire du même principe : rendre l'exercice impossible.

Il y voyait la marque d'une grande ambition, l'explication des succès historiques du peuple turc dans ses conquêtes militaires.

— C'est vrai, dit Gülgül. Nous sommes un peuple guerrier. Il y a chez le Turc un impératif de victoire.

— Je trouve cette conversation passionnante, dit Alderson. Je quitte Constantinople demain. Me ferez-vous l'honneur de dîner ce soir en ma compagnie ?

Hôtel Péra Palas, sur la terrasse,
le soir du 23 juillet

— Ce que vous faites est très important, dit Alderson. J'imagine que votre gouvernement en est conscient.

La question d'Alderson était ambiguë. Important pour qui ? Pour les lutteurs eux-mêmes ? Pour Kemal ? Pour la gloire du pays ? À ces questions, Gülgül pouvait répondre par l'affirmative. Mais pour lui-même ? Au lendemain de sa nomination, lorsqu'il s'était dévoilé comme fils de *dönmé,* plusieurs lutteurs avaient détourné le regard. L'altercation avec Şeyh Osman, son arrestation puis le dévoilement du complot avaient contribué à le marquer comme étranger. Aux yeux des gens de son milieu, il n'était pas turc. L'était-il aux siens ? Il l'avait été, du temps du palais, lorsqu'il était fils d'Ahmet, pâtissier du sultan. À force de voir son appartenance remise en cause, sa certitude s'effritait. Soutenir Kemal n'avait fait que le rendre plus suspect. Était-il à sa place, au Cercle, malgré Neşet et son bras posé sur son épaule ?

— J'ai été très impressionné par le sérieux de vos lutteurs, reprit Alderson.

— Ce sont de braves personnes, attachées à leur patrie.

— C'est ce que nous essayons de faire à l'école que j'ai fondée avec ma femme, il y a de cela sept ans. Former des patriotes qui n'ont pas honte d'aimer leur pays.

Il s'arrêta, hésita :

— Je vais être très franc avec vous, sinon cela n'en vaut pas la peine.

Condamné par un tribunal de Londres pour homosexualité, son avenir comme enseignant en Angleterre était compromis. Après une année passée à Capri dans une sorte de colonie d'homosexuels proches de la nature, il avait fallu chercher du travail. La seule langue qu'il connaissait, outre l'anglais, était le français. Il se rendit à Paris et à Lyon, où ses diplômes ne furent pas reconnus. Il fit une tentative en Suisse, sans plus de succès. Puis vint son jour de chance. Alors qu'il flânait dans une librairie lausannoise, il entama une conversation avec la responsable des livres scolaires, une dame de très petite taille, légèrement bossue, qui l'éblouit par sa vivacité d'esprit, sa culture et son intérêt pour les enjeux pédagogiques. Ils se retrouvèrent tour à tour à la librairie, dans un café voisin, sur une terrasse du bord du lac, et enfin dans la maison immense dont elle avait hérité, à quelques kilomètres de Lausanne, dans un bourg médiéval du nom de Lutry. La bâtisse, tout en bois, était entourée d'un parc splendide qui descendait jusqu'au lac. Elle y vivait avec sa sœur. Très vite surgit l'idée de transformer la maison en un internat pour garçons, dans lequel ils pourraient mettre en pratique leurs concepts pédagogiques. Il fut très clair sur les raisons qui l'avaient obligé à quitter l'Angleterre, cela ne parut pas la choquer, et l'idée germa de faire un mariage « intellectuel », de façon à présenter une garantie de respectabilité aux parents qui voudraient leur confier un fils. Leur pacte stipulait que chacun resterait d'une discrétion absolue sur sa vie privée. Ainsi naquit l'Institut Alderson, école de tradition classique, où le corps recevait autant d'attention que l'esprit et le caractère.

Gülgül était subjugué par l'énergie de cet homme, plus encore par la confiance qu'il lui témoignait.

— Peut-être viendrez-vous un jour nous rendre visite, reprit Alderson. J'aurai plaisir à vous exposer nos programmes d'éducation.

Un silence s'installa.

— Vous savez, poursuivit Alderson, il n'y a pas qu'en Turquie que les événements se bousculent. Toute l'Europe est en ébullition. Ce qui se passe en Allemagne est du plus grand intérêt. Avez-vous lu Dostoïevski, le grand écrivain russe ?

Gülgül sourit :

— J'ai lu le Coran...

— *Les Frères Karamazov* contiennent une sorte de roman dans le roman, détaché du reste de l'histoire, intitulé « Le Grand Inquisiteur ». L'histoire se passe à Séville, du temps de l'Inquisition. Le Christ revient sur Terre, guérit, fait des miracles. On l'emprisonne. Le Grand Inquisiteur lui rend visite dans sa cellule et lui dresse un réquisitoire d'une violence inouïe. Qu'avait-il donc à retourner sur Terre ? Ne voyait-il pas que les hommes n'avaient pas besoin de lui ? Qu'ils étaient heureux dans la soumission ? « Pourquoi es-tu venu nous déranger ? » demanda l'Inquisiteur à Jésus. Pourquoi fallait-il absolument que l'homme exerce sa part de libre arbitre ? Était-il donc si valeureux, pour la mériter ?

« En l'estimant moins, tu lui aurais rendu son fardeau plus léger », dit encore l'Inquisiteur à Jésus.

— Nous essayons de former des jeunes gens forts par l'esprit autant que par le corps, clairvoyants, à l'image du Grand Inquisiteur. Déterminés quand les circonstances l'exigent. Libérés du souci de se plier aux conventions. Nos pensionnaires sont formés pour être les leaders de demain.

Gülgül continuait de le regarder, ébahi par tant de brio.

— Nous ne sommes pas seuls dans notre démarche, reprit Alderson. Lausanne est une petite ville qui n'a l'air de rien, mais on y trouve de vrais intellectuels, solides, marqués par les origines paysannes du canton. Il y a là un homme formidable, du nom de Marcel Regamey, qui défend notre mission : sauvegarder nos valeurs et, pour cela, s'opposer au bolchevisme et à ceux qui se réclament de lui. Regamey vient souvent parler à nos élèves. C'est désormais un ami.

Il sourit, ravi d'avoir évoqué celui qu'il considérait comme un modèle :

— Je suis sûr qu'il aurait aimé autant que moi assister à votre séance d'entraînement. Ses réflexions vous auraient intéressé.

Il posa la main sur celle de Gülgül :

— Je pense que vous et moi avons beaucoup en commun.

Au téléphone,
le 23 juillet

Cela faisait une heure que Bella s'était endormie lorsque retentit la sonnerie du téléphone.

— Je te dérange ?

C'était un chuchotement. Bella reconnut la voix d'Eliza.

— Non, non, pas du tout.

— Tu dormais ?

— Oui, souffla Bella. Toi ?

— Je n'y arrive pas. Je pense à toi sans cesse.

— Je pense aussi beaucoup à toi.

— C'est vrai ?

Un silence s'étira, qui prit valeur de pacte.

— Tu veux que je raccroche ? demanda Eliza.

— Non !

— J'avais besoin d'entendre ta voix.

Bella ne réagit pas.

— Je t'embrasse, ajouta Eliza.

— Je t'embrasse très tendrement, s'enhardit Bella.

Lutry,
le 17 août

De : George Alderson
À : Mustafa Alev Gülgül

Cher Gülgül,

Depuis que je suis rentré à l'Institut, ma femme et moi avons maintes fois parlé de vous.

Lors de notre dîner à la terrasse du Péra Palas, je vous ai décrit notre programme d'éducation, fondé sur un triptyque : le corps, l'esprit à l'écoute du monde, et le caractère. Le corps est ma valeur cardinale, la conséquence directe de mon passé de lutteur, bien maigre comparé au vôtre, mais enfin, deux fois médaille d'argent dans la catégorie des mi-lourds aux championnats universitaires de 1905 et 1907. Mieux que rien, n'est-il-pas vrai ?

C'est à propos de la composante « physique » de notre programme, celle qui touche à la musculation, aux techniques de quelques sports prioritaires mais aussi à la compétition sportive, c'est-à-dire au mental, que je vous écris.

Permettez que j'aille droit au but. Voudriez-vous considérer la possibilité de venir à l'Institut comme responsable de cette activité ?

Ce serait pour nous un immense honneur et, pour moi personnellement, une grande joie.

Notre Institut se trouve dans un petit paradis.

Si vous acceptez le principe de ma proposition, l'Institut vous offrira des conditions qui vous donneront satisfaction, je crois.

J'attends votre réaction avec impatience.

Mille amitiés,

George

Dr George Alderson
Institut Alderson
130, route du Lac
Lutry (Vaud)
Suisse

Istanbul,
le 30 août

De : Mustafa Alev Gülgül
À : Dr George Alderson

Cher Dr Alderson,

Je vous remercie pour votre proposition. Elle m'honore.

Votre conception de l'éducation des jeunes garçons correspond en tous points à ce que je pense et à ce que je ferais, si j'avais la chance d'être père. Il y a de cela bien des années, j'ai eu le bonheur d'entretenir un rapport formidable avec un jeune voisin. Dès qu'il eut trois ans, nous nous sommes amusés à « faire la lutte ». Je ne crois pas qu'il y ait meilleure école de caractère. Vous le voyez, mes idées rejoignent les vôtres.

À la lecture de vos lignes, et en repensant à nos échanges récents au Péra Palas, je me suis imaginé dans votre Institut, devant des élèves venant de partout, brillants, motivés… Quelle chance, quel honneur, de pouvoir y participer.

Je me suis vu, aussi, établir avec vous une amitié fondée sur tout ce qui nous rapproche.

Je dois hélas décliner votre proposition. Je me suis engagé auprès de notre président à mener l'équipe nationale de lutte aux Jeux de Berlin dans à peine dix mois et d'en ramener « une grosse poignée de médailles, pas une ou deux », comme il me l'a demandé.

Une fois cette mission accomplie, si le poste que vous envisagez n'est pas pourvu, je serai heureux d'en reparler avec vous.

Dans cet espoir, je vous présente mes salutations très respectueuses.

Gülgül

P.-S. Je ne savais pas que vous aviez exercé le sport à un aussi haut niveau. Peut-être que la vie nous donnera, un jour, la possibilité de faire ensemble quelques rounds, en toute amitié.

Cercle de lutte de Kumkapı,
le 2 septembre

Gülgül s'était résolu à doubler les séances d'entraînement. À celle de l'après-midi s'en était ajoutée une de six à dix heures du soir, qui permettait à certains lutteurs de conserver leur activité professionnelle et leurs revenus.

Les athlètes semblaient satisfaits et, sans être des plus chaleureuses, l'atmosphère favorisait le travail. Gülgül n'hésitait pas à corriger les prises. Ses démonstrations se faisaient en douceur. Ce soir-là pourtant, par deux fois, il se retrouva au sol, après qu'un lutteur dont il voulait corriger un geste avait réagi par une contre-prise en y mettant toute sa force.

La première fois, il resta sans voix et attribua le geste à l'envie de bien faire. Dix minutes plus tard, il se retrouva au sol, se releva, s'approcha du lutteur et, le regardant droit dans les yeux, lui demanda :

— Sais-tu ce que tu fais ?

L'autre s'excusa d'un mot rapide et lui tourna le dos.

L'un des autres cria alors :

— *Dönme !*

Il avait mis l'accent sur le « ö », ce qui voulait dire « ne te retourne pas »[1].

Son interjection déclencha des rires. L'allusion était aussi perverse que claire. À leurs yeux, Gülgül n'était pas un vrai Turc.

Le reste de la séance se déroula sans incident.

À dix heures du soir, Gülgül salua les athlètes d'un « Au revoir » lancé à la ronde, quitta le Cercle et trouva un taxi collectif qui le déposa devant l'immeuble Panoréa. Trois hommes d'un gabarit peu commun, le visage masqué par une écharpe, se tenaient devant l'entrée.

Il comprit ce qui l'attendait et se laissa faire. L'un des trois lui décrocha un coup de poing à la tempe, suivi d'un autre à la mâchoire. À demi assommé, il se sentit soulevé par les aisselles et jeté à terre où il reçut une série de coups de pied violents sur les côtes, le dos et le visage. Il crut entendre une voix familière murmurer : *Dönmélerden bir dönmé*[2], puis s'évanouit.

---

1. *Dönmé*, avec l'accent sur le « e », veut dire « converti du judaïsme vers l'islam ». La racine du mot est la même : *dönmék*, « se retourner ».
2. « Un *dönmé* de chez les *dönmés* ».

Article paru dans le Cumhuriyet, *page 3, édition de l'après-midi du 3 septembre 1935*

Avant-hier soir, peu après onze heures, dans le quartier de Nişantaşı, des passants découvrirent le corps inanimé d'un homme ayant subi une violente agression.

Transporté à l'Hôpital américain, il lui a été diagnostiqué trois côtes fêlées, le nez et l'arcade sourcilière cassés, ainsi que de nombreuses contusions au visage, à la tempe et au cou.

La victime est une personnalité éminente de nos milieux sportifs, Mustafa Alev Gülgül, ancien multiple champion de lutte libre et actuel directeur de l'équipe nationale.

Interrogé par la police, notre champion a déclaré n'avoir pas la moindre idée de qui avait pu l'agresser, ni pouvoir en imaginer le motif.

Immeuble Panoréa,
dans l'appartement de Gülgül,
le 8 septembre

« Pour les côtes, rien à faire », avait dit le médecin de l'Hôpital américain, se gardant bien d'ajouter : pour le reste non plus. On lui avait recousu l'arcade sourcilière, mais il garderait le nez cassé.

Après trois jours d'hospitalisation, il rentra chez lui, où il resta alité.

La vie dans les sous-sols du palais, la dureté de la condition de *seçmé*, l'absence de mère, tout cela aurait dû faire de lui un dur à cuire. Mais il avait grandi entouré d'amour, celui des odalisques, qui le couvraient de tendresse, puis celui de Sabri Bey, qui le faisait souffrir lors des séances d'entraînement mais qui l'aimait comme un fils, celui de Vehbi, le garçon le plus merveilleux de la terre, beau, fort, tendre, un prince, celui d'Ahmet Baba, aussi, qui l'avait aimé avec délicatesse. Au Gülperi Han, il avait baigné dans la tendresse de Sâré et de Lili, dans celle d'Ayşé et de Nigar. Et puis il avait reçu l'amour de Musa, son merveilleux père…

Rien, en définitive, ne l'avait préparé à se défendre dans la vie, que ce soit par les mots ou par les gestes. Il n'aimait pas se battre. Au Cercle comme devant le Güneş, il s'était laissé faire.

Ses douleurs allaient s'estomper, ses forces revenir. Et après ? Comment reprendre les entraînements ? Affronter les quolibets ? Il aurait fallu qu'il eût le caractère nécessaire pour flanquer une correction au premier qui ferait une allusion moqueuse au passé *dönmé* de son père. Il n'était pas taillé de ce bois. Sa naïveté le poussait à trouver des excuses à qui le moquait.

Il pensa à George Alderson, un homme raffiné, cultivé, auprès de qui il aurait trouvé un apaisement… Il pensa à Bella, qui lui avait laissé un mot à l'hôpital : « J'ai pleuré comme je n'avais pas pleuré depuis longtemps, en lisant le *Cumhuriyet*. Je viendrai te rendre visite. »

On frappa à la porte.

Eva se tenait devant lui, une enveloppe à la main :

— Cela vient du palais.

Elle lui tendit l'enveloppe et s'éclipsa, comme si elle avait peur d'en découvrir le contenu.

Gülgül s'étonna et la regarda partir avec précipitation.

Sur le coin supérieur gauche de la lettre, il lut :

Gazi Mustafa Kemal Atatürk[1]

La lettre, manuscrite, faisait à peines quelques lignes :

1. *Gazi* : le victorieux, en turc.

Kardeşim Gülgül[1],

J'ai appris ce qui t'est arrivé.
La police trouvera les coupables et ils seront châtiés comme ils le méritent.

Retourne vite à tes fonctions au Cercle. Le pays a besoin de toi.

Avec affection,

Kemal

1. Petit frère Gülgül.

Immeuble Panoréa,
dans l'appartement de Gülgül,
le 9 septembre

— Gülgül Bey ! Deux policiers souhaitent vous voir.

C'était Eva qui l'appelait à travers la porte.

Allongé sur le canapé du salon, Gülgül lui cria de les faire entrer.

— Nous avons reçu l'instruction formelle, de la part de l'aide de camp du Gazi, de vous déranger le moins possible.

Des dizaines de policiers s'étaient partagé les deux rives de la Corne d'Or. L'un d'eux avait recueilli le témoignage d'un tavernier grec, du côté de Fatih. Le soir de l'agression, il s'était étonné de voir trois hommes festoyer en multipliant les calembours autour du mot *dönmé*, se demandant si, après ce qu'il avait reçu comme leçon, le « *dönmé* allait retourner[1] ». La police avait posté l'un des siens à la taverne, habillé en portefaix. Trois jours plus tard, le tavernier lui indiquait d'un geste du menton la

1. Jeu de mots en turc : *Donme donmecekmi ?* Peut être interprété comme : « Est-ce que le converti va revenir ? » aussi bien que comme : « Est-ce que celui qui vient de se retourner reviendra ? »

table où étaient assis les mêmes trois hommes. Tous faisaient partie de l'équipe nationale de lutte... Le policier avait alerté le commissariat central. Trente policiers étaient venus en renfort. Arrêtés, les trois hommes niaient toute implication.

— Pourriez-vous nous accompagner jusqu'au bas de l'immeuble ?

*

Gülgül vit sortir du fourgon trois hommes menottés.

— *Abi*, dit l'un d'eux, nous ne sommes pour rien dans cette histoire. S'il te plaît, fais-nous libérer.

Gülgül reconnut la voix grave au puissant accent anatolien du celui qui avait lancé *Dönmélerden bir dönmé*. C'était l'un des lutteurs du Cercle.

Il les regarda à tour de rôle dans les yeux avant de se tourner vers les deux policiers.

— Je vous remercie infiniment pour vos efforts. Malheureusement, ce ne sont pas eux qui m'ont agressé. Ceux-là étaient bien trois, mais il y en avait un très grand de taille et les deux autres étaient corpulents.

Il se tourna vers les trois hommes :

— Désolé, mes amis. Bon retour chez vous.

Le policier s'étonna. Lorsque ses collègues l'avaient interrogé à l'Hôpital américain, il n'était pas si précis dans sa description des agresseurs.

— J'avais l'esprit embrumé. Maintenant que je vais mieux, je suis catégorique. Ceux-ci sont innocents.

Istanbul,
le 10 septembre

De : Mustafa Alev Gülgül
À : Gazi Mustafa Kemal Atatürk

Gazi Hazretleri,

Les larmes étaient nombreuses à couler sur mes joues à la lecture de vos mots si généreux. Des larmes de joie, en apprenant que vous, notre merveilleux Gazi, vous qui avez rendu sa dignité au pays, pensiez à moi au point de prendre la plume. Désormais, votre lettre est dans une poche de ma chemise, contre mon cœur.

À ces larmes s'en ajoutaient d'autres, des larmes de tristesse. Aux yeux de beaucoup, parmi ceux dont je me sentais proche, je reste un étranger, un « Turc administratif ». Pas un vrai Turc. Je ne peux vous dire combien ces larmes ont un goût amer.

Mais il y en a d'autres, plus amères encore, des larmes de honte. Je ne peux pas poursuivre la tâche que vous m'avez confiée. Est-ce par peur d'être agressé à nouveau ? Croyez bien que non. J'ai choisi de ne pas me défendre une première fois, face à des gens pour lesquels j'éprouvais de l'estime et de la compréhension. La fois suivante, je ferais de même. Je sais lutter. Je ne sais pas me battre.

Dès que je serai sur pied, je communiquerai ma démission à mes supérieurs.

Je vous demande de me pardonner.

Avec tout mon respect,

Mustafa Alev Gülgül

Immeuble Panoréa,
appartement de Gülgül,
le 12 septembre

— J'allais mourir d'angoisse.

Bella s'assit sur le lit, la main sur celle de Gülgül, les yeux dans les siens :

— Nous nous regardons comme deux amoureux.

Il ne réagit pas.

— Tu crois que je dis une bêtise ?

— Non, bien sûr. Je vais nous faire un thé.

Elle se leva, tendit les deux mains et l'aida à se mettre debout.

Il dut lui prendre le bras pour se rendre à la cuisine. Soudain, il arrêta son pas, se tourna vers elle et lui caressa la joue. Elle approcha son visage du sien et l'embrassa, lèvres ouvertes.

Lorsqu'ils se détachèrent, elle lui souffla :

— Fais-moi l'amour.

Istanbul,
le 13 septembre

De : Mustafa Alev Gülgül
À : Dr George Alderson

Cher Dr Alderson,

Je souhaite vous informer de ma disponibilité comme responsable des activités sportives à l'Institut que vous dirigez. Une telle opportunité m'est-elle encore offerte ? Si oui, pourriez-vous en préciser les conditions ?

Je vous dirai alors les motifs qui m'ont amené à vous écrire ces lignes.

Avec mes respectueuses salutations,

Mustafa Alev Gülgül

Cumhuriyet,
édition du matin du 16 septembre

Un départ regrettable
(Mais peut-être pas définitif ?)

Coup de théâtre dans les milieux sportifs ! Mustafa Alev Gülgül quitte son poste de directeur national de l'équipe de lutte.

Nous relations, dans notre édition du 3 septembre, qu'il avait subi une grave agression devant son domicile. Il semble que les séquelles soient de nature à exclure la reprise de ses activités avant plusieurs mois, pour un poste qui exige une condition physique parfaite.

Interrogé par notre chroniqueur, Mustafa Alev Gülgül s'est exprimé avec tristesse : « Les Jeux de Berlin approchent, et l'honnêteté m'oblige à me retirer de suite plutôt que de temporiser, en attendant une guérison qui risque de tarder. J'espère que mes supérieurs trouveront un remplaçant au plus vite. »

Du côté des athlètes, tous semblent sidérés par cette nouvelle. « C'est la pire chose qui pouvait nous arriver », déclarait hier

Neşet, l'un de nos plus sûrs candidats à médaille. « Espérons qu'un miracle se produise, que notre directeur guérisse vite et revienne sur sa décision », a-t-il ajouté.

Conversation téléphonique du 16 septembre

— J'ai lu le *Cumhuriyet*, dit Bella.

Gülgül resta muet.

— Alors tu arrêtes ?

Il répondit par un « oui » à peine audible.

— Et que vas-tu faire ?

— Je ne sais pas, dit Gülgül. Il y a cette proposition que j'avais refusée. Je t'en ai parlé.

— Tu vas aller vivre en Suisse ?

— Je n'en sais rien.

— Mais tu pourrais y aller ?

— Ce n'est pas exclu.

Elle resta quelques secondes sans réagir, puis raccrocha.

Nişantaşı,
le 20 septembre

De : Bella
À : Gülgül

Gülgülcüm,

Notre dernière conversation téléphonique m'a infiniment attristée. J'imagine combien l'agression que tu as subie t'a marqué. Je comprends ton chagrin d'être considéré comme étranger dans un pays dont tu es l'honneur. Mais faut-il, pour cela, me cacher la vérité ? Tu veux, tu vas partir, tu as fait ton choix et je comprends que tu ne souhaites pas le partager avec le monde entier. Mais avec moi ? Tes hésitations m'ont blessée. Je ne voudrais pas apprendre ton départ de la bouche de quelqu'un d'autre que toi. Peut-être, alors, te parlerais-je à mon tour de ce qui a changé dans ma vie.

J'ai vécu des instants merveilleux, l'autre jour. Je ne les oublierai jamais. J'espère que toi non plus. Malgré tout, je m'interroge. Si l'immense tendresse que tu m'as offerte était sincère, pourquoi pars-tu ?

Je te serre dans mes bras,

Bella

Büyükada,
le 21 septembre

Alors que le *vapur* approchait de Büyükada, Bella aperçut Eliza sur la jetée, qui la cherchait du regard.

Elle lui fit un grand signe de la main, et Eliza répondit en agitant les deux bras, comme si elle signalait sa présence sur une île déserte.

Lorsqu'elles se retrouvèrent sur la jetée, Eliza l'embrassa sur la commissure des lèvres, très vite.

Dans la calèche, elle posa sa main sur celle de Bella et lui imprima une légère pression.

Le trajet se déroula en silence. Arrivée à la villa, une fois le cocher parti, elle précéda Bella, la main dans la sienne :

— J'ai dressé la table sur la terrasse, le repas est encore au garde-manger, je vais le chercher.

— Je t'aide, dit Bella.

Dans la cuisine, alors qu'Eliza s'apprêtait à sortir un plat du garde-manger, Bella posa les mains sur ses épaules, l'obligea à se retourner et l'embrassa longuement, avant de se détacher d'elle :

— Mangeons plus tard.

Au retour de Büyükada,
le 22 septembre

Au moment où le *vapur* se détacha du quai, Bella ferma les paupières.

Elle avait osé.

Elle pensa à Eliza lorsqu'elle l'attendait sur la jetée, aux gestes qu'elles avaient eus au lit, au dîner sur la terrasse, à l'amour qu'elles avaient fait la nuit durant.

Elle avait changé. Elle se sentait plus forte. Plus femme. Quelle chance avait été la sienne de croiser le chemin d'Eliza ! Elle repensa au tango de leurs premiers attouchements, aux mots d'Eliza au salon Kubbeli… À sa visite, le matin du 21 juillet, il y avait déjà deux mois, à sa voix au téléphone, deux jours plus tard, en pleine nuit, aux conversations qui avaient suivi, toutes tendres, rassurantes… « Ne soyons pas pressées, répétait Eliza, pas de faux pas qui pourraient tout gâcher. » Elles avaient nourri leur envie, jour après jour, en même temps qu'elles dévoilaient leurs sentiments et se racontaient leurs désirs.

Le salon arrière du *vapur* était plein. Elle repéra une dizaine de personnes qu'elle connaissait, des hommes pour la plupart. Elle aurait aimé partager son bonheur, choquer, dire sa nouvelle liberté. « Savez-vous que je viens de passer la plus merveilleuse nuit de ma vie ? Et vous savez avec qui ? Avec une femme ! Oui ! Avec Eliza ! Vous voyez de qui je parle ? »

Au moment où le bateau passa l'entrée du détroit, elle quitta brusquement son siège et se rendit sur le pont. À sa gauche, les collines de la Vieille Constantinople. Vers le nord, en direction de la mer Noire, la petite mosquée de Beşiktaş, le palais de Dolmabahçe, celui de Çirahan… Dans la lumière bleutée de la fin d'après-midi, c'était le plus beau spectacle du monde. Comme elle aimait ce pays ! Le Turc avait beau brûler la couverture pour tuer la mite, comme lui répétait son père, elle l'aimait. Même si, de temps à autre, il brûlait la couverture sans même qu'il y eût une mite. Un homme simple, dur à la tâche. Loyal. Plus que mon pays, voici ma patrie, se dit-elle.

Elle aurait dû naître musulmane.

Elle en parlerait à Eliza. Elle, au moins, ne la jugerait pas. Il y avait quelque chose de fort, chez Eliza. De solide. Peut-être même quelque chose de turc. Une autorité. Elle avait pris l'ascendant sur elle dès leur première rencontre, l'après-midi du tango. Au salon Kubbeli, elle avait à nouveau eu la main haute. Plus encore, maintenant qu'elles avaient fait l'amour. Un bouclier, se dit Bella. Elle est mon bouclier. Elle avait le sentiment que rien, désormais, ne pourrait lui faire peur.

Elle pensa aux horreurs qu'Eliza avait vécues durant son enfance. Il lui paraissait miraculeux qu'elle ait pu devenir une femme aussi forte après un tel enfer.

Elle s'interrogea : un bouclier pour la protéger de qui ? De quoi ? Elle réprima un sourire. Elle était si heureuse qu'elle disait n'importe quoi.

Elle retourna à l'intérieur du *vapur,* soudain honteuse de s'être souhaitée musulmane. Et puis non, pourquoi honteuse ? Cela lui aurait permis de se sentir chez elle. D'aimer son pays toutes voiles dehors. De parler sans devoir se surveiller à chaque instant, sans craindre de paraître ceci plutôt que cela. D'être libre. Libre d'aimer Eliza. Libre, libre, libre !

Elle repensa à Gülgül. Le merveilleux Gülgül qui lui avait fait l'amour comme personne avant lui, qui s'était soucié d'elle et de son plaisir à chaque instant. Mais le beau Gülgül prenait la poudre d'escampette. Il était comme les autres.

Elle s'en voulut à nouveau. Elle devait lui être redevable de l'avoir laissée libre.

Lutry (Vaud),
le 1er octobre

De : Dr George Alderson
À : Mustafa Alev Gülgül

Mon cher ami Gülgül,

La lecture de votre lettre m'a enchanté. Le poste vous attend.

Plutôt que de donner suite à votre demande dans le détail, bien légitime, mais qui pourrait déboucher sur des malentendus, je viendrai à Istanbul et vous ferai signe dès mon arrivée.

Je crois pouvoir qualifier les conditions que nous vous proposerons de « confortables ».

Je me réjouis infiniment de la suite.

Toutes mes amitiés,

George Alderson

Sur la terrasse du Péra Palas,
le 10 novembre

— Vous serez professeur en titre, dit Alderson, du même rang que celui de mathématiques ou de philosophie. Ce statut ne sera pas de pure forme : votre action se situera au cœur de notre mission.

Il sentait Gülgül prêt à basculer.

— Il n'y a pas d'activité sportive digne de ce nom sans une puissante composante mentale. Forger les caractères autant que les corps… Votre mission sera d'un apport décisif à notre projet éducatif.

Alderson sentit que ses mots avaient eu l'effet inverse de celui qu'il visait : Gülgül avait l'air réticent.

— À l'Institut, chacun apporte sa pierre. La vôtre sera de faire de nos internes des jeunes gens virils et déterminés, durs à l'effort. C'est sur ces valeurs que se sont imposées les civilisations qui ont marqué l'Histoire. Chaque fois que la virilité s'est dissoute dans la recherche de plaisirs faciles, les plus grandes puissances se sont effondrées. Pensez à votre formidable Empire ottoman, mené à sa perte dès le moment où ses dirigeants ont perdu le goût de la guerre pour s'égarer dans la complaisance. Heureusement pour votre pays, son peuple est resté ce qu'il a toujours été, le sens de l'honneur chevillé au corps, prêt à donner sa vie pour sa patrie. On l'a vu aux Dardanelles. Ce qui lui a manqué, au cours des dernières années du sultanat, c'était d'avoir à sa tête des chefs dignes de lui. Avec Kemal, la Turquie a réussi le mariage parfait entre un peuple et son dirigeant. Un seul homme suffit à faire la différence. Pensez à la Grèce de Périclès, une civilisation qui nous a laissé ce que l'esprit de l'homme a produit de plus beau et de plus fort : Platon, Homère, Sophocle, le Parthénon... Voilà nos modèles. Qui a inventé les Jeux de l'Olympe, le culte du corps ? Je pense à la statue du Discobole, au Hermès de Praxitèle, à d'autres, encore, qui chantent la beauté de l'homme dans sa perfection absolue.

Gülgül semblait gêné.

— Vous voyez de quoi je veux parler ?

— Pas vraiment, répondit Gülgül en réprimant un sourire. En Turquie, on ne fait pas volontiers l'éloge de la culture grecque... Autre chose, encore, y fait obstacle. L'islam interdit la représentation.

— J'aurais pu y penser ! Malgré tout, je me ferais un plaisir de vous faire découvrir ces chefs-d'œuvre. Ils incarnent la mission que s'est fixée l'Institut : donner le goût du beau et du fort à ceux qui, demain, seront les dirigeants des grands pays occidentaux.

Gülgül était intrigué par cet homme qui voyait la nouvelle Europe se dessiner sous ses yeux, « chaque jour plus puissante, en Allemagne, en Italie, en France... ».

— Pour l'instant, les mouvements sont souterrains. Mais en Grande-Bretagne, par exemple, la famille royale y adhère pleinement, je le sais.

Tout en cet homme séduisait Gülgül. Son discours, son énergie, son corps puissant…

— Ce qui se passe en Suisse est intéressant. Ce petit pays, neutre, riche de son bon sens légendaire, porte un regard réfléchi sur le monde qui l'entoure. La région où se trouve l'Institut est viticole, ses habitants sont près de la terre, et de cette région surgissent des personnalités fortes, un Fonjallaz, un Regamey, dont je vous ai parlé… Des hommes qui pratiquent la vertu au sens de Machiavel, c'est-à-dire des valeurs viriles. Si vous décidez de joindre vos forces aux nôtres, vous les connaîtrez. Ils vous éblouiront par leur intelligence et vous toucheront par leur sincérité. Ils seront vos proches.

Gülgül demanda qui était Machiavel.

— Un Florentin qui détestait l'hypocrisie et dont les écrits, vieux de quatre siècles, sont d'une actualité parfaite. Nous l'enseignons à l'Institut, c'est moi-même qui donne ce cours.

Il s'interrompit, posa la main sur le bras de Gülgül et laissa passer un court silence, comme pour préparer un effet de scène :

— Je serais ravi de vous en parler aussi longuement que vous me supporterez.

Gülgül baissa les yeux.

— C'est une nouvelle Europe que nous construisons, disons : à laquelle nous collaborons activement. Vous permettez que je vous présente un petit calcul ? Notre Institut compte très exactement cent élèves répartis en dix classes. Chaque année, dix élèves deviennent des Anciens. C'est dire que dans les dix ans à venir – j'oublie ceux qui déjà sont passés par chez nous –, nous aurons cent nouveaux Anciens. Cent… Retenez ce chiffre. Or, que voyons-nous autour de nous ? Qu'il suffit d'une personnalité de grand calibre pour modeler le destin d'une nation. Une seule. Votre pays en est un parfait exemple ! Sans Kemal, où serait-il ? Viens participer à notre extraordinaire aventure !

Il se mit à rire :

— Mon cher Gülgül, je t'ai tutoyé ! Me pardonneras-tu cette marque d'amitié ? Ou puis-je dire, déjà, de complicité ?

Trop tôt, se dit Alderson, à voir l'expression de Gülgül. Il poursuivit, évitant d'avoir à user du tutoiement :

— Pouvons-nous aller plus avant ? J'ai une proposition de contrat dans ma chambre.

— C'est une décision très importante, dit Gülgül. Laissez-moi quelques jours de réflexion.

Cumhuriyet, *édition de l'après-midi, 10 décembre*

Des peines sévères mais justes

Ce matin, le tribunal de district d'Istanbul a rendu son verdict concernant l'affaire Faruk Paşa. Au terme d'une lecture au cours de laquelle le président a refait la chronologie du complot et souligné les responsabilités de chacun, il a prononcé les condamnations suivantes :

Faruk Paşa, Şeyh Osman et Hasan Mehmetoğlu sont condamnés à la pendaison. Leurs peines sont exécutoires.

Vingt-huit autres complices sont condamnés à des peines de prison allant de douze à vingt-deux ans.

S'agissant de crimes contre la sureté de l'État, il n'y a pas de recours possible. Seul le président de la République peut exercer son pouvoir de grâce.

Encadré en bas de la page 1, le journal ajoutait cette information :

On se souviendra (nos éditions du 3 septembre) que le complot visant à assassiner notre Gazi a été éventé grâce à la perspicacité de Mustafa Alev Gülgül, l'ancien champion de lutte. Nous apprenons qu'à la suite de l'agression qu'il a subie, il quittera sous peu le pays pour un poste de professeur d'éducation physique dans un internat réputé, près de la ville de Lausanne, là où précisément a été signé, il y a de cela douze années, le traité qui a redonné sa dignité à notre pays.

L'information a été confirmée aux services de police de la gare de Sirkeci par le Dr Alderson, directeur de l'Institut où Gülgül Bey sera bientôt en fonction.

Nos vœux l'accompagnent dans cette ville chère au cœur de chaque citoyen de notre pays.

Immeuble Panoréa, chez Danilo,
dans la salle à manger,
le 10 décembre

— Je trouve dommage que tu partes, dit Danilo à Gülgül. On aurait pu imaginer qu'avec le temps…

— Papa, tu es naïf, intervint Jako. À Istanbul, il risque sa peau.

Il se tourna vers Gülgül :

— Tu as raison de partir. Ça va sentir très mauvais pour toi si Kemal ne gracie pas les condamnés à mort. Qu'on les pende, et tu vas te retrouver en première ligne.

Il y eut un silence tendu. Eva vint les resservir et s'éclipsa.

— Dommage que Bella n'ait pas pu se joindre à nous, dit Jako. J'aurais été intéressé de connaître son point de vue.

Gülgül ne broncha pas.

— Vous vous voyez souvent, non ? reprit Jako, s'adressant à Gülgül.

— Ah bon ? intervint Danilo.

— Il y a longtemps que je ne l'ai pas vue, dit Gülgül.

Jako feignit la surprise. N'était-elle pas venue le voir lorsqu'il était rentré de l'hôpital ?

— Elle m'a rendu visite, je m'en souviens, même si je n'étais pas encore dans mon assiette…

Au même moment, Eva pénétra dans la salle à manger, une enveloppe à la main, qu'elle tendit à Gülgül :

L'enveloppe contenait un seul feuillet signé de Zafer Kozlu, le directeur de cabinet du président.

Gülgül Bey,

Notre Gazi estime qu'après le jugement de ce matin, votre sécurité n'est plus assurée à Nişantaşı.

Il vous invite à suivre sans délai les deux soldats porteurs de cette lettre.

Avec mes salutations respectueuses.

Ils restèrent interloqués.

Eva fut la première à retrouver ses esprits :

— Qu'est-ce que je leur dis ?

Palais de Dolmabahçe,
le 10 décembre

— C'est ici que sont logés nos hôtes d'honneur.

La chambre dans laquelle le soldat avait conduit Gülgül faisait plusieurs fois la surface de son appartement. Boisée, peinte de bleu ciel et d'or, elle lui rappelait les lieux intimidants qu'il avait visités en compagnie de Kemal quelques mois plus tôt. Au milieu de la pièce, une table ovale, en bois doré à la feuille, sur laquelle se trouvait un grand plat recouvert de helvas, de baklavas, de *kadayif* et de lokoums de toutes sortes. Le plafond, mouluré, était peint de représentations florales à ses quatre extrémités, avec, en son centre, un ciel étoilé. Trois lustres en cristal de Baccarat éclairaient l'immense chambre. Un paravent en bois doré, à trois battants munis de miroirs ovales et biseautés, permettait de se voir de dos.

Appuyé à la paroi, le lit était orné d'un baldaquin suspendu au plafond par une coquille qui l'isolait du reste de la chambre. Son tissu était du même brocart de soie rouge et or que les rideaux des quatre fenêtres qui formaient des plis à l'infini, et il émanait de ces centaines de mètres pliés et serrés un sentiment d'extraordinaire abondance.

— Mon nom est Adnan, dit le soldat. J'ai ordre de rester à votre service. Je dormirai sur un lit de camp dans le couloir et je vous apporterai votre petit déjeuner dès que vous me le demanderez. *Hayırlı geceler*[1].

*

Tôt le matin, Gülgül s'habilla de la robe de chambre en soie pourpre qu'il trouva dans la salle de bains et entrouvrit la porte qui donnait sur le couloir.

Adnan se tenait debout, à côté d'un lit de camp plié et posé contre le mur du couloir. Dès qu'il vit Gülgül, il se mit au garde à vous :

— Gülgül Bey ! Puis-je chercher votre petit déjeuner ?

Il revint dix minutes plus tard, accompagné d'un majordome, chacun chargé d'un large plateau. Ils disposèrent une dizaine de plats sur la table ovale : fromage de brebis baignant dans l'huile d'olive, confitures, miels, et quatre œufs au plat encore en train de grésiller, garnis de *sucuk,* un saucisson à l'ail au goût puissant. Une corbeille en osier débordait de *simits* et de sablés au poivre. Gülgül observa longuement les plats, sans y toucher.

Au moment où Adnan s'apprêtait à quitter la pièce, Gülgül l'interpella :

— J'ai passé les dix-huit premières années de ma vie dans les sous-sols de ce palais. Pensez-vous que je pourrais les visiter ?

1. Que les nuits vous soient propices.

Adnan répondit qu'il s'en informerait auprès de ses supérieurs. Pour des raisons de sécurité, l'ordre lui avait été donné de veiller à ce que Gülgül ne quitte pas sa chambre.

Resté seul, Gülgül se servit un verre de thé et se perdit dans ses souvenirs, les yeux sur les eaux dorées du Bosphore.

Immeuble Güneş, dans l'appartement de Bella, le 10 décembre

Elles étaient assises face à face, l'air atterré.

— Merci d'être venue si vite, dit Bella.

Sous le choc de ce que Bella venait de lui annoncer, Eliza chuchota, la voix mal assurée :

— Tu vas le garder ?

Bella hocha la tête.

— Ta situation sera intenable.

Elle le savait. Elle savait aussi que la période la plus heureuse de sa vie avait été celle d'Alain. Sa grossesse lui offrait une chance de connaître à nouveau le bonheur d'enfanter, de nourrir au sein, de caresser un nouveau-né…

Elle se souvint de la joie qu'elle éprouvait à voir Alain grandir, « faire la lutte »…

— Tu ne peux pas l'élever seule, reprit Eliza.

Bella resta silencieuse.

Eliza chercha son regard :

— Je serai toujours près de toi. Je t'aiderai à élever cet enfant et le protégerai de toutes mes forces. Est-ce que tu me crois quand je te dis cela ?

Bella hocha la tête.

— Alors écoute-moi. Sans t'offusquer.

Palais de Dolmabahçe,
le 11 décembre

Quand aurait-il l'occasion de goûter à nouveau à des œufs au *sucuk* ? Et le fromage de brebis, les miels, les *simits*, les olives ? Alors il mangea tout, retenant chaque bouchée afin d'en graver le goût dans sa mémoire.

Vers midi, Adnan frappa à sa porte, accompagné du même soldat que la veille :

— J'ai ordre de vous accompagner auprès de notre Gazi.

Gülgül le suivit. Au premier étage, ils s'arrêtèrent devant une porte gardée par deux soldats. Gülgül reconnut le cabinet privé de Kemal.

Le président était assis à son bureau. À l'arrivée de Gülgül, il tourna la tête :

— Allons-y !

Précédés d'Adnan et de son collègue, ils traversèrent la salle des Ambassadeurs, descendirent au rez-de-chaussée et empruntèrent un escalier caché derrière une porte dérobée qui les mena aux sous-sols.

— Raconte-moi, dit Kemal.

Gülgül reconnut la disposition des portes.

— Ici, dit-il, pointant la deuxième porte, la salle de musculation.

Dans la pièce suivante se déroulaient les combats entre *seçmés*. Celle d'après, très longue, servait de dortoir.

— Voyons à quoi elles ressemblent, dit Kemal.

Dans les deux premières, d'importants stocks d'armes empilées sur près d'un mètre de haut occupaient la quasi-totalité de la surface. La troisième avait gardé sa fonction de dortoir.

— Qu'est-ce que cela t'inspire ? demanda Kemal.

Gülgül détourna son regard vers le bout du couloir :

— Tout au fond se trouvaient les cuisines. Ahmet Baba, mon père adoptif, y était chef pâtissier. Il répétait : « Notre sultan peut aller dans tous les ports du monde, il ne trouvera nulle part un *kadayif* aussi bon que ceux d'Ahmet Baba. »

Il s'arrêta, le temps que passe son émotion :

— Remontons dans mon cabinet, dit Kemal, j'ai à te parler.

Toujours précédés d'Adnan et de son collègue, ils remontèrent les deux étages qui menaient au cabinet privé.

— Assieds-toi et écoute-moi bien. Es-tu croyant ?

Gülgül répondit qu'il l'était, bien sûr.

— Je le suis aussi. Tu étais *seçmé*. Et tu gardes un bon souvenir de tes années dans les sous-sols. C'est bien. Elles t'ont formé. Mais rien, vois-tu, rien n'est aussi contraire à l'islam que la condition de *seçmé*. À ce seul motif, le califat méritait d'être banni. Enfin… Les derniers sultans s'y sont employés avec talent, si l'on peut dire. Ce n'étaient plus des chefs. À l'armée, ils n'auraient pas été dignes de porter un fusil. Ce Vahdettin, que je suis allé voir à San Remo, était un brave homme, délicat et cultivé, mais pas un chef. As-tu lu la presse, ce matin ?

Gülgül secoua la tête.

— Elle parle des trois condamnés à mort. J'ai refusé leur grâce. Ils ont été pendus hier en public, dans l'ancien hippodrome. Leur exécution va enflammer les esprits. Ils seront nombreux à vouloir ta peau. Tu ne dois pas rester à Istanbul.

Ils avaient intercepté George Alderson à la douane d'Andrinople.

— Ce n'est pas souvent qu'un Britannique vient à Istanbul depuis la Suisse, deux fois en moins d'un mois. Il était facile à repérer. Rassure-toi, tout s'est amicalement passé. Il nous a mis au courant de vos discussions. Nous allons accélérer ton départ. Tu prendras l'Orient-Express qui part ce soir de Sirkeci.

La réputation de l'Institut était impressionnante. Les grandes familles européennes se bousculaient pour y inscrire leurs garçons. Les services de renseignement avaient appris que son dirigeant, le professeur Alderson, avait des idées proches de celles du gouvernement allemand :

— Tu y vas comme professeur de sport, c'est entendu. Reste quand même éveillé à ce qui se passe autour de toi. Ça pourrait nous être utile.

Le secrétariat de la présidence lui avait préparé un passeport muni d'un visa. Une cabine individuelle lui avait été réservée dans l'Orient-Express qui partait le soir même. Il trouverait tous les documents dans sa chambre, ainsi qu'un sac de peau.

— J'y ai fait mettre des devises grecques, italiennes et suisses. Le Christ a été vendu pour trente pièces d'argent. Comme je suis très vaniteux et que tu m'as sauvé la vie, je t'ai mis trente pièces d'or.

Gülgül le regarda, déboussolé :

— Je ne sais comment…

— Ne t'en fais pas pour ça. Adnan t'accompagnera jusqu'à la frontière grecque. Tu peux lui faire confiance. Si quelqu'un voulait s'en prendre à toi, il mettrait sa vie entre vous deux. C'est un fils de *dönmé*, comme toi.

Il se leva :

— Mon secrétaire a envoyé un câble à l'Institut. Ils t'attendront à ton arrivée. Viens dans mes bras.

Il l'étreignit, ajouta :

— N'oublie pas ton pays. Et ne m'oublie pas.

Gülgül lui embrassa le dos de la main, le porta à son front et se dirigea vers la porte.

— Écris-moi tes expériences, ajouta Kemal. Le consulat me transmettra.

Grand Bazar, dans la boutique de Danilo,
le 13 décembre

D'un pas traînant, Bella parcourut trois fois le carré de rues qui entourait la boutique de Danilo sans oser y pénétrer. Suivre les directives d'Eliza lui serait douloureux.

Enfin elle se décida et pénétra dans la boutique. Danilo était assis au petit bureau du fond, là où il avait installé Musa. Elle savait qu'il restait là des heures, à lire les journaux. Les parties de poker ne débutaient qu'en soirée. Surtout, il n'y en avait plus chaque soir. Depuis son passage en prison, les affaires n'étaient plus aussi florissantes. À la table de poker, son jeu était devenu défensif. On l'invitait moins souvent.

*

— Bella !

Il n'en revenait pas qu'elle lui rende visite.

Ils se donnèrent l'accolade :

— Laisse-moi te regarder. As-tu jamais été aussi belle ?

Ils prirent place. Danilo voulut masquer son émotion par un trait d'humour :

— Si tu viens jusqu'ici pour me demander ma main, sache que j'accepte.

Il éclata de rire, content de son bon mot, puis, dans les secondes qui suivirent, prit conscience que l'expression de Bella était grave.

— Pardonne-moi. J'étais si heureux de te voir…

— Tu as raison, fit Bella, les yeux dans ceux de Danilo.

— De quoi donc ?

— J'ai dit que tu avais raison, en réponse à ta question précédente.

Il la regarda sans comprendre.

— Tu m'as demandé si je voulais…

Ses traits se durcirent :

— Sois gentille, ne te moque pas de moi.

Elle secoua la tête. Sa démarche était sincère. Désespérée, aussi.

— Je te demande de m'écouter jusqu'au bout.

Elle attendait un enfant d'un homme qu'elle avait vu une fois et qu'elle ne reverrait jamais :

— On me dit que tu voudrais renouer, sans doute même m'épouser.

— Rien n'est plus vrai.

Les yeux dans ceux de Danilo, elle attendit quelques instants, et puis se jeta à l'eau :

— Je te propose un pacte. Nous nous marions, tu annonces l'arrivée de cet enfant comme si c'était le nôtre et tu l'élèves comme si c'était le tien.

Après un long silence, il murmura :

— C'est pour quand ?

Elle eut un sourire triste. Il s'inquiétait. C'était un brave homme, Danilo. Un très brave homme. Mais son monde, c'était les autres.

Elle le rassura. Ceux de la communauté savaient qu'ils avaient été amants. Ils n'auraient qu'à dire qu'ils avaient repris leur liaison :

— Nous annoncerons deux bonnes nouvelles en même temps. Tout le monde sera content et nous oublierons le passé.

Le voyage, le 13 décembre

— Tant que nous sommes en territoire turc, avait dit Adnan au moment où le train quittait la gare de Sirkeçi, notre Gazi vous demande de ne pas quitter la cabine.

Le confinement ne s'annonçait pas désagréable. La cabine était un petit palais. Ses murs étaient tapissés de bois marqueté, des rideaux à baldaquin recouvraient la fenêtre, et un plafonnier en opaline éclairait la pièce d'une lumière douce. Sur la table de chevet, un couple d'amoureux en bronze était surmonté d'un abat-jour peint de motifs floraux.

Il proposa à Adnan de partager son dîner. Adnan refusa. Il avait ordre de rester dans le couloir, debout devant sa porte.

*

Vers onze heures du soir, le train s'arrêta au poste frontière d'Andrinople. Adnan prit congé et Gülgül ressentit une immense honte. Il quittait son pays. Il lui tournait le dos. Bons ou méchants, ceux qu'il avait quittés étaient les siens. Il les fuyait, comme son père l'avait fui. Plus de Constantinople. Plus de Bella. Plus de Cercle de Kumkapı.

*

— Charles Bugnon, très heureux.

Grand, l'air strict, la soixantaine, l'homme dont il partageait la table esquissa un mouvement de la tête courtois mais sec, puis garda le silence.

Gülgül chercha une contenance et se mit à détailler la décoration du wagon-restaurant. Elle était conforme à celle de sa cabine. Sur chaque table, une petite lampe en laiton recouverte d'un abat-jour plissé de soie rose éclairait une jardinière en porcelaine plantée de roses. Les verres étaient en cristal et les couverts en argent gravés « Puiforcat ». Les mêmes que ceux du petit déjeuner au palais.

Enfin, Bugnon rompit enfin le silence :

— Sans indiscrétion, quelle est votre destination ?

Lorsqu'il apprit que Gülgül s'arrêtait à Lausanne, il se détendit :

— C'est ma ville. Nous partagerons donc nos repas jusque-là, c'est l'usage.

Lui-même travaillait à la *Gazette de Lausanne*, où il dirigeait le service de politique étrangère :

— Et le propos de votre séjour, si j'ose me permettre ?

À l'instant où Gülgül mentionna l'Institut Alderson, les traits de Bugnon se tendirent :

— C'est une école dont on parle beaucoup dans le canton, quelquefois avec une certaine réserve.

Le journaliste avait croisé George Alderson à plusieurs reprises, un homme très engagé, proche de Marcel Regamey.

Gülgül lui indiqua qu'il avait effectivement lu ce nom dans l'une des lettres que lui avait écrites Alderson. Le journaliste eut un geste de la main :

— J'imagine que vous n'ignorez pas où vous mettez les pieds.

— On me dit que l'Institut jouit d'une réputation de premier ordre.

— Disons qu'elle est en phase avec l'air du temps. Que savez-vous de Marcel Regamey ?

— On m'en a parlé avec enthousiasme.

— Vous devriez mieux vous renseigner, dit Bugnon, soudain cassant.

Regamey était un fasciste notoire, partisan des thèses racistes de l'Allemagne hitlérienne.

Gülgül le regarda, décontenancé :

— Il me semble que l'Europe a le droit de se protéger contre l'invasion des bolcheviques, vous ne croyez pas ?

Le journaliste ne répondit pas à sa question et ne dit plus un mot durant le reste du déjeuner. Le repas à peine terminé, il le salua d'un petit geste de la tête et quitta la table.

À l'heure du dîner, alors que Gülgül pensait retrouver la même place, car tel était l'usage, lui avait-on dit, le maître d'hôtel le plaça avec trois avocats bulgares, et il décida de prendre tous ses repas en cabine.

Durant le reste du voyage, il repensa souvent aux propos enthousiastes qu'Alderson lui avait tenus sur le devenir de l'Europe. Ils lui parurent chaque fois très convaincants.

Malgré tout, il s'interrogeait sur ce qui l'attendait.

Et qu'avait voulu dire Atatürk par : « Ça pourrait nous être utile » ?

DU MÊME AUTEUR (*suite*)

La Confrérie des moines volants, roman, Grasset, 2013 ; Points Seuil, 2014.

Juliette dans son bain, roman, Grasset, 2015 ; Points Seuil, 2016.

L'Enfant qui mesurait le monde, roman (prix Méditerranée, Prix des lecteurs Points Seuil, Prix des Littératures européennes de Cognac), Grasset, 2016 ; Points Seuil, 2017.

Dictionnaire amoureux de la Suisse, Plon, 2017.

Mon père sur mes épaules, Grasset, 2017 ; Points Seuil, 2018.

Carnaval noir, roman, Grasset, 2018 ; Points Seuil, 2019.

Dictionnaire amoureux de l'esprit français, Plon-Grasset, 2019.

Rachel et les siens, roman, Grasset, 2020.

L'Homme qui peignait les âmes, roman, Grasset, 2021 (prix de l'Université catholique de l'Ouest).

Le Onzième Commandement. Quand obéir, c'est trahir, Cerf, Coll. Placards & Libelles, 2021.

Dictionnaire amoureux d'Istanbul, Plon-Grasset, 2021.

Tu seras mon père, roman, Grasset, 2022 (prix Machiavel).

Le Bâtard de Nazareth, roman, Grasset, 2023.

L'Île de la Française, roman, Grasset, 2024.

Cet ouvrage a été imprimé sur Roto-Page
par l'Imprimerie Floch à Mayenne en novembre 2025
pour le compte des éditions Grasset
61, rue des Saints-Pères, 75006 Paris
info@grasset.fr

Composition et mise en pages
Nord Compo à Villleneuve-d'Ascq

PAPIER CERTIFIÉ

Grasset s'engage pour
l'environnement en réduisant
l'empreinte carbone de ses livres.
Celle de cet exemplaire est de :
600 g éq. CO_2
Rendez-vous sur
www.grasset-durable.fr

N° d'édition : 23829 – N° d'impression : 108054
Dépôt légal : mars 2025
Nouveau tirage : novembre 2025
Imprimé en France